물의 시간

물의 시간

연용흠 소설집

어은당

시간이 흐른다. 세상의 모든 변화는 시간이 만든다. 여기에 있는 것들은 시간과 관련이 있는 나의 이야기이다. 아니, 너 혹은 세상 누군가의 이야기다. 세상을 머리로만 사는 이는 너의 문제를 나의 문제로 이해하는 마음이 부족하다.

억울한 일을 당했을 때 함께 울어줄 사람만 있어도 힘이 생긴다. 소리굽쇠를 생각해보면 알 수 있다. 옆 것을 때리는데 네가 왜 울어? 그 충격 에너지를 느꼈으니까 우는 것이다. 상가를 지나가다 괜히 코를 훌쩍이는 동네 여인도 소리굽쇠다. 공명이 일어나는 순간 에너지는 재생되고 엄청난 효율을 갖는다. 한 번 친 종(鐘)이 길게 음을 퍼트릴 수 있는 이유도 그것이다. 공감하는 일도 그렇다. 함께 흥을 내면 귀신이 있어도 막기 어렵다.

21세기는 엄청난 능력을 지닌 AI를 우리 앞에 내려놓았다. 이제 고민하고 땀을 흘리지 않아도 되는 세상이 되었다. 그런데 일 안 하면 무엇으로 먹고 사나? 편리는 생각했어도 그 후의 끔찍한 운명은 생각 못 했다. 수만 명의 직원을 1/1000로

줄여도 회사 운영이 가능한 세강. 30년쯤 노력해야 터득할 수 있는 전문적인 일을 AI와 함께하면 즉시 할 수 있다. 지금 세상은 전문가와 비전문가 사이의 갭이 없다. 소설 쓰는 전문가에게도 그렇다. 초보도 문학적인 글은 쓸 수 있다는 말이다.

Chat GPT는 감수성이 있을까. 직접 물어봤다. 그것은 감정이 아니라 언어(감정을 포함하는 언어까지)를 이해하고 재구성하는 능력이라 말한다. 자기는 바람을 느끼지는 못하지만, 바람이 사람의 마음을 흔드는 방식을 배워서 알고 있다고. 머리로 재구성하는 것을 잘한다. 아마 직접 느끼진 못하지만, 사람이 해낸 감수성의 그림자를 언어로 표현할 수는 있을 것이다.

문학에서 아직은 AI에게 맡길 수 없는 것이 있다. AI가 아직 장착하지 못한 것이 무엇일까. 여기 있는 소설은 내 앞을 지나간 시간이 무엇을 바꾸고 그 속성이 무엇이었는지 사람 냄새를 느끼고 싶어 정리한 이야기이다. 어릴 적부터 신은 사랑이라고 배웠다. 그런데 거기엔 확신이 없었다. 나에게 신은 사랑이 아니고 시간이다. 애초에 신은 자비가 없다. 그 절대 속엔 선악도 없다. 다만 한때 사물을 존재하게 하고 때를 보고 지워버린다. 이런 생각을 하면서 이번 작품을 시간에 꽁꽁 묶어두었다.

2025년 10월

연용흠

차
례

별의 주인은 누구인가

1.

삼촌이 머리를 박박 깎았다. 거울 앞에 선 삼촌의 모습은 비장하거나 특별하지 않았으며 자다 깨어난 형처럼 머리를 움직이지 않고 흐릿한 눈만 깜박거렸다. 그때가 초등학교 4학년 겨울 아침이었다.

마부(馬夫)인 아버지는 일찍 강가로 말구루마에 모래 푸는 일을 하러 가셨고, 어머니는 새해 아침상에 쓸 가래떡을 만들기 위해 방앗간에 가서 집은 조용했다. 두 분의 큰 목소리에 의해 우리 집이 움직이는 까닭에 어른의 부재는 우리에게 특별한 자유를 준다고 해도 과언이 아니었다. 열 살의 나와 열네 살의 형과 이팔청춘인 누나는 각자 늦장을 부리며 조용한 아침의 평화를 즐기고 있었다. 그런데 삼촌이 우리를 불러 앉혔다.

잘 봐둬라.

가위가 삼촌의 이마 위에 있던 풍성한 머리를 싹둑 잘라내었다. 우리는 너무 놀라 입을 다물지 못하고 있는데 다시 한 움큼 휘어잡은 머리카락이 가위 밑으로 투두둑, 떨어졌다. 삼촌은 누나처럼 긴 생머리를 하고 다니던 사람이었다.

아버지한테 말해라. 다시는 이 집 안 들어온다고.

가위를 내려놓고 빵모자를 뒤집어쓴 삼촌이 배낭을 메고 대문을 나설 때까지 우리는 호기심에 어린 눈초리로 삼촌을 졸졸 따라다니며 눈치만 살폈다. 목젖이 보이도록 입을 크게 벌리고 웃길 잘하는 삼촌의 입술은 웬일인지 일자로 팽팽히 당겨져 있었고 주변에서 얼쩡거리는 우리에게 눈길 한번 돌리지 않았다. 그게 어떤 의미인지 너무 어려서 우린 아무도 몰랐다.

삼촌 어디가?

누나가 겨우 낌새를 느끼고 점점 멀어지는 삼촌을 한 번 불렀지만, 삼촌은 골목 끝에서 잠깐 머뭇거렸을 뿐 돌아보지 않고 떠나버렸다. 그게 내가 기억하는 삼촌의 마지막 모습이었다.

삼촌은 차고 냉랭한 아버지와는 다르게 따뜻하고 다재다능한 사람이었다. 노래를 잘 불렀으며 그림도 잘 그렸다. 도서관에서 빌려온 소설책도 많이 읽고 무엇보다 손재주가 비상했다. 게다가 몸까지 빨라 아무도 삼촌에게 함부로 할 수가 없었다. 고등학교 다닐 때 무슨 바람이 불어 가출했는데 여수 선착장에서 막일하며 지내고 있는 것을 할머니가 찾아왔다고 했다. 삼촌은 아버지 덕분에 겨우 고등학교를 마쳤다. 그리고 군대에 가서는 비무장지대 안 갈대밭을 들락날락하며 적의 동태를 살피는 일을 했다고 했다.

삼촌은 제대 후 특별히 하는 일 없이 우리와 삼 년을 같이 살았다. 몇 달인가 어떤 생맥주 집에서 기타를 쳐주고 월급을 받을 거라 했지만 선배라는 그 집 주인은 삼촌에게 한 푼도 주지 않고 가게 전셋돈을 죄다 **빼낸** 뒤 도망가서 그나마 공염불만 하고 말았다.

노래할 때 그렇게 멋있어 보이는 삼촌의 한 번도 깎지 않은 생머리를 아버지는 죽도록 싫어했다. 멋만 잔뜩 들어 가지곤…. 아버지는 자신의 동생이 가진 특별한 재능을 이해하지 못했다. 자유롭게 나풀거리는 삼촌의 머리는 한 집안의 가장이 가진 절대 권위를 허물어버리는 힘을 갖고 있었다. 삼촌 때문에 누나가 기타를 배우고 내가 그림을 그리는 것이 아버지의 권위에 금을 가게 한 것과 비슷했다. 그러나 표면상 아무런 갈등이 없었는데 삼촌이 왜 집을 나갔는지. 이번에는 할머니를 포함하여 아무도 삼촌을 찾으러 가지 않았다. 그뿐 아니라 그후 오랫동안 아무도 삼촌의 거처를 묻거나 궁금해하지도 않았다.

2.

삼촌이 군에서 막 제대해서 돌아왔을 때 나는 여덟 살이었다. 할머니는 가운데에 누이 셋을 두고 막내둥이로 태어난 삼촌에 대해서 끔찍한 애정을 갖고 계셨다.

내가 얌전히 누워 있을 때 할머니는 삼촌이 태어난 날을 기억하고 그때 일어난 이야기를 꼼꼼히 들려주곤 했다.

마흔에 그놈을 낳았지. 나이 들어 애를 낳고 나니 탈도 많고 몸이 편치가 않았지. 달포쯤 지났을까? 곡우였는데, 금줄도 매달지 않은 집에 누가 찾아왔어. 눈썹이 하얀 노스님이었어.

스님은, 얼마 전 별똥이 이쪽으로 떨어지길래 한번 찾아본 것뿐이라고, 혹시 무슨 일이 있지는 않냐고 물었다고 한다.

많이 있었지요.

그랬다. 할머니는 그날 있었던 이야기를 하고 싶어서 어린 나를 붙들고 늘 귀찮게 하곤 했다. 아버지가 삼촌을 불신하는 탓이겠지만 그 때문에 아버지를 제외한 우리 가족 모두는 할머니의 말에 세뇌되어 삼촌의 특별함을 믿어야 했고, 그 믿음 또한 여러 사실로 드러난 상태였다.

삼촌이 태어난 다음 날 낮에 말이다. 에미가 시어미 점심상을 차리러 부엌에 들어가더니 냅다 비명을 지르지 않았겠니? '저리 가! 어이, 저리 가'라고. 나는 마루에서 화단을 바라보며 쉬고 있었는데, 부엌에 들어간 젊은 애가 벽력같이 소릴 지르니 크게 놀랬지. 마침 애비가 방에 있다가 그 소리를 듣고 부엌으로 달려갔는데 이만한 뱀이 있었어.

할머니는 양팔을 좌악, 벌리고 나서 반 팔이나 여분을 더했다. 우리의 상상으로는 전혀 짐작도 되지 않는 길이였다.

부엌에 두 개의 아궁이가 있잖니. 보통은 하나만 불을 넣어. 그런데 엄청나게 큰 뱀이 이상하게도 빈 아궁이 쪽으로 슬그머니 들어가고 있었던 게야.

당시를 기억하자면 시커먼 먹구렁이 한 마리가 아궁이 속으로 다 들어가고 꼬리만 조금 남긴 채 흔들고 있었다는 것이다. 아버지는 뱀의 꼬리를 보자마자 그것을 거머쥔 뒤 힘껏 잡아

당겼는데, 얼마나 크고 힘이 센지 이놈이 여간해서 빠져나오지 않았다고 한다. 그래서 끙, 하고 한 번 더 힘을 써서 그것을 빼내어 뒤로 집어 던졌다. 그랬더니 뱀은 부엌에서 마당으로 나가떨어져 버렸다고.

아버지는 그 뱀이 식구들을 해코지할까 봐, 빨랫줄 올리는 바지랑대를 들고 냅다 후려쳤다. 그 뱀이 얼마나 굵고 큰지, 굵기로 하면 대두병 만했고 길이는 바지랑대보다 한 자나 더 길었다고 한다.

그 바지랑대가 네 키 두 배는 되었으니 족히 2 미터는 넘었을 게다. 에미가 무서워서 벌벌 떨며 울었던 것도 기억나는데, 아마도 부엌에서 굵은 시궁쥐를 삼키고 소화를 시키지도 못한 채 숨으려고 아궁이로 들어갔다가 눈에 띄어 잡힌 게지. 지금 생각하면 그게 우리 집 지킴이였었던 것 같다. 내가 애비한테, 그 먹구렁이를 바지랑대에 말아 올린 채로 아랫말 폐병쟁이한테 갖다 주라고 했지.

아버지 혼자 들기가 거북할 정도로 죽은 먹구렁이가 컸다. 엄마한테 들은 얘기로는, 그 폐병쟁이가 매일 피 토하며 죽을 날만 기다리고 있었는데 그 먹구렁이 먹고 나서 폐병이 딱, 떨어졌다고 한다.

그런데 그 담에 무슨 일이 벌어졌는지 아누?

우연인지는 몰라도 할머니의 말 중에 내가 섬뜩하게 느낄 일이 남아 있었다. 열흘도 지나지 않은 날에 아버지가 부리던 멀쩡한 말이 죽어 나갔다는 사실이었다.

조랭이, 아버지 일 다닐 때 구르마에 벽돌 싣고 다니던 그

조랭이. 순하고 말도 잘 듣던 놈이 느닷없이 트럭에 뛰어들어 죽었다.

끔찍하게도 다 그 탓이지.

내 기억은 그렇지 않은데, 할머니의 기억은 자꾸 살이 불어 나갔다. 할머니 이야기는 흩어진 고기 점으로 몸이 바뀐 조랭 이가 사람들의 손에 넘어가자 이번에는 아버지가 쓰러지셨다 고 했다. 그 말이 사실인가? 내가 어릴 적 일이라 기억이 가물 가물했다. 엄마는 용하다는 곳을 찾아다니며 약을 백방으로 써 보았지만 효험이 없었다. 그 뱀 놈 때문에 식구들 다 죽게 되었다는 것이었다.

그날 노스님이 찾아온 게야. 자기가 여기 찾아온 이유는 달 포 전 일이 마음에 걸려서래. "무슨 일 있던 게 맞지요?" 하더 라고.

말했지. 얼마 전 커다란 구렁이 한 마리가 부엌에 나타나설 랑은…. 말을 마치지도 않았는데, 스님이 한 걸음 화급히 다가 서며 물었지.

그걸 죽이고 말았나요?

네.

아이쿠.

우리 식구들은 기이한 차림의 노스님 이야기를 듣느라 방에 서 죄다 나와 그 곁에 둘러서 있었다.

큰일 날 뻔했소. 다행히 말이 죽었다니 액땜 제대로 했구려. 만약 쥔 양반이 애지중지하던 말이 안 죽었으면….

스님은 눈을 질끈 감았다.

지금 쥔 양반이 아픈 게 다 그 때문이라오. 액이 풀릴 운이긴 한데 이틀 안으로 반드시 서방(西方) 쪽에서 약을 구하여 세 첩만 달여 먹이면 낫게 될 것이니 심려 마시구려.

엄마는 스님에게 돈을 주고 융숭히 밥을 대접해서 보냈는데, 당시 대전에 한약을 지을만한 곳이 거의 없을 때였다. 수소문해서 찾다 보니, 정림동에 한 집이 있었다.

거기가 서방이니 방향이 맞다 싶어 세 첩을 지어다 먹였는데, 신기하게도 아버지는 병이 나아 그 길로 벌떡 일어섰단다. 스님이 얼마나 용한 거냐? 그때 난 생각했지, 쉽게 거스를 수는 없는 것이 운명이지만 결국 그것도 달라질 수 있다는 것을. 그래서 두고두고 지킬 가훈을 하나 정하기로 했단다.

'극명(克命)'

운명을 넘어서거라.

할머니는 스님의 말을 듣고 생뚱맞게도 그렇게 가훈을 정했다. 좀 안 어울릴 것도 같고 놀랍기도 하겠지만 이것이 뿌리 깊은 우리 집 가훈이다.

3.

형의 이름은 이룰 성(成) 자에 비 우(雨) 자, 다시 말하면 강성우. 근동에서 머리가 제일 좋았던 삼촌이 또한 제일 좋아하는 사람이다. 그런데 그 스님이 몇 번 다녀가고 난 후부터 우리 형제의 이름이 죄다 바뀌었다. 성우는 '필승'이 되더니, 얼마 되지 않아 나 성준이도 '필진'이가 되었으며 누나 성자는 '필희'가 되어버렸다. 이유는 하나같이 이름 자에 모자란 기

(氣)를 살리기 위해서라고 했다.

이름은 남에게 많이 불리게 되면 아주 좋지요. 아마 누구보다도 큰 자제분은 나중에 이름값을 톡톡히 하게 될 거요.

스님은 그렇게 말했다. 스님 말대로 누나는 피리가 되어 노래를 좋아했고, 형은 호적의 이름까지 필승으로 고쳐서 살았는데, 중고등학교 다닐 땐 내리 회장을 할 만큼 특별했다. 어릴 때 만화라면 환장할 정도로 좋아했던 성준이 나는 필진으로 바꾼 뒤 점점 만화를 멀리하게 되었다. 고등학교 다닐 때는 그렇게 열심이던 미술부 활동도 시들해졌다. 성적은 별나지 않았지만 새로 지은 이름만큼이나 글쓰기를 잘해서 문인이 되고 싶었고 나중에 신문사나 언론계의 칼럼 같은 것을 맡는 꿈도 꾸었다. 우리 형제들은 결국 이름을 바꾼 뒤 제대로 물 만난 물고기가 된 것이었다.

내 기억에 가물가물한 할아버지와 누나는 왠지 죽이 잘 맞았다. 서열로 말하자면 손자 중에 필희 누나가 제일 맏이었다. 맏딸은 살림 밑천이라는 말이 있지만, 당시 이북에서 피난 온 할아버지에게 빨리 아들을 안겨 드려야 하는 입장이어서 아버지는 첫딸이 좀 서운했던 건 사실이었다.

하지만 딸이 얼마나 귀엽게 구는가? 할아버지는 손녀딸의 재롱을 누구보다 좋아하셨다. 그래서 나무하러 갔다 오면 지게 짐 위에 철 따라 피는 꽃들을 얹혀 오곤 했는데, 집에 들어서자마자 손녀딸부터 찾았다고 한다.

우리 맏손녀 어디 갔느냐?

그러면 누나는 할아버지가 숨넘어갈 때쯤에 맞게 장롱 속에 숨어 있다가 훌쩍 나오며, '할아버지, 나 뭐 줄 거 있어?' 했다.

할아버지는 뒷짐으로 감추고 있던 꽃이나 맛있는 나무 열매 같은 것을 필희 누나에게만 주었다. 중학교 1학년 열세 살짜리 소녀는 이런 할아버지를 당연히 좋아할 수밖에 없었다. 할아버지는 내가 여섯 살 때 돌아가신 분이라서 나는 아무것도 기억나지 않는다. 지금껏 내가 말한 할아버지와 손녀딸 이야기는 거의 필희 누나와 엄마 혹은 할머니를 통해서 전해 들은 것이다.

누나는 우리가 감히 할 수 없는 일, 이를테면 할아버지의 주전부리를 훔쳐 먹거나 할아버지와 싸우는 짓까지 즐겨 하곤 했다 한다. 물론 그런 일로 엄마에게 두들겨 맞는 일까지 종종 생겼지만, 할아버지와 할머니의 비호가 그 버르장머리 없는 태도에 단단히 한몫하였다. 필희 누나는 훗날 결국 근동에서 알아주는 동네 가수가 되었다.

4.

그해 여름은 말할 수 없이 더웠다. 초등학교 6학년 때였나? 조랭이가 죽은 후, 아버지는 모래나 퍼 나르는 일을 하지 않고 당신보다 몇 살 어린 구 씨 아저씨와 함께 이 동네 저 동네 다니며 집 짓는 일을 했다. 황토에 짚을 섞어 찍어낸 흙벽돌이 아니면 시멘트 벽돌을 만들어 집을 짓거나 담을 쌓는 것을 여러 번 보았다. 아버지는 손재주가 많아 목수가 하는 일도 반은 거들었다. 일을 마치고 와 막걸리 한 사발을 들이키는 게 아버지의 유일한 낙이었다.

그런데 어느 날 예상치 못한 일이 벌어졌다. 얌전했던 독구가 생난리를 친 것이었다. 우린 방에 있다가 비명을 지르며 날뛰는 독구 때문에 뛰쳐 나왔는데, 아버지는 멍하니 마루에서 그놈을 바라보고 있었고, 그 아래는 아버지 손에서 빠져나간 막걸리 사발이 깨져 엉망이 된 것이었다. 독구는 장독에 몸을 부딪치고 나뒹굴 정도로 이리저리 날뛰며 정신이 나가 있었다.

쟈가 뭘 먹은 거 아녀?

어머니는 감나무 아래로 개숫물을 확 끼얹으며 부엌으로 들어가다가 한마디를 보탰다.

그렇지. 우리 집은 개가 안돼야. 호랭이띠가 둘씩이나 있는디 약한 짐승이 살 수 있간? 봐라, 1년을 제대로 넹긴 놈이 있나.

그것은 맞는 말이긴 해도 우리의 희망에 마지막 쐐기를 박아버렸다. 우리는 달리 별다른 방도가 없음을 잘 알고 있긴 했지만, 어머니의 잘라 베는 듯한 단정과 재촉에 정말 정나미가 떨어졌다.

엄니는? 안적 안 죽었는디 어떻게 해 보지도 않고 그랴.

부엌에 대고 누나가 눈을 하얗게 흘겼다.

이년아, 보믄 몰러?

컴컴한 부엌에서 비정한 말이 흘러나왔다.

그렇다. 엄마는 집안에서 일어나는 모든 일을 보지 않고도 다 아는 사람이다. 아버지를 포함해서 누가 언제 무엇을 어떻게 했는지 훤히 안다. 좀 전에 독구가 무엇을 먹었는지 부리나

케 마당으로 뛰어와 저리 뒹구는 것을 보고 대뜸 쯧쯧, 뭘 잘 못 먹었구나, 했다. 필희 누나가 울상이 되어, 엄마, 독구가 왜 저래? 할 때부터 그리로 다시는 눈길을 보내지도 않았다.

명이 짧아서 죽을라구 그라는 겨.

평소보다 낮은 목소리였다. 독구에게 뭔가 희망이 있을 거 라고 믿는 우리에게, 엄마는 이미 사달이 나 버린 일을 가지고 애면글면하는 것이 탐탁치 않았던지 더 냉정했다.

깨앵, 깽.

속이 상한 아버지는 뒷방으로 가고, 독구는 고통을 견딜 수 없었던지 쑤셔박히듯 마루 밑으로 들어갔다.

그러고 나서 독구의 비명은 점차 힘을 잃었다. 소리의 간격 도 벌어졌다. 마지막 신음이 들리고 한동안 아무 소리가 없자 우리는 조바심이 났다.

독구야, 어이 나와! 나와서 얼릉 비눗물을 먹어야 산단 말여. 독구야, 독구야!

나는 그것이라도 먹여야겠다고 생각했다. 머리를 낮춰 마루 에 대고 정신없이 채근하는 사이 들고 있던 투가리를 놓쳤다. 비눗물이 쏟아졌다. 그러자 마른 땅 위에 거품이 소복히 피었 다가 사라졌다. 형은 묵묵히 팔장을 끼고 있었고, 나와 누나는 마루 밑에 고개를 쑤셔 넣은 채 얼마 남지 않았을 독구의 여력 을 부추기고 있었다.

쥐약을 놓는다는 소문만 들어도 누나는 들개처럼 나대는 독 구를 워리 워리, 빈 바가지로 유인하여 감나무에 묶고는 며칠

씩 풀어주지 않았었다.

명대루 살려거든 다소곳이 있거라. 빌빌거리는 쥐새끼가 근처에 얼쩔대도 잡아먹으믄 안되야.

이렇게 귀먹은 짐승을 타이르곤 평소보다 훨씬 더 많은 누른밥을 쏟아주곤 했다. 그래서 그런지 근 1년이 되도록 독구는 무사했고, 어느새 새끼까지 가져 배가 불러오기 시작한 게 달포 전 일이었다.

누런 털에 귀때기마저 축 늘어져 종자가 보잘것없어 보이고 누가 봐도 순전 똥개인 것만은 틀림이 없었으나 내남을 가리는 영특함이 족보 따지는 개 못지않았다. 정말이지 독구만큼은 쥐약 정도 가릴 줄 알았다.

독구야! 새끼 밴 놈이 죽으면 안돼야.

나는 울상이 되어 누나의 치마말기를 움켜쥐고 마루 밑 어둠 속에 외쳐댔다.

질기게도 독구는 꼬박 두어 시간을 그 속에 쳐박혀 헉헉대다가 마침내 제 명줄을 놓고야 말았다. 우리가 아무리 악을 쓰고 발을 굴러 봐도 소용이 없는 일이었다.

끝내 독구의 비명은 멎었다. 살아있다는 유일한 증거로 섬뜩하니 뿜어내던 두 점의 인광마저 까브락 간힌 뒤, 누나가 나를 일으켜 세웠다.

놔둬라. 한참 발광을 했으니께 죽을 모양이다. 잘 쳐먹었으믄 곤히 있지. 뭔 배때지가 고파 쥐약까지 먹었다냐? 쪼끔만 더 참으믄 새끼 낳고 호강해볼 건디.

필희 누나는 말끝에 한숨을 달았다.

죽었냐아?

부엌 쪽에서 어머니의 목소리가 들렸다.

죽었내벼….

우리는 똑같이 맥없이 대답했다.

그러구 섰지만 말구, 어이 가서 구 씨 더러 죽은 개나 치우라고 그랴.

소용도 없는 일에 매달려 우리가 애태우는 꼴이 못마땅해선지 어머니의 명령은 단호했다.

아침마다 운동 삼아 개천가로 나오며, 독구는 컹컹 짖으며 우리를 따라 다녔다. 그뿐 아니라 돌팔질이라도 하면 어떻게 알아냈는지 어김없이 그 돌을 물어 올 줄도 알았다. 외삼촌네서 강아지를 얻어 올 때부터 야무지고 별난 놈이었다. 형이 헛일 삼아 가르친 재주를 곧잘 해내기도 하고 덩치와는 달리 싸움질도 잘했다. 뒷집 세파드를 물어 비싼 개값을 치르게 될 뻔한 일을 제외하면 주인에게 혼구멍 나 본 적이 없는 명견이었다.

독구를 데려오기 전에는 검은 털에 귀가 제법 꼿꼿하게 섰던 쫑쫑이가 있었는데 명이 짧았던지 신작로에서 군인 지프차에 치어 죽었다. 그 이전에는 메리라는 놈이 크기도 전에 변소에 빠져 죽었는데, 그럴 때마다 우리가 들은 소리는, ‘우리 집은 터가 세어서 짐승이 안되야’ 였다.

아버지와 형이 호랑이띠로 태어났다 해서 개가 크다 말고 죽으란 법이 있나? 오늘만 해도 그런 것 같았다. ‘사람이고 개고 간에 제 명 제가 타고 나는 겨' 하고 걸핏하면 단정해버리는 엄마의 태도가 원망스럽기만 했다. 만약 고모네로 가신 할머니가 이것을 봤다면 누가 혼났을까? 키우는 개도 식구이긴 마찬가진데 그걸 하나 간수 못 하고…아마 엄마에게 눈을 흘기거나 아버지가 한소리를 들었을 일이었다.

엄마가 옆집에 있는 구 씨라도 불러 마루에서 독구를 꺼내 비눗물을 먹였더라면 살아날 수도 있지 않았을까? 그런데 어머니의 지시로 뒤늦게 불려온 구 씨는 목이 긴 쇠스랑으로 죽은 독구을 꺼냈다. 독구는 허옇게 드러낸 이빨과 그 사이로 길게 빼문 혓바닥을 보이며 우리에게 남은 한 가닥 기대를 모조리 지워버리고 낡은 가마니에 실려 우리를 떠났다. 결국, 그 놈도 우리와 인연을 갖지 못한 또 하나의 짐승이 되고 만 셈이었다.

우리는 하나같이 침울했다. 그렇게 보이지 않은 사람은 엄마뿐이었다. 마당 한가운데서 뒹구는 쇠스랑을 광에 걸어놓고 나온 엄마는 가슴이 훤히 보이도록 등거리를 풀어 헤지면서 마루 위에 털썩 앉았다.

위매, 오늘 왜 이리 덥냐? 누가 가서 수박이나 한 통 사와라. 션하게 우물에다 콱 박아 놨다가 먹으믄 조오컸다.

엄마의 주문대로 필승이 형이 어른 머리통만 한 수박을 사러 갔다. 자전거 체인 감기는 소리가 골목 끝에서 사라지자 어머니는 두레박으로 잔뜩 물을 길어 올렸다.

필진아, 너 여 와서 등목혀라.

싫은디?

사랑하는 식구를 잃은 마음 때문에 나는 마루 끝에서 넋없이 하늘을 지켜보고 있었다.

"이놈이, 어이 오라니께."

말을 듣지 않자 엄마는 득달같이 달려와 손으로 내 등짝을 몇 번 후려쳤다. 시늉만 컸지 아프게 때리지는 않았다. 엄마는 윗도리를 벗겨 나를 우물가에 엎드리게 한 후 시원하게 등목을 시켜 주었다.

이 녀석 등짝이 엉아만 하네. 우리 막내, 인자 다 컸다.

엄마는 우리가 섭섭하고 짜증날 때 그렇게 새끼를 다독이고 감쌀 줄 아는 분이었다.

한참 뒤 형이 돌아왔다.

먹음직한 그것을 두레박에 묶어 우물 속에 넣으면서도 형과 나는 신이 나기는커녕, 독구를 땅에 묻어 주지 못하고 구 씨에게 내맡긴 것을 후회하고 있었다.

구 씨가 개천에서 독구를 잡는 동안 엄마는 우리의 바깥출입을 절대 못하게 했다. 그러나 누구의 말도 잘 듣지 않는 나이였으므로 우리는 그 명령을 무시하고 독구의 마지막을 확인하고 싶어 몰래 밖으로 나올 수밖에 없었다.

들깨밭을 번지던 연기는 어느덧 시르죽고, 사방으로 노린내가 진동했다. 우리는 밭이랑에 낮게 엎드려 그곳에 접근했다. 먼저 아버지의 등판이 보였다. 구 씨는 칼을 가는 중이었다.

후덥지근한 바람이 우리의 등줄기를 쓸고 갔다. 우리는 눈을 똑바로 뜨고 주인에게 난자당하는 독구를 볼 참이었다. 그때 우리는 아버지의 목소리를 들었다.

구 씨, 오늘 복날인 거 아남? 이게 그래도 애덜 잘 따르고 새끼까지 가진 게 신통혀서 놔 둘려고 했는디 말여. 우리가 복날 워찌 그냥 넹기것어? 개를 잡는다 허면 애들이 생 난리를 칠 것이고, 쥐약을 사멘서도 여간 망설인 게 아녀. 요샌 그 노무 마누라가 맨날 볶아대는디 심이 없어 지랄 같단 말여. 에미가 애들한테는 수박이나 멕인다고 했으니께, 창새기나 싸게 도려내야.

그 날 일이 생각날 때마다 엄마 원망을 하던 우리는 훗날 이렇게 생각을 바꾸기로 했다. 어쨌거나 독구가 죽어 진짜로 가족의 피와 살이 되었으면 살신성인한 것이라고.

5.

우리 집안 성씨는 유래가 깊다. 종가에서는 옛날 중국 고대 삼황으로 거슬러 복희씨인지 신농씨인지 시조로 놓고 따지니 연구 많이 한 모양이다. 고려의 유명한 장군도 우리 집안 사람이라니 나쁘지 않다. 요즘 사람으로는 유명한 배우, 가수, 국회의원도 있는 모양인데 암튼 그 모두를 우리 집안의 별들이라 말할 수 있을 것 같다.

이런 말이 어울릴지 모르지만, 우리 집에도 별이 있다. 누나가 방송국에 나가 노래 한 번 부르고 나서 인기상 받은 덕분에 가수증을 받았으니 명색이 가수가 된 셈이다. 시장에서나 불러주는 가수라고 똥별이라고 부르진 마라. 인기가 역주행할지 그 팔자 누가 알까? 애들 시집 장가를 보내고 다 늙어 앨범을 내었을 때 아무도 거들떠보지 않은 강피리. 안쓰러운 생각이 들어 내가 근사한 데로 불러 밥을 사주었다. 피리 누나 애썼어. 그러자 가수 강피리는 눈물까지 글썽였다.

식당에서 앨범을 받고 누나와 밥을 먹으면서 느닷없이 삼촌이 생각났다. 만약 삼촌이 키타를 치고 누나가 노래했으면 어땠을까? 밥을 먹는 내내 바랑을 메고 계룡산 속리산 지리산 설악산을 떠돌며 수행하고 있을 것 같은 삼촌이 떠올랐다. 삼촌이 집 떠난 게 40년 전의 일이네. 나는 그 말을 하며 수저를 놓았는데, 누나는 대접에서 꾸미를 건져 입에 넣다가, 아 그렇게 됐나, 했다.

누나를 보내고 집에 돌아와서도 삼촌 생각이 끊어지지 않았다. 세월이 많이 지났으므로 삼촌은 필시 어느 곳에서 큰 스님을 모시는 상좌쯤 되었을 법한데, 집안 누구도 그의 삶에 대해 말하지 않은 것을 보면 무심(無心)이 집안 내력인 것 같기도 하다.

아니다. 그 말은 사실이 아니다. 나는 가끔 삼촌에 대해서 알고 싶어 했다. 삼촌이 왜 집을 떠나려고 했을까. 삼촌이 느끼고 생각한 것이 과연 무엇이었을까? 나는 철이 들고난 뒤 내내 그것이 궁금했다.

할머니 말에 의하면, 그가 태어난 날 하늘에서 별이 떨어졌다고 했다. 문헌을 뒤져보면, 강감찬 장군도 태어날 때 그랬다고 한다. 그래서 낙성대라는 곳이 생긴 것이다. 늦둥이의 비범

한 출생으로 인해 집안사 흉흉한 일들이 다 허물없이 넘어갔다는 생각을 하신 것 같았다. 이제 와 생각해보면 사실 노스님이 다녀간 일은 그 이상으로 해석할 일이었다. 하늘의 별이 움직일 만한 큰 사건이 생겼는데, 숨어 있어야 할 업구렁이가 나타나고, 조랭이가 날뛰다가 죽고, 아버지가 이유 없이 드러누워 오그라지게 되었다면 좋은 일은 아니었다. 그때 무더기로 일어난 사건이 삼촌의 출생과 무관할 리가 없었다. 거창하게 말해서 삼촌의 출생은 우주적으로 이해되어야 하는 일. 질량 불변의 법칙이 작용하는 지구 위로 별이 떨어졌다는 것은 또 하나의 별이 지상에 출현했다는 것을 의미한다. 삼촌이 별인 셈이었다. 그런데 이 땅에 이런 사건을 시기하는 것들이 없을 리가 없다. 귀한 이의 온건한 삶을 망치려고 달라붙은 악귀들이 많았을 것이다. 그래서 어린 시절을 힘들게 보낸 삼촌은, 대개 여러 성자가 그렇듯 서둘러 고향을 떠나야 했던 것이 아니었을까?

할아버지가 세상을 떠난 후에도 할아버지 몫까지 할머니는 참 오래 사셨다. 정신 줄이 흐려질 때까지 엄마와 고모, 누나를 앞세워 절에 다녔다. 막내아들이 스님이 되어 떠돌아다닐 것을 생각해서 시주도 적잖게 하였다고 했다.

재주 많은 놈 팔자가 사납다는디, 이눔이 어디서 뭘 하는지….

아버지는 스님이 되었을 자기 동생을 이놈 저놈 하며 걱정하고 욕할 뿐 자랑하는 법이 없었다. 망백을 넘기고 상수(上壽)를 바라보는 나이에 치매가 들어 정신이 오락가락하시던

중에 하루는 할머니가 뜬금없이 훈계했다.

아범아, 니 동생은 니가 함부로 말해도 되는 애가 아녀.

그 말을 듣고 아버지가 무슨 생각을 했을까. 스스로 배운 바가 없다고 인정하는 자신이 배우고 아는 대로 행동하겠다고 애쓴 동생을 과연 탓할 자격이 없다고 생각했을까? 늦은 나이에도 막내를 감싸려는 어미의 노파심으로 이해했을까?

어릴 적 기이한 그 스님이 이름을 바꿔준 덕분인지는 몰라도 이곳저곳 대학을 다니며 시간강사를 하던 나는 마흔이 다 되었을 무렵 소설가가 되었다. 강의 준비하랴 선배 교수 눈치 보랴 안정되지 않은 직장 때문에 힘들긴 했다. 그게 탈이었는지 과로로 인해 몸이 많이 망가졌다는 진단을 받았다. 밤마다 헛것이 보였다. 그런데 겉으로는 멀쩡해 보여서 신병 얻은 거 아니냐는 말을 듣기도 했다.

한 일 년쯤 쉬기로 작정하고 집에서 병구완하고 있다 보니 삼촌의 행적이 궁금해졌다. 삼촌을 찾아 나선다는 것 자체가 구도하는 일 같기도 했고, 그것으로 소설로 엮는다면 뭔가 될 것 같은 생각도 들어 우선 잘 아는 친구 동생을 찾아가 보았다. 신내림 굿을 여러 번 받은 적이 있고 작두까지 탄 적이 있어서 '작두'라는 별명을 가진 여자애였다.

어디 보자. 하도…리… 거기서 찾아보세요.

눈을 내리깔고 반가사유상이나 된 것처럼 탱화 앞에 앉아 있던 작두가 불쑥 한 말이 '하도리'였다.

우리나라에 하도리라는 곳이 있나?

그건 모르겠고, 우리 할배가 그렇게 알려 주는데요?

알았다.

행정구역으로 하도리라는 이름을 가진 곳이 여럿 있었다. 우선 제일 먼 곳부터 가보리라 작정했다. 제주의 하도리는 아무리 둘러봐도 새들이 오가는 곳이긴 해도 관광객이나 갈 곳이지 삼촌이 있을 만한 곳이 아니었다.

강화에도 하도리가 있었고 남원과 경산, 논산, 예산에도 하도리가 있었는데, 작두에게 전화를 걸어 이번에는 어디를 가야 할까 조언을 구했더니, 웃기만 했다.

오라버니, 계룡산이건 설악산이건 수행자가 갈 만한 토굴 어디 있나 찾아봐. 손바닥만 한 땅덩어리에서 사람이 가면 어디 가겠어?

나는 지독한 더위를 견디며 여름 내내 삼촌을 찾아 돌아다니다가 무주구천동까지 오고 말았다. 이젠·삼촌을 찾는다는 것이 하릴없이 느껴져서 여기서 나도 그냥 도나 닦아보자는 심사가 마음속에 움텄다. 때마침 산자락에 수행자가 사는 토굴이 있었고. 마음공부를 하고 싶은데 뭐든 시키는 대로 하겠다고, 휴대전화는 절대 사용하지 않겠다고 약속을 하고 거기서 한 계절을 지내보기로 했다. 있다 보면 행자의 심정이 어떤 것인지 어디서 무얼 해야 구도가 될지 생각이 들면 삼촌에게 가는 길이 조금 수월해질 것 같았다.

얻어온 쌀을 가지고 뭉글하게 끓인 죽으로 아침을 때웠다. 곡기를 입에 넣어야 숨이 붙어 있을 수 있다고 했다. 벽을 보고 앉아 있던 늙은이는 어디 가고 없는데 물을 뜨러 간 모양이었다. 정 동쪽에 있던 해가 약간 빗겨 떠 있었다. 솔가지가 입구를 가려 햇빛은 들어오지 않았다. 늙은이가 있던 자리 옆으로 가 가부좌를 틀고 앉았다. 돌바닥이 차가웠다. 소리는 하나만 내게나. 오…옴…하고 소리내 봐. 들뜨지 않게 최대한 가라앉혀서. 향불을 지피듯 입안으로 물고 있는 소리를 밖으로 꺼내 보았다. 오…옴…. 그 소리는 허리를 곧추세우고 눈꺼풀을 슬그머니 닫을 때 폐부의 맨 아래에서 만들어낸 것인지도 몰랐다. 잠시 허공에서 떠돌다 청각에 닿던 소리가 가물가물 가라앉았다. 텅 빈 몸에서 물소리가 느껴졌다. 아주 미미하지만 내가 만든 소리. 토굴 밖의 새와 바람도 자꾸 내 몸에 들고 싶어 했다.

몸에서 나는 물소리를 들어보게. 우리가 아무리 가만히 있어도 살아있으려고 움직이는 게 있어. 심장이지. 그놈이 폐에 자극을 주고 횡경막을 밀고 당기니까 몸에 파장이 생겨. 그걸 살피는 거야.

늙은이가 나에게 가르침으로 해준 말은 그게 전부였다.

6.

그곳에 군용 침낭이 있었기 망정이지 달이 차고 기우는 것도 보기 전에 토굴에서 얼어 죽을 뻔했다. 더위가 가시고 나자 산자락에 서늘한 바람이 불어 견딜 만한 줄 알았는데 밤이 되면 추웠다. 늙은이가, 여기서 도를 닦다가 병을 얻어 실려 간 사람이 여럿이라 했을 때, 등산에 비박 경험이 많은 나는 자신이 있었다. 당신 같은 사람이 버티고 있는데 못할 게 없지 않을까. 그런데 막상 하루 이틀 지내보니 전혀 달랐다.

약간의 쌀과 간장과 된장을 넣어 끓인 뭉근한 죽 한 사발로 하루를 견디는 일, 종일 틀어 앉아 자기를 비우는 일이 며칠이나 가능할지 나는 전혀 몰랐다. 지우려 하면 할수록 더욱 명징하게 떠오르는 생각들이 너무 많았다. 아직 미혼인 내 머릿속 제일 안쪽에 쌓여 있는 것은 가족이었다. 연로해서 자기가 누구인지 잊어버린 할머니. 해외여행을 가고 싶은데 시어머니 간병 해야 하는 어머니와 그 짜증을 받아주는 아버지. 아직도 행방이 묘연한 삼촌. 강원도 첩첩산중의 산불을 감시하느라 헬기를 조종하고 있을 형, 과수원을 하는 매형과 함께 일하고 트럭을 몰고 다니며 트롯트 연습하는 누나. 가족은 한동안 숨소리와 함께 떠오르다가 일주일쯤 되니 사라졌다. 작두의 언니인 세경과 가끔 어울리긴 했지만, 같이 살기엔 부족했다. 성격이 활달한 그녀는 부동산 사무실을 운영하면서 만나는 사람이 나 말고도 여럿 있었다. 따지고 보면 아무에게도 속해 있지 않은 사람이 화통하게 사는데 그게 어떠랴 싶기도 하고. 사람들의 환영이 물러서고 잠잠해지더니 이제 빈 곳에 혼자 남아 있었다.

몸에서 출렁이는 물소리가 작게 들리기 시작했다. 그리고 며칠 후에는 몸에서 북소리까지 들렸다. 머리는 맑아졌다. 온몸의 감각이 예민해져서 벽에서 기어 내려온 톡토기의 위치까지도 알 것 같았다. 꿀과 메뚜기로 광야에서 버틴 유대의 선지자가 어른어른 눈앞을 지나갔다.

왜 그러고 있어? 그는 한 번씩 내게 물었지만 나는 할 말이 없었다.

　진지했던 결심이 무색하게 늙은이와의 동거는 길게 가지 못했다. 나를 참구하는 것도 아니면서 벽 앞에 그냥 앉아 있는 것으로는 도에 닿는 게 가능할까 싶었다. 몸이 요구하는 것이 많았다. 여자 생각도 났다. 물과 미음으로 얼마나 버틸 수가 있을까. 피어오르는 온갖 생각을 누르고 하루 지내기가 석 달 열흘만큼이나 길게 느껴졌다. 물을 뜨러 근처 계곡으로 나가 지나가는 사람을 넋 놓고 보기도 했다. 허기가 져서 허리는 곧게 펴지지 않았다. 바른 자세로 앉는 것이 힘들어졌다. 열흘이 지나기도 전에 매사가 온전하지 못한 것을 보고, 늙은이는 그런 몸으로 도를 찾아 어디에 쓰겠냐고 물었다. 나는 바짝 마른 입술을 조금 움직여 웃기만 하고 말았다. 그 날 오후에 늙은이는 지팡이 하나를 주고 그만 내려가라고 했다.

　가방에서 휴대전화를 꺼내 스위치를 켜고 들여다보니 부고가 올라와 있었다. 늙은이가 내게 산을 내려가라 한 이유가 그것이었나? 할머니가 하늘나라로 가신 것을 알고 나는 정신이 퍼뜩 들었다.

　할머니를 모신 곳은 유성 호텔 근처의 장례식장이었다.

　왜 그리 연락이 안 됐어?

　나는 휴대전화를 죽여놓고 소설을 쓰려고 어디 다녀왔다는 말만 했다. 서둘러 오는 게 힘들었지만 나오자마자 장터에서 먹은 따뜻한 곰국 덕분에 기운이 좀 돌았다.

　오랜만에 식구들이 함께 모였다. 우리 식구들은 검은색으로 옷을 갈아 입고 즐겁게 웃으면서 사람들을 안내했다. 호상이니까 웃어도 돼. 사람들이 그렇게 말했다.

어제 할머니는 평소에 쓰던 휠체어에서 일어서서 누군가를 따라가겠다고 했다 한다. 반으로 줄어든 몸피를 벌떡 일으켜 몇 걸음을 걸었다는 이야기를 어머니가 사람들에게 하고 다녀서 또 한 번 다른 사람들을 놀라게 했다.

아버지는 지인들에 둘러싸여 자기 어머니의 삶이 얼마나 특별했는지 말하느라 정신이 없는 듯하고, 어머니는 누군가의 험담을 내려놓고 있는지 낮은 목소리로 소곤거렸다.

우리 삼 형제는 할머니 영정 앞에서 오랜만에 어릴 적의 우상이었던 삼촌을 소환했다. 태어난 시각에 큰 별이 떨어졌다는 삼촌. 삼촌은 스님이 되기 위해 머리를 깎은 줄 알았는데 알고 보니 누나 친구의 큰 언니와 연애를 하다가 틀어져 집을 나간 것이라 했다. 정말이야? 그게 말이 돼? 삼촌은 예전에 타고 싶었던 여수의 원양어선을 찾아간 거래. 그런 뜬금없는 얘기는 동창회에 나가 노래를 부른 후 우연히 선배한테서 들었다고 누나가 말했다.

머리를 깎아서 큰스님이 되어 살고 있을 줄 알았지.

그러게. 원양어선을 타다가 지금은 부에노스아이레스에서 만난 여자와 살고 있대. 전화번호를 몰라서 연락을 못 하고….

시간의 정체가 참 묘하다. 시간을 그렇게 해석한 할머니도 참 용하다. 삼촌이 태어난 시각에 별이 하늘에서 하나만 떨어졌을까? 내가 태어난 날도 조랭이가 죽은 날도 밤에도 낮에도 별은 무수히 떨어졌을 것이다. 아직 팽창하고 있는 이 우주에 별이 있다는 것은 누가 거기에 시간을 걸어놨다는 뜻이다. 신이 그 엄청난 일을 했을까? 성준이라는 이름을 가진 나는 필진으로 바꾼 뒤 성격이 싹 변했다. 가수 강피리도 그렇겠지만 확실히 내게는 성준의 때가 있고 필진의 때가 있는 모양이다. 할머니가 돌아가신 시각에 어떤 일이 세상에 벌어졌는지 알면 누구든 놀랄 것이다. 우연인지 몰라도 1994년 10월 21일 새벽, 할머니가 소천하신 그 시각에 멀쩡하던 성수대교가 무너져버렸다. 할머니가 돌아가시지 않았으면 그 다리가 무사했을까? 모르겠다. 세상일은 아무도 모르니까. ▢

흙의 시간

나이 많은 선배 교사가 그랬다. 내가 천복(天福)을 타고 났다고. 사주팔자를 믿지도 않고 별 관심이 없긴 하지만 장난삼아 보여준 내 생시 연월을 보고 무슨 계산을 하는가 싶더니, 천복이 있다는 말을 분명히 했다. 그땐 마치 던져놓은 빨랫감의 주머니에서 생각하지도 않은 지폐 하나가 빠져나온 듯한 느낌이었다. 내가 큰 고생 없이 산 것으로 보면 그 말이 맞는 것 같기도 했다. 하지만 솔직히 말하자면 나는 성공한 아버지를 둔 사람으로 이승에 나왔다. 예로부터 복이라 하면 부귀, 장수와 강령에 자손이 많은 것을 꼽는데, 60년대 이전의 살림은 너 나 할 것 없이 가난했으니 말할 필요가 없고, 아버지가 사십 대 후반이었던 70년대 초기부터 집안 살림이 피어서 나는 고생하지 않고 남부러워할 만큼 살았다고 할 수 있다. 널찍한 울안에 정원이 있고 연못까지 있었으니까.

내 형제는 11남매다. 그 많은 형제가 다치거나 병드는 일 없이 모두 건강히 자랐다. 형제가 7남 4녀인데, 나중에 들어온 식구가 며느리의 이름으로 여섯이고, 사위란 이름으로는 둘을 더 얹어 합이 열아홉이다. 아쉽게도 딸 넷 중에 맏인 누이는 이혼하고 애들이랑 사는데, 아버지와 속이 틀어져 오래전부터 아예 집안 출입을 하지 않는다. 서로 돕고 살아야 하는 동기간(同氣間)도 자기가 싫으면 그냥 남이 되는 세상이란 걸 처음 알았다. 둘째 형은 애가 크기 전에 친한 친구랑 입을 맞추더니 중남미에 있는 파라과이로 이민 갔다. 처음엔 힘들어하다가 사업에 성공해서 얼마 후부턴 수시로 전화도 하고 물건 하러 한국과 중국을 들락거린다. 그나마 아픈 형제가 없어서 다행이다. 남아 있는 형제 중 둘은 아버지의 간절한 소망대로 신부 수녀가 되어 살고 있다.

숫자를 헤아리기가 어려울 정도로 많은 식구가 명절에 모인다. 조카들이 많아 몇이 빠져도 표 안 나고 그 모습이 무슨 합숙소 같다. 무엇보다도 우선 벗어놓은 신발을 넣을 공간이 없어 아파트 좁은 현관에 쌓아 놓고 질정질정 밟고 다닌다. 이런 모습이 싫어 어릴 땐 형제의 숫자를 다른 사람에게 말하지 않았다. 누가 물으면 그냥, 많아요, 했다. 나이 들고 보니 식구 많은 것이 전혀 부끄럽지 않았다. 오히려 축복인 것 같아 자랑하고 다녔다. "두 살 터울로 열하나. 상상이 가요?" 어릴 땐 괜히 이런 식으로 말할 때도 있었다. "우리 집은 고아원이야. 나 건들면 우리 형들이 가만 안둘 걸?" 물론 그걸 믿고 아무 때나 싸움을 청하는 짓은 하지 않았다. 할머니를 약간 닮은 나를 빼고 우리 형제들은 나무랄 일이 없는 착한 성품을 가지고 있었다. 그렇게 자랐으니 우리 형제는 모두 천복을 타고 났다고 해야 할 것이었다. 우리는 명절 외에도 아버지 생신 때나 어머니 기일에 만나 시끌벅적 의좋게 놀았다.

기일에서 돌아가신 이를 생각하는 슬픔을 빼고 나면 뭐가 남을까? 그건 즐거운 만남이다. 그 날이 오면 우리는 웃고 떠들며 음주를 하고 화투판을 벌인다. 어쩌다가 시국 이야기로 얼굴 붉힌 적도 있긴 했다. 하지만 가능하면 그런 일은 피한다. 가장 좋은 방법은 남자형제끼리 어울려 볼링장에 가거나 장기 바둑을 두는 일이다. 그중 화투가 제일 무난하다. 지난 구정 때도 우리 형제는 어김없이 모여 연도를 바친 뒤 술을 마시면서 아버지의 덕담을 들었다. 아버지는 날이 갈수록 손발에 힘이 빠져나간다고 몸이 예전 같지 않다고 걱정하지만, 정신은 또렷하다.

세상이 변했어. 태어나는 애는 없고 다 죽기만 기다리는 늙은이뿐이니 어쩐다냐. 이러다가 학교구 뭐구 다 없어지는 거 아니냐? 니들은 얼른 애들 시집장가보내야 한다. 빨리 애를 낳아야 돼.

우리는 늙은 아버지가 무슨 말씀을 해도 예전처럼 정신을 집중해서 듣진 않았다. 다만 한쪽 구석에서 모여 앉아 화투판을 벌이다가 가끔씩 고개를 돌려가며 대꾸했다. 아직 짝을 찾지 못한 애들은 빨리 짝을 찾아 애를 낳아야 한다는 말에 기겁하는 기색을 보였다. 화투 하는 근처에서 얼쩡거리는 아이들에게 할아버지 말 듣기 싫으면 어서 딴방으로 가라고 눈짓을 보냈다. 애들은 명절이 끝나면 할아버지가 그런 식으로 말하는 게 거북해서 다시는 안오겠다고 으름장을 놓는 일이 예사였기 때문이었다.

애들아, 이젠 아무래도 땅에 묻히는 게 어려울 것 같지? 그래서 결심했다. 나도 그래야겠지만 느이들끼리 상의해서 이참에 엄마 묘를 납골당에 옮기도록 해라.

TV소리가 왕왕거리고 아들 손주가 수런거리는 방 한가운데서 아버지는 불쑥 그런 말을 했다. 갑자기 어머니의 면례가 허락되자 우리는 그 순간 화투를 내려놓고 아버지가 앉아계신 소파 주변으로 모여들었다.

내년 봄에 하자.

아버지는 당신이 아직 정정할 때 어머니 묘를 정리하고 싶다는 말을 하셨다.

우리는 그날 적당한 날짜를 찾아 머리를 맞대었다. 서로 선택하는 이유가 다르고 시간이 포개지지 않아 영 결정이 나지 않았다. 이럴 땐 어쩔 수 없이 내가 나서게 되는 게 순리였다. 동생이 채근했다.

작은 형이 결정하세요.

다른 말 없기다.

딴소리하면 우리 식구 호적에서 파내버리세요.

이런 것으로 그런 말을 할 정도로 약간 과격한 게 우리 집 스타일이었다. 그래서 나는 이리저리 날짜를 헤아려보다가 4월 7일로 잡고 준비하기로 했다.

구정 때 얼굴을 못 본 막내 수녀한테서 문자를 보냈더니 곧 연락이 왔다. 휴가받아서 꼭 갈 거야. 그럼 좋지. 거기는 별일은 없고? 응, 잘 지내고 있어. 그렇게 문자가 오갔다.

나는 수녀가 된 막내의 목소리만 들어도 가슴이 아릿했다. 수녀원에서 아무리 잘 살아도 내게는 혼자 사는 막내, 어머니 얼굴도 모르고 자란 막내, 내가 자주 업고 다닌 막내였다.

*

40년 전 겨울에 어머니는 마흔을 넘긴 나이로 애를 낳다가 돌아가셨다. 돌아가신 다음 날이 연중 가장 춥다는 소한이었다. 일부 조문객들은 마당 한구석에서 윷놀이도 하고 구석구석 모여 앉아 화투판을 벌였다. 물론 곡소리두 끊이지 않았지만, 웃음소린 몰라도 잔뜩 취해 소리 지르고 몸을 가누지 못해 어디론가 부축되어 가는 사람도 적지 않았다. 방마다 연도를 하는 사람들로 넘쳐나서 안으로 들어가지 못하는 사람들은 너른 마당으로 나와 벌겋게 달아오른 연탄불 앞에서 손을 부채처럼 펴고 추위를 버텼다.

니 엄니 틀림없이 천국 갔을껴.

그들 중 누군가가 멍하니 마루에 앉아 있는 나의 머리통을 만지작거리며 말했다. 누가 친척인지, 누가 성당 사람인지, 누가 아버지 거래처 사람인지, 인사를 해야 하는지 말아야 하는지 구별도 어려웠다. 우리는 과도한 크기의 뻣뻣한 삼베옷을 입고 무표정하게 시키는 대로 고개만 주억거리고 다녔다. 그때 내 나이 열여섯이었다. 어머니의 부재가 어떤 것을 의미하는지 짐작조차 되지 않을 나이였으므로 틈만 나면 상주 손에 쥐고 있어야 하는 나무 막대기를 들고 툭툭, 장난을 치기도 했다.

큰형은 군에 있다가 연락이 늦어 나중에 도착했는데, 나와 동생들은 사람들이 시키는 대로 상복을 입은 채 안방 건넌방을 들락거리며 앉으라면 앉고, 곡하라면 하고, 절하고, 기도하고, 밥을 먹었다. 연일 계속되는 어수선한 분위기에 몸과 마음이 지쳐 어디 쑤셔 박혀 쉬고 싶은데, 아이고, 아이고…기어들어갈 듯한 곡소리가 너무 작다고, 어서 크게 하라고 나무라는 소리를 매번 들어야 했다.

먼 곳에서 찾아온 친척 중 여자의 얼굴이 비치기만 하면 한바탕 소동이 일어났다. 고모 이모에 장성한 조카딸까지 여럿이다 보니 열한 번째 아이를 낳다 돌아가신 우리 올케, 우리 언니, 숙모, 백모가 크게 원망 되고 눈물이 되었다. 이 많은 애들 놔두고 어떻게 가요. 그렇게 고생만 죽어라고 하더니 뭐가 급해서 가신 거예요, 아이고, 아이고…. 비릿한 피 냄새가 배인 시신을 가려둔 병풍 앞에 그녀들이 퍼질러 앉아 쓰러질 듯 격한 슬픔을 쏟아내면 한동안 방이 휘청했다. 그녀들은 주변 사람들이, 이제 그만 해요, 라고 몇 번씩 말하면서 일으켜 세울 때까지 우리 형제의 몫을 대신해서 정말 서럽게 잘도 울었다. 사흘을 어떻게 지냈는지 그 때문에 우리의 진짜 슬픔은 간 곳 없이 내박쳐지고 눈과 귀만 그냥 멍하니 소란스러웠을 뿐이었다.

염을 하고, 입관하고, 사람을 저승으로 보내는 절차가 왜 이리 복잡한 것인지 알 수 없지만 우리는 너무나 지치고 허탈한 상태가 되어 떠밀려 나가듯 숨이 멎은 어머니를 관속에 넣고 집에서 데리고 나왔다. 많은 사람과 함께 대흥동 성당에서 미사를 드리고 나서 곧바로 시신을 산내 공동묘지로 모셨다. 아버지의 거래처 지인들과 공장식구들, 친인척들이 어머니의 관을 메고 산기슭을 돌아 무덤가로 향해 가던 순간이 기억난다.

에헤 에헤에에… 북망산천 머다더니 내 집 앞이 북망일세 에헤 에헤에에….

나는 앞에서 영정 사진을 들고 있다가 가끔 걸음을 멈추고 뒤를 돌아보았다. 떨어지지 않는 발을 옮기며 요령 소리에 맞춰 청승맞게 만가를 부르는 사람들의 얼굴은 소한을 막 지난 추위 때문에 더욱 까칠해 보였다.

이제 가면 언제 오나. 오실 날을 일러주오 에헤이 에헤…

그들의 대열 속에서 끊임없이 끼어드는 곡소리와 여자들의 기도 소리, 복잡한 장례 절차에 익숙지 못해 굼뜬 인부들을 채근하는 고함소리 같은 것들이 아직도 흐릿하나마 귀에 들러붙어 있다. 구덩이에 관을 내려놓고 흙으로 메우는 동안 오열하던 아버지를 멍하니 바라보던 나도 그 낡은 인화지 안에 들어 있다. 모든 게 엊그제 같은데 벌써 사십 년이 흐르다니, 역시 세월은 시위를 벗어난 화살 같은 것이다.

이상하게도 나는 어머니가 돌아가셨을 때 전혀 울지 않았다. 왜 그랬는지는 몰라도 정말 그랬던 것 같다. 내가 피도 눈물도 없는 사람인가 의심이 들기도 했다. 어머니를 사랑하지 않은 것도 아니고 심리적으로 문제가 있었던 것도 아닌데 시켜서 곡을 했을망정 아무튼 눈물 한 방울 빼지 않은 것은 사실이었다. 그냥 감정의 흐름이 갑자기 딱, 멎었다고 해야 할까? 몸

한쪽에서 뭔가가 쑥 빠져나간 느낌, 속이 다 비워진 듯한 느낌은 그 후에도 꽤 오래 갔다. 그 시절 나는 하는 짓마다 철방구리였다가 말수가 점점 줄어들었는데 어느 날 갑자기 어린 티가 빠져나갔다. 아니, 어머니를 땅에 묻고 온 날부터 내 안의 아이가 어디로 사라져버린 것 같았다. 그 대신 속에서 단단하고 예리한 것이 조금씩 돋아났다. 그 사흘이 지나자 아무도 우리에게 뭐라는 사람이 없었다. 집안은 무섭게 조용했고, 주변 사람들은 갑자기 찾아온 생활의 변화를 우리가 어떻게 받아들이는지 탐색하려고 했다. 다행히 어머니가 우리를 떠난 겨울 그 혹독한 추위는 오래 가지 않았다. 날은 금세 따뜻해지고, 천지는 다시 봄빛으로 바뀌었다. 46세의 아버지는 아직 젊은 나이였고, 우리는 너무 어렸다.

세월이 너무 많이 흘러 사실이지 그때의 비통함을 다 기억하지 못한다. 기억하는 것은 새어머니가 오기 전 몇 달 동안 우리는 하루도 거르지 않고 옹기종기 모여앉아 아침저녁 제시간을 지켜 연도문을 외며 돌아가신 어머니를 추모했다는 사실이다. 어린 동생들이 엄마의 부재를 눈치를 챘는지 모여 앉아 눈시울을 붉히거나 특별히 우는소리를 하진 않았지만, 습기가 꽉 들어찬 검은 눈동자에 벽에 걸린 십자가 고상을 바라보며 매섭게 침묵했던 것으로 마음을 헤아릴 수 있었다. 나는 엄마의 품을 잃어버린 세 살짜리 막내 여동생이 당시 어떻게 지냈는지 기억을 명확히 돌이킬 재간이 없다. 이웃집 신 씨 아주머니가 매일 데려가 분유를 먹이고 돌봐주었던 것으로 추측하긴 하지만 확실하진 않다. 암튼 우리는 어머니와 이별을 한 뒤에도 어김없이 똑같은 시간에 일어나 밥을 먹고 학교에 다녔다.

어른들은 어머니의 부재로 인해 애들이 혼란스러워할까 싶어 큰 집의 셋째 누나와 외갓집의 막내 이모를 당분간 집에 남아 있게 해서 그나마 위로를 주려고 했다. 둘은 어떻게 해서든 우리들의 마음을 밝게 해주려고 저녁마다 일을 꾸몄다. 그 와중에도 침울하게 가라앉아 있던 집안에 약간 어색할 정도로 웃음소리가 끼어들기 시작했다. 어머니가 없는 집은 그나마 이 둘의 노력으로 조금씩 어둠에서 발을 뺄 수 있었다.

그로부터 얼마 후 우리 가족의 구성원이 달라졌다. 봄이 다 가기 전에 성당에서 아버지가 젊은 여자와 결혼하는 모습을 우리는 지켜보았다. 새어머니가 오고 나서 집 색깔이 예전과는 영판 달라졌다는 것만 확실히 기억한다. 그 참에 생활이 180도 바뀐 것은 나와 아버지다. 그 뒤 나는 거의 3년 동안 입을 닫고 살았는데 새로 모신 어머니의 본심을 알기 위해 독한 눈매를 거둔 적이 없었다. 어둠 속에서 벽 뒤에 깔린 들리지 않는 소리를 들으려고 애를 썼고, 보이지 않는 곳에서 무엇인가를 보려고 애를 썼다. 그런데 어느 날부터 보고 듣는 나의 감각에 이상이 생겼다. 뭔가 알 수 없는 힘이 내 몸에 들어오려고 했다. 특히 잠을 자려고 할 때 눈을 감으면 허공에서 불쑥 나타나 순식간에 내 몸을 파고들어 왔다. 잠깐이지만 몸이 갈기갈기 찢기는 듯했다. 그놈은 얼굴이 없고 그냥 검은 덩어리로 순식간에 들어왔다가 봄눈이 그렇듯 증발하곤 했다. 처음에는 죽을 듯 아프고 무서웠으나, 반복되는 동안 그것은 내

안의 두려움을 빼내고 속을 깊게 만들었다. 이 증세가 왜 오는 거지? 너 귀신이야? 난 네가 원하는 사람이 아니야. 다른 데로 가. 나는 그놈을 물리치기 위해 책을 거머쥐었다. 밤새 책을 읽지 않으면 밖으로 나가 발과 주먹으로 허공을 치고받으며 몸이라도 부려야 했다.

아버지처럼 복이 많은 사람은 드물다. 할아버지는 아버지가 일곱 살 때 돌아가셨는데, 성당에서 사무를 보는 분이었다고 했다. 자식을 넷이나 두고 가장이 세상을 떠났으니 가족의 고초는 말할 것도 없었겠지만, 아버지보다 열 살이 많은 큰아버지가 가사를 책임지고 오사카에서 모자를 만드는 일을 배워 그나마 다행이었다. 해방 후 두 분은 대전에서 사업을 했다. 당시 모자를 만드는 사업이 번창하여 큰아버지는 서울로 이사를 할 수 있었고, 우리 집은 자식 열 남매를 다 공부시키고 어려움이 없이 살았다. 딱 하나, 지금까지 당신 생애에서 문제가 있었다면 일찍 조강지처를 잃었다는 것뿐이었다. 아니 좀 독하게 말한다면 그조차도 아버지에게는 행운일 수 있었다. 중년에 젊고 예쁘고 착한 새 아내를 얻을 수 있었으니 자식으로 할 말은 아니지만, 남자로서는 행운이라면 행운일 터였다. 그래서 아버지는 죽은 아내에게 크게 마음의 빚이 있었을 것이다. 어머니는 늘 임신하여 배부르고 애 낳고 젖먹이를 돌보며 가사는 물론이고 노모를 돌보는 일과 공장 일까지 빠뜨리지 않고 챙긴 사람이었으니까 종도 그렇게 일하지는 않았을 것이었다.

니들 엄마, 정말 어려운 시기에 애 낳고 일만 하다 죽었다. 생각만 하면 가슴이 아퍼.

얼굴에 주름이 생기기도 전에 어린 자식을 잔뜩 남긴 채 아내를 잃었으니 가슴이 막막하지 않을 수 없었을 것이다. 게다가 어머니와 아내 사이에 끼어 있는 갈등 때문에 본의 아니게 구박했던 일…. 언젠가 할머니 때문에 아버지가 몽둥이를 들고 어머니를 부엌으로 끌고 들어갔다. 그때 들은 그 비명을 나는 잊을 수가 없다. 실제로 때렸는지 때린 척을 했는지는 모르지만, 아버지는 역시 그 할머니에 그 자식이구나, 생각했다.

아버지는 마음이 편치 않으셨겠지만, 암튼 복이 많아 어머니보다 훨씬 젊은 여자와 성당에서 신부님의 주례로 또 한 번 혼례 성사를 치뤘다. 그때의 신부…어머니보다 열 살이나 어린 새색시가 어느덧 칠순을 훌쩍 넘긴 모습으로 자기에게 십 남매를 맡기고 간 분의 유골을 보기 위해 우리를 따라왔다.

누가 그렇게 많은 자식이 있는 집에 시집오겠어?

주변 사람들은 이구동성으로 새 식구의 심성을 칭찬했으나 당시 나는 그 말을 다 믿을 정도로 어리지 않았다. 비슷한 시기에 어머니를 잃고 계모를 얻은 친구가 있었는데, 친구는 다방에서 일하던 여자를 아버지가 데려와 살아서 내 앞에서조차 흉을 봤다. 그 여자를 어머니로 부르기가 싫어서 매일 동네 놀이터를 서성거리다가 들어가거나 탁구장을 자기도 하는 것 같았다. 나는 동생들에게 어머니라는 호칭을 굳이 쓰지 못하게 한 것은 아니었지만, 한동안 차갑게 지켜보는 것으로 새어머니에게 감정이 함부로 흘러가는 것을 틀어막았다. 그래서 우리가 마음을 열고 엄마라는 호칭을 쓰는 데는 몇 년이 걸렸다.

새어머니는 지극정성으로 어린 동생을 돌보았다. 얼마 지나지 않아 막내 밑에 또 다른 막내가 생겼어도 서운하지 않았다. 새어머니를 진짜 어머니처럼 인정하고 나서 느낀 감정은 좀 특별한 것이었다. 그래, 사람 영혼이 죽지 않는 것이라면 어머니의 영혼은 저분의 가슴에 벌써 들어와 계실 거야. 우릴 놔두고 그냥 아무 일 없이 천당에 가시진 못했을 테니까…. 나는 그렇게 믿고 새어머니를 친어머니와 동등하게 가슴에 새기기 시작했다. 그러기에 두 막내를 잘 데리고 놀았다. 옛날 얘기도 해주고, 노래도 가르쳐주고, 목마도 태웠다. 그분은 고운 손으로 빨래하고 공장을 들락거리며 살피고 애들을 돌보는 것이, 지켜볼수록 진짜 엄마였다.

돌아가신 분이 어느 날 꿈에 보이더라. 옷을 벗고 계셨는데 니들 엄마인 걸 금방 알겠더라. 니 엄마가 내 손을 잡더니 말이다, 애들 잘 돌보라 하시는 거야. 그러시고는 빛이 훤한 곳으로 몸을 감추셨어. 틀림없이 엄마는 천당으로 편히 가셨을 거다.

이것이 새어머니의 꿈에 어머니가 현신하셨다는 내용이다.

*

몇 년 후 나는 5년 동안 다닌 고등전문학교를 졸업하고 직장을 잡았다. 담임 교수가 알선해준 것이 기술학교에서 실기교사로서 아이들을 가르치는 일이었다. 약관의 나이로 교직에 있었지만, 실기교사라는 위치가 뭔지도 모르고 직장에 다녔다. 뭔가가 내 것이 아닌 듯 어설프고 낯설기만 한 시간이었다. 일 년도 채우지 못하고 사표를 낸 뒤 계룡산 중턱에 있는 암자로 들어가 거의 세 계절을 입 닫고 살았다. 계곡을 뛰어다니며 속을 달랬다. 몸에 큰불이 있어서 얼음으로 눌러놓지 않으면 사고를 내거나 나쁜 사람이 될 것 같은 느낌이 들었다. 누가 아예 머리를 깎고 사문에 입적하라 조언했다면 그리 했겠지만, 나는 미카엘이라는 세례명을 가진 천주교 신자였기에 그런 생각을 하진 않았다. 산비탈 양지에서 탱자가 노랗게 익고 있을 무렵 내가 묵던 암자에 새어머니가 영장을 들고 찾아왔다.

얼마 후 산을 내려온 나는 공군 지원을 했다. 대전에 공군교육사령부가 있을 때였고, 아는 친구들이 많이 있어 일부러 지원한 것이었다. 교육 훈련을 마치고 대구에 있는 전투비행단에 배치를 받았다. 대구로 온 것은 여름이 다 되어서였다.

적응하기 힘든 집단 속에서 의식을 똑바로 세우고 부지런히 움직였다. 남들보다 일찍 일어나 기지교회로 달려가 기도를 하고, 취침 점호 뒤에도 얻어맞으며 책을 읽었다. 군이 결정한 소모품의 하나로 막연하게 청춘의 중요한 시기를 보내기는 정말 싫었다. 어떻게든 깨어 있어야 한다고 생각했다. 이참에 군복 입은 수행자로 살기로 했다. 머리를 깎았으니 지금 있는 여기가 그곳이라고 생각했다. 누구를 원망하거나 심신이 편하기를 바라지도 않았다. 딱 하나 괴로웠던 일. 이유 없는 폭력들. 화가 나서 홀몸으로 고참의 집단 폭력에 맞선 적이 있었다. 싸움이라면 어디서든 끝장 보는 성격이 삐져 나왔다. 죽고 싶지 않으면 더이상 이유 없이 졸병들 때리지 마라! 한 둘쯤 병신으로 만들지도 모르고, 그것 때문에 누가 목숨이 떨어져 나가 남한산성에 갈 수도 있었다. 하지만 궁지에 몰릴수록 나는 침착했다. 니들 동생이 군에서 이렇게 맞고 산다면 어떤 생각이 들 것냐? 살기를 띤 눈을 보고 이걸 죽일까 살릴까 고민하던 고참들이 의외로 내가 내놓은 진지한 호소에 감응한 듯 비폭력으로 타협을 해왔다. 그 뒤로 내무반의 분위기가 바뀌었다. 그래서 하루를 되돌아보며 일기를 빠뜨리지 않고 쓸 수 있었고, 먼 곳에 있는 친구들에게 편지도 자주 보냈다. 그들에게서 부쳐온 편지나 책을 동기나 후배들에게 소리내어 읽어주는 일도 적지 않았다.

거기서 삼 년을 거의 채울 무렵 몸에 이상한 신호가 왔다. 강건하고 빈틈이 없던 마음에 균열이 생겼는지 의지의 둑에 가두어 두었던 감정이 술술 새기 시작했다. 일과를 마치고 잠을 자려고 하면 눈물이 비어져 나왔다. 고참이 되기 전에 이미 폭력은 사라지고 없는데, 한동안 이유 없이 눈물이 펑펑 쏟아졌다. 어이, 왜 그래? 옆에서 동기가 그것을 보고 난감해 하며 위로하려 했지만, 나는 뭐라고 말을 할 수가 없었다.

외출 나가면 감정을 나눌 여자 친구가 없는 것도 아니었다. 슬픔은 원인을 알 수 없는 것이었는데, 처음에는 잘 몰랐지만, 차츰 느껴졌다. 그 알 수 없는 허방의 중심은 실컷 울지 못한 과거의 어느 곳과 관련이 있다는 것. 마침내 그것을 나는 알았다. 어릴 때 빙하처럼 얼어버려 제대로 흐르지 못한 슬픔이 그제야 녹게 된 것 말이다. 나는 한동안 내무반 구석에서 자다가 울고, 한참 울다가도 편해져서 웃으며 잠들었다. 그렇게 해서 내 안의 겨울을 끝냈다.

*

　어머니의 산소는 산내동의 천주교 묘지공원에 있다. 위치는 그리 나쁘지 않지만 고운 황토보다 거친 돌이 많고 약간 습한 느낌을 주는 산비탈 위에 있다. 만약 풍수를 따져가며 묘자리를 골랐다면 피할 곳이었다. 우리가 찾아갈 때마다 봉분의 잔디는 흙이 좋지 않아서인지 잘 자라지 못하고 푸석했으며 뿌리가 약간 들떠 있었다.
　지금 우리에게 어머니에 대한 그리움은 시간이 흘러 흔적조차 없이 낡아 버렸다. 그때 두 살이던 막내가 마흔둘이고 내 나이가 쉰여섯, 이제 형제들은 다들 조금씩 허리가 굽고 머리가 희끗희끗해졌다. 약속된 그 날, 우리는 예전에 비통하게 잃었던 어머니를 만나기 위해 시종일관 웃고 떠들며 산내로 갔다.
　맑은 아침, 가로수로 키워 놓은 벚나무들이 그날따라 꽃을 터트려 눈이 부셨다. 환한 핑크색 꽃가지가 흔들리지도 않고 조용히 향기를 내어주었다. 몽롱한 꿈속에 빠져 있는 듯한 착각이 들었다. 만개한 꽃잎 중에는 느릿느릿 땅으로 떨어지는 것도 있었지만 열흘은 더 날리지 않고 가지에 붙어 있을 것 같았다. 꽃가지 사이로 꿀벌들이 웅웅거리며 맴돌았다. 그것들을 지켜보던 아버지가 말했다.
　햐, 꽃 좋다.
　열이나 되는 생때같은 자식을 남겨두고 세상을 떠난 몹쓸

아내를 40년 동안 흙 속에 놔두고도 노인의 입에서 그런 소리가 나올 정도로 향기로운 봄날이었다.

날이 좋아서 정말 다행이다.

산내 공원묘지 전체를 관리하는 사무장이 아침 일찍부터 인부들을 데리고 사전에 작업해서 어머니의 봉분은 하늘을 향해 활짝 열려 있었다. 작업을 시작하기 전에 우리는 어머니를 위해 연도를 바쳤다. 조카들은 조금 멀찍이 떨어져 남 일 보듯 서성대고 있었고, 아버지와 우리 형제들이 움푹 파인 묘지의 가장자리에 붙어 서서 연도문을 읊었다.

지극히 어지신 하느님 아버지, 저희는 그리스도를 믿으며 살다가 이 세상을 떠난 모든 이가 그리스도와 함께 부활하리라 믿으며(…) 어머니가 살아 있을 때에 무수한 은혜를 베푸시어 아버지의 사랑과 모든 성인의 통공을 드러내 보이셨으니 감사하나이다. 하느님 아버지, 저희 기도를 자애로이 들으시어 어머니에게 천국 낙원의 문을 열어주시고 남아 있는 저희는 그리스도 안에서 다시 만날 때까지 믿음의 말씀으로 서로 위로하며 살게 하소서.(…)

느릿느릿 곡을 하듯 구성지게 연도를 끝낸 후 우리는 성호를 긋고 나서 무덤의 황토 속에서 유골을 수습하는 광경을 지켜보기 시작했다. 무덤의 겉은 돌이 많아 강퍅했지만, 안은 불그스레한 황토가 채워져 있어서 그나마 다행이었다. 작업은 그리 어려워 보이지 않았다.

파놓고 보면 아카시아 뿌리가 심하게 엉켜 작업하기 어려운 경우도 있어요.

마지막 정리 작업은 직접 하겠다고 나선 사무장이 조심스럽게 흙을 만지다가 허리를 들며 말했다. 그는 궂은일에 경험이 많아 보였다. 다 삭아 내린 관을 조심조심 헤집으며 어머니의 뼈를 찾는 동안 우리는 말 없이 그의 손놀림을 지켜보았다. 그는 면장갑을 낀 손으로 흙을 추리며 조그만 덩어리 하나라도 놓치지 않으려고 꼼꼼하게 살폈다. 발끝부터 천천히 흙을 밀어내자 뭔가가 나타났다. 사람이 죽으면 저리되는가? 어머니의 관절은 낡은, 오밀조밀한 자그만 장신구처럼 흙 속에 조용히 가라앉아 있었다.

엄마 발엔 무지외반증이 있었어. 내 엄지발가락 옆이 튀어나온 거 다 엄마 닮은 거야.

나는 구둣발을 동생들 앞으로 내밀면서 말했다.

사무장은 꼼꼼하게 흙 속에서 발가락뼈들을 골라낸 다음 길쭉한 정강이뼈를 들춰내었다. 그러고 나서 큼지막한 황톳빛 골반도 들어 올렸다. 우리 형제 모두를 열 달씩 키워내었을 그 성채, 어머니의 골반은 40년이 지났어도 여전히 튼튼해 보였다. 그리고 여러 개의 척추와 늑골들, 마지막으로 눈구멍이 숭숭 뚫린 둥근 해골을 꺼내었다.

색이 참 곱습니다.

햇살 앞에 드러낸 어머니의 해골은 금빛이었다. 아직 턱뼈에 붙어 있는 어금니는 금속으로 치료한 흔적이 남아 있었다.

니들 에미는 참 튼튼했지. 이를 다쳐 병원에 간 적은 있지만….

아버지는 말을 다 하지 못했다.

나는 어머니의 턱에 남아 있는 금니의 비밀을 알고 있었다. 그날을 생각하면 가슴이 시큰해진다.

저기 앞니 하나, 부러진 거…때운 금니, 보이지? 눈 온 날 아침에 성당 가시다가 넘어져서 부러졌던 거야. 그날 아침 난리 났었어.

옆에 있는 막내 수녀 들으라고 내가 말했다. 막내는 어머니의 얼굴을 그려낼 재간이 없는 애였다. 그날의 기억이 생생했다. 눈이 많이 온 일요일 아침이었다. 우리는 어머니를 따라 종종걸음으로 성당에 가고 있었다. 길은 아침 햇살을 받고 더욱 반들거렸다. 어머니는 긴 두루마기를 입고서 추위 때문에 주머니에 손을 찔러넣고 미사 시간에 맞추느라 걸음을 서둘렀다. 성당 근처 시민관 앞 길바닥이 약간 경사가 졌는데, 어머니는 거기서 넘어졌다. 호주머니에 손을 넣은 채로 앞으로 꼬꾸라져 이가 부러지고 얼굴이 피투성이가 되었다. 그 날 옆에 있던 우리가 어떻게 했는지 지금은 기억이 흐려 알 수가 없다. 그냥 끔찍한 그 날의 기억 한 자락은 그랬다.

그런 일이 있었어요? 난 하나도 생각 안 나는데….

바로 아래 동생이 전혀 모르는 일이라고 중얼거렸다.

넌 어려서 기억 안 나나 보다. 그날 피투성이가 되어 돌아온 엄마는 할머니 밥도 못 차려드렸다고 또 혼났어야.

그렇게 부상당했는데?

말도 마라. 엄마 얼굴이 부어서 이렇게 되었는데, 길바닥도

제대로 쳐다보지 않고 다니다가 다쳐서 쓸데없이 병원에 돈이
나 퍼질러 주고, 시에미 밥도 굶기며 댕긴다고….
　정말 사람도 아니다.
　너도 알다시피 할머닌 다른 사람들한텐 잘해도 식구들에겐
좀 모질었냐?
　그런 식으로 어머니에 대해 드문드문 생각나는 것을 나는
형제들 앞에 조금씩 들춰냈다.
　일이 끝나자 형이 종이 상자에 담은 어머니의 뼈를 가슴에
안았다. 아버지는 빠진 것이 없는지 한 번 더 빈 구덩이를 들
여다보았고, 그것을 시작으로 우리는 주변을 정리하고 그곳에
서 머뭇거리는 아버지를 앞세워 조용히 차에 올랐다.

　정림동 화장터에도 벚꽃이 흐드러지게 피어 있었다.
　여기도 꽃이 이쁘다.
　하나 같이 우리는 숱하게 보았던 봄꽃의 만개를 마치 처음
경험하는 사람처럼 들뜬 목소리로 반겼다. 어머니의 유해를
화로에 올린 가족들은 대기실에서 얼마 동안 기다려야 했다.
시간이 길진 않았지만 망백의 아버지는 피곤하셨던지 눈을 감
고 계셨는데, 동생들은 갑자기 생각난 일 때문인지 휴대폰을
꺼내 이리저리 전화를 걸었다. 옆에 조용히 앉아 있던 막내 수
녀는 산에서 보였던 긴장감을 누그러뜨린 얼굴로 물었다.
　오라버니, 엄마는 어떤 분이셨어?
　음, 늘 따뜻하고 참을성이 많고 순종적인 분이셨지. 그런데
말이다. 할머니가 엄마에게 시집살이를 너무 시켰어. 내가 왜

늘 할머니 욕하는지 아니? 착한 며느리를 매일 닦달하지 않으면 못살 것처럼 했거든. 엄만 독한 할머니 비위 맞추며 사느라 속이 다 썩었을 거야. 아무 때나 마루에다 밥상 집어 던지고, 말끝마다 욕하고….

나는 막내에게 어머니에 대한 자세한 기억을 전해줄 수가 없었다. 이상하게도 어머니의 기억은 부당하게 몰아치던 할머니의 포악에만 한 움큼씩 묻어 있을 뿐이었다. 내가 태어난 후 어머니와 16년이나 함께 살고도 자세한 건 별로 없고 거의 두루뭉수리였다.

생각해 봐라. 늘 배가 불렀던 엄마. 독한 시어머니 눈치 보며, 한 손에는 아직 덜 자란 자식 손을 쥐고, 한 손으론 등에 업은 애가 흘러내리지 않게 엉덩이를 추석이며 다니는 모습…. 할머닌 말이다, 엄마가 새끼를 예뻐하는 꼴도 못 봤다니까. 애 젖도 마음대로 못줄 정도였어. 아하, 하나 생각나는 거 있다. 엄마는 손기술이 좋은 분이셨지. 주변 사람들 입이 딱 벌어지는 재봉 기술자였지. 그래서 6.25때 피난 가서도 우리 식구는 안 굶었대.

나는 오늘 우리 안에 새로 들인 걸 알 것 같다. 바람 속으로 모신 어머니의 숨결을. 그리고 천만 길 불에도 타지 않는 사랑을. 어머니는 사랑이 많아 십 남매 가슴 넉넉히 채우고 혼명줄 단단히 묶어 험한 땅에서 우리 서로 잃지 않게 지켜주셨다. 그때 겨우 젖 떨어진, 어미의 얼굴조차 본 적 없는 어린 누이가 이제 마흔을 넘긴 수녀의 모습으로, 제 어미를 닮은 모습으로 오빠들 앞에 서 있는 것이다. 시신을 두고 철없어 울지도 못하던 동생들은 의연히 자라 저 산 소나무처럼 든든하기만 하고…. 우리는 두고두고 기억할 것이다, 벚꽃이 필 때마다 사랑했던 엄마를, 위대한 어머니를. 어머니… 그 소리에 묻혀 지금 수만 겹 꽃잎이 날아간다. ▫

어둠 그 별빛

1.

내가 머문 암자로 찾아온 어머니는 손에 뭔가를 쥐고 있었다.

이런 곳에서 살았단 말이야?

한복을 즐겨 입던 어머니가 등산복 차림이어서 놀랐다.

영장인 거 같더라. 들고 왔어.

가슴이 덜컥 내려앉았다. 계룡산 동쪽 칠부 능선에 자리잡은 지장암이란 곳이었다. 고등학교를 졸업하고 외삼촌한테 가 있다가 마침내 이곳을 찾았고 여기서 꼬박 1년을 지냈다. 사방은 암벽이거나 소나무와 참나무가 우거진 곳이었다. 사람 지나다닌 흔적이 있고 양지바른 곳이면 거의 근방 어딘가에 기도처가 자리하고 있는 신도안.

밤만 되면 잠자리에서 늘 헛것이 보이고 이유 없이 숨을 헐떡거리는 일이 잦았다. 하는 일은 산을 오르내리는 일과 책 보는 일뿐이었지만 무엇이 문제인지 알 수가 없었다. 아는 사람은 없었고 식사 때만 스님이 계시는 방에 들러 독상을 받았다.

꿈에 보이더라. 이제 집에 가야 하지 않겠니?

영장을 받고 입대를 하게 되면 마치지 못한 공부에 전념하기를 바라는 아버지와의 충돌은 피할 수가 있을 것이었다. 스님 된다고 머리 깎지는 마라. 산을 내려 오는 동안 어머니는 몇 번이고 그 말을 했다. 나는 이곳 생활이 좋았다. 아직 경문을 외지는 못해도 스님이 새벽에 깨어 목탁을 두드리며 도량을 돌 때 하는 목청이 듣기 좋았다.

아버지는?

아무 말씀도 안 하셔. 아들 하나 없는 셈 치겠다고 했으니 보고 싶어도 내색하지 않으신 게다.

그날 어머니를 차부로 모셔다드리고 올라오면서 나는 마음이 편치 않았다.

2.

1975년 5월 어느 날, 나는 공군교육사령부로 갔다. 미리 신청한 지원병 입대 날짜가 영장에 있는 것보다 빨랐기 때문이었다. 부대 정문 앞은 인산인해였다. 혼자 온 사람은 나뿐인 것 같았다. 함께 온 가족들을 뒤로 남겨두고 젊은이들은 쪽문으로 들어가기 위해 검색을 받았다. 알지 못하는 또 다른 세계의 시작이었다.

거기에서 두 달 기본훈련을 받았다. 이어 특기교육을 받기 위해 몇 달을 그곳에서 더 머물렀다. 자대배치를 받기 전 길고 지루한 겨울과 봄을 거기서 피교육자의 신분으로 보냈다. 자대 배치를 받고 대구로 온 것은 여름이 다 되어서였다. 전투비행단이라 군기가 세기로 유명한 곳이었다.

신고합니다. 일병 최병식, 동 윤기태, 동 강희만…이상 열한 명은 천구백칠십육년 유월 이십구일부로 교육사령부에서 제 ○○전투비행단으로 전입을 명받았습니다. 이에 신고합니다. 차려엇. 경례.

한 달을 두고 내무반 고참들에게 신고식을 치뤘다. 부대 내의 신참례는 더위로 소문난 그곳 날씨보다 더 참기 어려웠다. 몽둥이찜질은 점심시간이나 저녁 짬에 늘 따라붙는 일이었다.

축하한다. 여기 계신 분이 얼마나 높으신 사람인지 아나? 고 참은?

처음엔 이 질문의 의도를 몰라 마땅한 대답을 하지 못했다. 물론 대답해도 맞고 안 해도 맞게 되는 질문이었다.

자식들아, 고참은 하늘이다. 알았나?

주먹이 날아왔다. 유치하고 한심하기 짝이 없는 이유로 그들은 후임병의 얼굴과 가슴을 난타했다. 동기들은 몇 대의 주먹질에 비명을 지르며 나뒹굴었지만 나는 받아들이기가 어려웠다. 나는 그들의 눈을 끝까지 바라보며 때리는 대로 맞았다. 이 새끼 봐라? 그들의 주먹질이 내 앞에서 더욱 난폭해졌다. 눈이 붓고 얼굴에 피칠갑을 한 것을 본 후에야 그들의 손이 멈췄다.

그랬다. 긴 머리를 잘라 내고 군복을 입을 때부터 이 부당한 세계를 어떻게 적응하나 고민했다. 훈련은 체력으로 가볍게 감당할 수 있었지만, 사람을 사람으로 보지 않는 그들의 말과 행동은 감당하기가 어려웠다. 여기에서 나는 인간이기 이전에 정해진 위치에 놓인 군의 무수한 자원 중 하나로 기록된 소모품이란 사실이었다. 무엇보다도 개인적 사고와 행동은 금기이고 항명(抗命)은 허락되지 않았다. 근무지 이탈 엄금. 금식(禁食)은? 소중한 인력을 불량품으로 만들 위험이 있으므로 위법으로 간주함. 비밀취급 인가자 외 출입통제. 경고. 위반자에게는 발포함.

차렷. 반듯하게 서서 턱을 약간 당기고 상방 십오도 방향으로 시선을 고정한다! 그렇게 다음의 명령을 기다리고 있을라치면 잘 훈련된 개가 된 기분이었다. 월, 월월. 개는 무조건 복종해야 한다. 생각하면 안 돼. 군대는 애국이라는 우아한 명분에 의해서 개똥 같은 사람에게도 복종하는 곳이야. 그게 질서지. 떫으면 사고 쳐라. 즉시 고향 앞으로 보내 줄 테니까. 고참이 턱을 앞으로 내밀며 말했다. 주먹질하는 동안 눈을 내리깔지 않는 내 감정을 그들이 알 리가 없었다.

지금부터 복창한다. 알았나?

네.

졸병수칙, 하나.

하나.

고참은 부모와 동기동창이며 하느님과 동격이다.

고참은 부모와 동기동창이며 하느님과 동격이다.

동기들과 나란히 서서 복창을 하고 그들의 요구대로 인격이 아닌 많은 소모품 가운데 하나가 되어주었다. 조직이라는 건 정말로 고약하다. 단수일 때 무력한 인간이 복수(複數)가 되면 무리로부터 힘을 얻어 저렇게 포악해질 수 있다. 날선 눈빛으로 그들을 바라보다가 무자비하게 얻어맞은 뒤 말을 많이 들었다. 너 미쳤니? 그냥 참아. 안 참고 사고 치면 인생 쫑나. 밖에서 잘나갔어도 다 그렇게 군대 생활하고 제대했어. 몸을 가누기가 힘들었지만 나는 그때 결심했다.

속을 삭이느라 밤마다 내무반 콘크리트 바닥에 머리를 짓찧었다. 불가항력에 사로잡혀 옴짝할 수 없다고 느낄 때가 가장 힘들었다. 언제라도 가고 싶을 때 가고, 오고 싶을 때 오고, 자고 싶을 때 자고, 웃고 싶을 때 웃는 놈이 될 수는 없는 곳이란 걸 알지만 몸이 폭발할 것 같았다. 영창 갔다 와도 날 계속 괴롭힐까? 자유를 완전히 헌납한 뒤에 살짝 눈 뒤집힌 놈으로 살면 어떨까? 행복하여라, 마음이 가난한 자들. 행복하여라, 핍박받는 자들…. 성서의 문구가 생각났다.

늬, 송창식 노래 아나? '고래사냥'이나 '왜 불러' 해 봐라. 노래 일발 장전!

고참들이 눈에 안 뜨이자 갓 상병을 단 윗 기수가 기고만장해져서 이런 요구를 했다. 비슷한 처지에 그런 소릴 하는 것을 들으면 절망감이 더 느껴졌다. 이 자식아, 난 노래하고 싶지 않아. 속으로 외친 적이 한두 번이 아니었다. 힐끗 바라보기만 하고 말을 묵살하자, 그가 눈살을 찌푸렸다. 이 새끼들이…집하압, 집합. 삼 내무반으로 내 이하 기수들 모두 집합한다.

휴일은 늘 그런 식으로 엉망이 되곤 했다.

다 모였나? 차려. 열중쉬어. 짜슥덜 동작 봐라. 내 다 패잡아 죽이쁜다. 일마들아, 들어 보래이. 늬들이 윗 기수 고참 알기를 문딩이 콧구멍으로 알것다 이기가? 크게 빠졌대이. 군기가 짜악 빠져갔고 엉망이고마. 저 눈깔 봐라. 윤 일병, 일 나와 보래이. 떱나? 와그리 쳐다보는데? 오늘 죽어 보까?

충청도 동향(同鄕)이면서도 갓 배운 경상도 사투리를 쓰는 신 상병이 더 독을 떨었다. 외박을 못가고 부대 안에 머무는 날은 후임을 괴롭히는 것으로 속풀이를 하는 것 같았다. 동기 중에서 두 번째 군번이었던 나는 그날의 타겟이 되고 말았다. 연달아 주먹이 날아왔다. 나는 가해자의 눈에 시선을 떼지 않고 무표정하게 끝까지 주먹을 턱으로 받아냈다.

야, 윤기태, 제발 그러지 좀 마.

동기생이 쓰러진 나를 부축하여 내무반 후미진 곳으로 끌고 갔다. 조금 후, 기력을 찾은 후에 나는 바보 같은 내 꼴이 보고 싶었다. 면이 고르지 못한 거울을 보면서 찢어진 입술과 부어오른 턱을 손으로 어루만졌다. 그리고는 얼마 동안 손을 흉터에서 떼지 않았다. 나도 모르게 입에서 이히 흐흐흐, 웃음이 터져 나왔다.

누가 웃고 지랄이가?

나는 터진 입술을 실룩이며 소리 나는 방향으로 걸어갔다. 나를 그렇게 만든 신 상병이 관물함 아래서 책을 들고 있었다. 심상치 않은 걸음으로 다가가자 그가 뒷걸음질 쳤다.

개자식!

나는 갑자기 빠른 동작으로 몸을 사리는 신상병의 덜미를 잡아 올렸다.

어, 이 자식이 고참 팬다아.

야비하게 보이는 신 상병의 어깨를 잡고 그의 얼굴이 일그러지는 것을 보았다. 그는 내 손을 경계했지만 나는 그의 얼굴을 이마로 받아버렸다. 그것도 서너 차례. 그러고 나서 벌어진 난장판. 점호 전까지 나는 고참들에게 둘러싸인 채 한차례 푸닥거리를 치러야 했다. 하지만 기죽지 않았다.

지금부터 나 건드리는 놈은 각오해라. 영창 갔다 온 후에 다 쏴 죽여버릴 거니까.

열댓 명의 고참은 눈에 불을 켠 나를 쉽게 제어하지 못했다. 나는 몇의 발길질을 피하며 주먹으로 가까운 유리창을 깨어 그 조각을 양손으로 움켜쥐었다.

여기서 날 안 죽이면 늬들이 죽어, 이 개새끼들아.

하지만 몸부림은 곧 끝났다. 근처에서 휴식을 취하고 있던 당직사관이 내무반으로 들어온다는 급한 전갈이 왔기에 나를 공격하던 일이 없었던 것처럼 수습되었다. 하지만 이 상황을 눈치챈 당직자가 날 끌고 갔고, 이로 인해 결국 열흘이나 영창에서 지냈다.

사방이 갇힌 독방에서 나는 김현식의 노래 하나를 생각해냈다. '어둠은 당신의 숨소리처럼 가만히 다가와 나를 감싸고, 별빛은 어둠을 뚫고 내려와 무거운 내마음 투명하게 해 우우 우우우….'

그 후론 난 사고 병으로 지목되어 자대에 있지 못했다. 계속 파견 병으로 차출되어 타지로 옮겨 다니기 시작한 것이었다.

3.

어느 날 헌병대 야간 근무조에 끼어 한낮에 자고 있는데 누가 귀에 대고 뭐라고 했다.

"어이, 고인돌."

낯선 사람이었다. 잠결이었지만 얼른 일어나 자세를 바로 했다. 병장 계급장을 달고 있는 그는 머리가 거의 장발이었고 외모가 치외법권이라도 가진 사람처럼 보였다. 두 자 길이의 지휘봉을 가지고 자기의 손바닥을 두드리며 내가 옷을 다 입을 때까지 기다렸다. 나는 내 어릴 적 별명을 알고 있는 그가 누구인가를 생각했다. 그는 죄인을 다루는 신문관(訊問官)처럼 능글맞게 웃었다. 그 표정은, 이미 다 알고 있으니 굳이 숨길 게 없다는 걸 말하고 있었다. 그는 나의 눈을 뚫어지게 바라보았다. 하지만 여기에서 책잡힐 일을 한 적이 없는 이상 연고가 닿는 사람이라 찾아온 게 분명할 터인데, 그의 고자세가 맘에 들지 않았다. 너무 위압적인 자세였다.

그는 자기의 호주머니를 뒤져 번쩍이는 금박의 담배 케이스를 꺼내 들고, 담배를 권했다. 그게 상당한 우호감을 가지고 있다는 증거이기는 하지만 유쾌한 일은 아니었다. 이런 낯선 사람의 경우는 예외랄 수 있겠지만…. 그것은 대개 명령으로 기대하기 어려운 일을 부탁할 때 즐겨 쓰는 수법이었고, 하기도 안 하기도 곤란한 일들이 대부분이었다.

이것도 가져.

뜻밖에 내민 담배 한 갑을 통째로 들고 나는 당황할 수밖에 없었다.

집이 어딘가?

대전입니다.

목소리가 너무 크다. 낮춰도 돼. 그리고 담배도 피고. 우선 여기 앉아. 부대 생활 힘들지?

그가 앞에 있는 의자를 내 쪽으로 끌었다.

부동자세로부터 몸을 풀고 담뱃불을 붙였다. 까다롭게 굴 사람이 아닌 것이 분명해서 안심하고 의자에 앉았다.

황혜리라는 여자 알지?

그 말에 무척 놀랐다.

네? 압니다.

둘이 어떤 사인가?

….

나는 말하지 않았다.

혜리한테 자네 얘길 많이 들었어. 난 혜리의 선배야. 지금 면회실로 가 봐. 걔가 와 있어. 내가 헌병애들한테 부탁해 놨으니까.

그가 웃으며 악수를 청했다. 그의 손을 잡긴 했어도 나는 어리둥절했다.

바빠서 오늘은 그냥 간다. 나중에 보자구. 어려운 일이 있거든 날 찾아.

그는 제 이름자와 전화번호 숫자가 적힌 쪽지를 내밀었다. 같은 병이면서도 장교조차 겁먹지 않는 특수병과의 사람인 것 같았다.

전투비행단으로 배치를 받고 넉 달이 채 되기도 전에 선배를 통해 혜리가 찾아왔다. 당직병이 보고는 생략하고 빨리 면회실로 가보라고 일렀다. 나는 서둘러 면회소로 달려갔다.

혜리는 구석에 앉아 있다가 발소리를 듣고 고개를 들었다. 굳은 표정이었다. 한참을 서로 침묵했다. 너무나 뜻밖의, 난데없는 면회였기에 할 말이 생각나지 않았다.

그냥 입대하고 연락 한번 못해 미안하다. 여길 어떻게 찾아왔어?

다 아는 수가 있어. 너 잘 있나 해서 그냥….

여자친구를 두고 산에 있다가 말없이 떠났으니 혜리는 속이 상했을 테지만, 무엇을 약속하거나 할 처지는 아니었다.

나는 혜리에게 무슨 말을 해야 할지 알지 못했다. 성당에서 청년회를 하면서 친해지긴 했어도 감정을 드러내 본 적이 없는 사이였다. 두 사람의 모습을 헌병이 어정쩡한 표정으로 쳐다보았다. 여자는 보고 싶어 찾아온 사람 같은데, 말 한마디 못 하고 앉아 있는 게 아무래도 이상한 모양이었다. 삼십 분이나 있었을까?

그녀는 면회실 벽에 걸린 시계만 바라보다가 일어섰다.

혜리야, 건강해.

나는 정문의 차단기를 쥐고 저만치 앞서 나가고 있는 혜리를 향해 큰소리로 작별 인사를 했다.

정면으로 지는 해가 보였다. 그것은 막 돌아가는 사람의 뒷모습을 역광으로 가리고 있었다.

4.

근무를 나가기 위해, 방독면을 옆구리에 차고 총을 거머쥐면서 안심하려고 무진 애를 썼다. 네가 있는 그 자리에 그냥 있어. 너의 자리에 내가 끼어들 수가 없어. 산에서 있었던 것은 모든 것을 정리해야 했기 때문이었다. 혜리야, 날 기억하지 마. 어차피 준비 없이 기다린다는 것은 고통일 뿐일 테니까.

혜리야, 밤이 깊다. 이곳 활주로는 숨이 막힐 듯 고요해. 근무를 나왔어. 오늘 너와의 만남은 아쉽지만 수다스럽지 않아 좋았어. 침묵도 말하는 방법의 하나지. 너는 언제나 네 식으로 살아.

하지만 나는 혜리가 보고 싶어 몸을 부르르 떨었다.

트럭을 타고 외곽 도로를 달렸다. 관제탑 불빛이 아스라이 멀어질 즈음, 트럭은 길 가는 소가 똥을 누듯 병사들을 초소에 하나씩 떨어뜨렸다. 어느덧 차례가 왔고 나는 대검이 꽂힌 소총을 오른손에 세워 쥐고 가볍게 트럭을 뛰어내렸다.

트럭의, 내 빈자리를 상번자가 메우자 트럭은 다음 초소를 향해 떠났다. 정확히 밤 열 시부터 새벽 여섯 시까지 혼자 입초를 서는 근무였다. 멀리 전투기의 방공호인 이글루가 커다란 무덤처럼 검은 실루엣으로 시야에 들어왔다.

켈빈 소총을 옆구리에 받쳐 들고 나는 어둠 속을 노려보고 있었다. 천리만리 유배지 같았다. 하긴 동기들과 떨어져 있다는 것, 낯선 곳에 떨어져 나와 보초를 선다는 것은 고행이고 또한 의미 있는 체험이었다. 고개를 들었다. 9월의 하늘을 가르고 별이 떨어지는 것을 보고 생각에 잠겼다. 사람이 사는 곳, 사람다운 사람들이 사는 곳, 소모품이 아닌 사람이 어울려 서로 사랑하는 저 곳. 그곳이 별이 있는 곳처럼 보였다.

사방에서 벌레들이 방범등을 향하여 몰려들었다. 나방, 하루살이, 멸구, 잠자리, 사슴벌레…조심해. 그 초소에 귀신이 나온다구. 졸다가 눈을 떠 보니 바로 앞 철조망에 귀신이 몸을 차악 붙이고 서 있더라. 기절해 버렸지. 가보면 그걸 알 게 될 거야. 근무일지를 적으며 조장(組長)이 귀에 대고 말했다. 나도 그 소문은 알고 있었다.

그 귀신 때문에 몇이 영창 간 줄 아나?

전 귀신을 좋아해요. 특히 처녀귀신이라면….

나는 웃었다. 파견대의 조장은 동네 형같이 너그러운 성격의 사람이었다. 세상을 보는 눈이 비슷했다. 그의 계급은 병장이었지만 군대식으로 사람을 대하지 않았다.

있잖아요. 제게 수의학을 전공한 외삼촌이 있는데요, 동네 돼지 막을 찾아다니며 병든 가축에게 주사를 놓아주거든요. 외삼촌한테 병든 짐승 치료하는 걸 다 배웠죠.

그래도 결국 돌팔이지 뭐.

외삼촌한테 배운 게 그거뿐인 줄 알아요? 동네에서 죽은 사람의 입과 코와 항문에 솜을 박은 후 베옷을 입혀 주기도 했지요.

오호라, 시체처리반 사람을 경비로 모셔왔네.

사람이건 짐승이건 대놓고 무서워해 본 적이 없었다. 어쩌다 강물에 빠져 죽은 사람을 건져 놓고 귀와 입, 코와 눈으로 들어박힌 다슬기를 손으로 빼낸 적도 있었다. 외삼촌은 시체를 앞에 두고, 산 사람이 죽은 사람을 무서워하다니 말도 안 된다. 귀신이 정말 있겠냐? 혹 있다 해도 몸을 잃었으니 남 해칠 힘이나 있겠냐고 말을 했었다.

순찰차가 지나갈 시간이었다. 나는 발신음을 들었다. 각 초소에 연결된 전화기로 순찰차가 떴다는 전갈이 오고 나서, 곧이어 멀리서 질주해 오는 두 개의 불빛을 보았다. 차가 다가왔다. 긴장감 때문에 소총을 쥔 손목이 약간 뻣뻣해졌다. 차에서 소위가 내렸다. 필승! 이상 없나? 이상 없습니다. 수고해라.

순찰카드를 적고 소위는 내 어깨를 툭 쳤다.

여긴 사고가 자주 나는 곳이야. 정신 똑바로 차려. 쓸데없이 놀라지 말도록.

알겠습니다.

순찰차가 가고 난 뒤, 그 말을 곰곰이 생각했다.

휘이익. 처음엔 바람소리라고 생각했다. 순찰차가 사라진 직후 어둠 속에서 환청 같은 쇳소리를 들었다. 벌레소리가 일시에 끊기어 사방이 교교한데, 발소리가 가까운 철조망 근처에서 다시 들려왔다.

나는 총의 안전장치를 풀고 재빨리 초소 안 어둠 속으로 몸을 숨겼다.

방범등 앞에 열린 공간을 노려보았다.

누구냐?

나야, 나.

암호!

나, 몰라?

암호는!

속삭이는 듯한 여자의 목소리였다. 몰래 나왔다니까. 몰래…

점점 다가오는 숨소리가 가팔라졌다. 초소의 철조망 너머 생머리를 한 젊은 여자가 모습을 보였다. 가늠자 위에서 여자가 춤추듯 다가왔다. 여자는 맨발이었다. 나는 제정신 아닌 여자라고 단정하고 가늠자에 붙였던 뺨을 떼었다.

밝은 방범등 불빛을 약간 비켜 여자가 철조망으로 선뜻 다가왔다. 그리고는 가슴을 헤쳐놓고 무슨 짓을 하려는 것 같았다. 나는 수하를 하다 말고 손전등을 쏘아 그녀의 얼굴을 비쳤다. 그건 근무 수칙에 어긋나는 짓이었다.

좀 잡아 줘.

여자는 거의 필사적이었다. 안아달라는 듯 콧소리를 내며 철조망에 가슴을 붙였다. 더 놀라운 일은 철조망에 찔리면서도 맨 젖을 안쪽으로 밀어 넣으려 하고 있다는 사실이었다. 여자의 얼굴이 자세히 보였다. 어린 태가 났다.

손을 뻗으면 여자의 가슴을 만져볼 수도 있었다. 그러나 나는 총신으로 그녀의 가슴을 밀었다. 저리 가.

젖 줄게. 더 밀어넣어줘?

여자의 의도는 분명했다. 원한다면 뭐든 가능한 일이었다.

이봐, 가라니까. 빨리 가. 안 가고 이러면 팍 쏴 버릴 거야.

여자는 달뜬 몸을 열어 보이면서도, 쏜다는 말에 흠칫 몸을 사렸다. 그녀에게 시선을 붙인 채 나는 냉정하게 잘라 말했다.

저기 백차 온다. 빨리 가.

반응이 왔다. 여자는 황망히 어둠 속으로 달아났다.

그런데 이상하게도 허탈감이 밀려왔다. 누가 밖에서 무슨 짓을 하든 무슨 상관이랴. 말귀를 알아듣지 못하는 짐승이라도 거기에 있는 편이 나았을 것 같았다.

잠깐 혜리를 생각했다. 처음 산을 따라온 혜리가 발목을 삐어 쉬어 가야겠다고 우기던 모습이 눈에 아른거렸다. 발이 아파서 움직일 수가 없어. 혜리는 땅에 주저 앉았다. 업혀서 갈래? 업어줄 수 있어. 아프다는 애가 독하게 입술을 물고 나를 노려보았다. 절름거리며 혜리는 다시 일어섰다. 그런 성격이었다.

다음날도 거의 같은 시간에 그 여자를 보았다. 접근하는 방법이 같았다. 낯선 군인에게 갖은 교태로 시선을 끌려 하는 여자가 몹시 측은해 보였다.

빌어먹을, 왜 또 왔어?

여자가 손가락으로 제 손가락 마디를 똑똑 소리 나게 꺾으며 이잉, 콧소리를 했다. 그러고는 가슴을 헤쳤다. 나는 불빛에 떠오른 여자의 희디흰 살결을 보았다.

그러지 말고 돌아가.

싫어.

가라니까.

젖 줄게.

여자는 철조망을 잡으려고 손을 뻗었다.

철조망을 사이에 두고 여자를 끌어안는 상상을 했다. 사랑을 전혀 느끼지도 않으면서 가슴이 두근거렸다. 그럴수록 냉정하고 싶었다. 나는 총신으로 그녀의 손을 밀었다. 근무 중 이상이 있음. 군인은 다른 사람에게 총을 맡겨선 절대 안 됨.

여자의 손이 슬쩍 총신을 휘어잡아 수음하듯 위아래로 움직였다. 기가 막혔다. 이 여자를 어떻게 해야 할까? 어쩌면 여자는 매일 밤 쇠가시에 찔리며 이 짓을 되풀이할 것 같았다. 암튼 여자가 다음 순찰까지 여기에 있게 할 수는 없는 일이었다. 그래도 순찰차를 피해 나타나 준 것이 신통했지만 다시는 못 오게 해야 한다고 생각했다.

가. 다신 이곳에 나타날 꿈도 꾸지 마. 열 셀 때까지 가지 않으면 진짜 쏠 거야.

여자가 텅 빈 얼굴로 웃고 있었다. 그 표정은 마치 성애(性愛)를 가득 채우기 위해 몸을 비운, 탄트라의 수행자 같았다. 나는 그녀를 향해 총을 겨누었다.

가지 않으면 정말 쏠 거야. 하나.

호흡을 정리했다.

둘.

셋.

총신은 사내의 그것과 같은 것이다.

넷.

다섯…여섯…나는 암자 마당에서 스님이 솥을 걸고 고사리를 삶던 모습이 떠올랐다. 오르가즘 또는 열반을 향하여. 여덟…

열을 다 세기 전에 나는 방아쇠를 당겼다.

그건 그릇된 성욕과 같았다. 군의 명령 때문에 여자의 자유를 훼손하려 했던 것은 아니고 오히려 그 반대였겠지만 오랫동안 눌러왔던 정(精)을 제어하지 못하고 황망히 방출한 것과 비슷하다고 해야 옳았다.

총성을 들은 여자는 정신없이 달아났고, 부대가 발칵 뒤집히고 말았다.

조장은 허위보고서를 작성하여 그 발포사건을 특별히 무마시켜주긴 했지만 한 달 넘게 내 외출을 허락해 주지 않았고 기합 대신 일상적인 대화도 거두어 버렸다.

다시는 초소에 나갈 수도 없었다.

그 여자는 소원대로 멀리 달아난 줄 알았는데 죽었다는 소식으로 돌아왔다. 거적에 덮어 놓은 것을 봤다는 사람이 있었다. 부대 근처에 사는 헌병대 문관이었다. 다리 아래에서 죽었던 모양이야. 실족사인 것 같다고도 하드만.

미처 헤아리지 못한 일이었다. 실족사 아닐 거야. 여자는 삶을 지탱하게 하는 한 가닥 희망을 빼앗겼다. 미친 사람이지만 소중한 뜻을 꺾이고 나니 살 의욕을 잃은 게 틀림없었다. 정황이 느껴졌다.

결국, 제가 여자를 죽인 겁니다.

아니 그런 식으로 자학할 필요는 없어. 주님 뜻이 그런 거지.

기지교회의 군종신부가 고해소에서 나를 위로했다. 어려운 시간을 내어 고해성사를 보고 미사를 드렸음에도 불구하고 내 죄는 조금도 가벼워지지 않았다.

그 뒤 외박을 나오면 마음의 평정을 잃고 술을 마셨다. 혜리가 보고 싶어도 참았다. 성당을 기웃거리는 일로 약속도 없이 그녀를 만나는 일은 쉽지가 않았다. 나는 기다리는 일을 피했다. 내 의도가 아니어도 꼭 만날 사람은 만나게 되리라 여겼다. 운명이 아닌 사람을 만나지 못하고 귀영하는 것이 슬펐다. 주어진 외박 시간 내내 성당 앞 길목에서 서성거리다 그냥 돌아온 적도 있었다. 어디를 가도 불편하긴 마찬가지였다. 그러다 아예 외박 시간을 채우지 못하고 부대로 돌아오는 일도 있었다.

5.

제대를 눈앞에 두고 나는 처음 배치되었던 자대로 돌아왔다. 나를 반기던 동기생들은 계속되는 송별연에 지쳐 내무반 침상 여기저기에 널브러져 있었다. 나는 권하는 술을 마시지 않았고 조용히 침상에 기대어 책을 보며 말년을 지냈다. 하루는 점호가 끝난 시간에 누굴 만나야 할 일이 생겼다.

불침번!

네, 갑니다.

고참에 대한 마지막 예의를 잊지 않겠다는 듯이 불침번은 복도 끝에서 재빨리 모습을 나타냈다.

순찰 나간 당직사관은?

네, 아직….

그 말을 들으면서 나는 들고 있던 상의를 꿰었다.

어딜 가시려구요? 당직사관님께서 제대 병장들 내무반에서 나가는 일 없도록 하라고 신신당부하시던데….

괜찮아. 잠깐 바람을 쐬려고 해.

그래도 불안한지 불침번은 문밖 계단까지 나를 따라왔다.

근무해. 신경 끄고. 금방 올 거라니까.

바람이 사뭇 썰렁했다. 한동안 밤하늘을 바라보다가 불침번의 발소리가 멀어진 것을 확인하고는 계단을 내려와 기지교회가 있는 골프장 쪽으로 천천히 걷기 시작했다.

기지교회 사무실로 들어갔다. 군종감실의 근무자인 김 상병이 자지 않고 기다리고 있다가 촛불 속에서 나를 반겼다. 곧게 서 있던 양초의 불점이 너울거렸다.

그와는 밖에서 몇 번 만난 뒤 속을 터놓고 지내는 사이가 되었다. 계급은 낮았지만, 나이는 나보다 두 살이 더 많았고 대학교를 다니다 군에 온 친구였다.

술 줄까? 관사에 심부름갔다가 네 생각나서 얻어 온 거야.

그가 가방에서 양주 한 병을 꺼냈다.

술은 좋아하지도 않아. 제대하려니까 그놈의 술이 날 잡으려 하네.

사양할 거야? 그럼 술 좋아하는 나나 마셔야지.

김 상병은 술병을 서랍 속에 넣었다.

그는 나에게 제대 이후의 일을 물었다. 산에 또 올라갈 거야? 그와 만난 자리에서 아예 절에 들어가고 싶다고 말한 적이 있었다. 아웅다웅 생존경쟁하며 눈에 불을 켜고 사는 게 너무 싫어서 늘 사찰 주변을 맴돌았다. 가톨릭 신자라 그쪽 사정은 아는 게 없는데 받아주려나? 아직도 그것은 해결하지 못한 일이었다.

가고는 싶은데 모르겠어.

잠시 뜸을 들이다가 그는 말을 꺼냈다.

그러지 말고 대학에 가서 못다한 공부나 해.

예상치 못한 말이었다. 가슴이 철렁했다. 그가 주머니에서 담배를 꺼내며 물었다.

스님이 되어도 학식이 있는 사람이라야 대우받아.

대우받으려면 돈을 벌어야 하지 않을까?

그런 뜻이 아니라니까

약간 답답하다는 듯 그가 소리를 높였다. 나는 한동안 아무 말도 하지 않았다. 촛불이 꺼져가고 있었다. 화제를 바꿔 두런두런 집안 이야기며 다니고 있는 대학 이야기, 여자친구 이야기를 하다가 하품을 했다.

이제 그만 자. 그동안 즐겁고 고마웠어.

벽시계의 초침이 나를 서두르게 했다.

그와 포옹을 나눈 뒤 군종실을 나왔다.

밤이 깊었다. 대대 건물이 있는 쪽으로 골프장을 가로질러 서둘러 뛰어가고 있는데, 강한 불빛과 함께 갑자기 누군가가 나타났다. 순찰 중이던 백차가 골프장을 가로질러 뛰어오는 사람을 발견하고 길목을 지킨 모양이었다.

거기 서!

걸음을 멈추고 얼굴로 쏟아져 오는 빛을 가리느라 나는 손을 들었다.

뭐야, 이건. 야, 임마. 제대하기 전엔 군인이란 거 몰라?

나는 멱살을 잡혔다. 멀리서 탐조등의 푸른 불빛이 그자의 얼굴을 싸악 핥고 지나갔다. 그의 계급장이 얼핏 불빛에 반짝였다가 사라졌다. 대위였다.

죄송합니다. 기지교회에 갔다가 시간을 잠시 잊고 있었어요.

군인이 시간을 잊어? 너, 무슨 대대야. 제대하기 전에 영창 좀 가 줘야겠어.

시정하겠습니다.

대위가 잡고 있던 손을 풀었다.

교인인가?

목소리가 한결 누그러져 있었다.

네, 그렇습니다.

교회에서 나오는 걸 봤어. 기도하려면 집에 가서 한가할 때 하라구. 빨리 들어가.

고맙습니다.

나는 그에게 깍듯이 경례를 올려 주었다. 백차는 헤드라이트를 크게 선회하여 탄약고 쪽으로 질주했다.

6.

이제 오랫동안 비워둔 자리로 돌아가는 시간이었다. 눈에 익었던 모든 것들이 새로움을 가지며 스쳐 지나갔다. 다시 보기는 어려운 것들뿐이었다. 매끄러운 은빛 날개를 반짝이며 허리를 약간 들어 순식간에 땅을 이륙하는 전투기의 환영이 어른거렸다. 내장을 훑는 듯한 그 강한 엔진소리를 다시 한번 듣고 싶었다. 야릇한 감회였다.

제대자를 실은 버스는 예외 없이 정문에서 잠시 멈추었다.

차가 서자 둥근 차양 아래에서 비옷 차림으로 부동자세를 하고 있던 헌병 하나가 다가와 인솔 장교가 있는 운전석 옆에 대고 거수경례를 했다.

필승! 정문이 떠나갈 듯한 목소리인 것으로 헤아려보면 그는 상병 계급장을 달고 있었지만 틀림없는 신참 일등병이었다.

필승 좋아하네. 일마야, 아저씨덜 가시는데 축하는 몬해 줄 망정 검문은 무신 검문이고. 말똥보다 높은 깨구리 병장 보믄 모리나? 내 그 눈구녁을 확, 빼뿔까 부다. 존 말할 때 바리케이트나 어서 치아라, 치아.

누군가가 차 문을 열고 막 들어오는 헌병을 다그쳤다. 삼 년을 지내 오면서 늘 상 부딪치기 거북스런 상대였던 헌병에게 이제 작으나마 분풀이를 하는 셈이었다. 기지 내의 동기생 중에 헌병대 근무자가 한 명이라도 있었다면 위화감이 덜했을지 몰랐다. 눈이 거의 보이지 않게 철모를 눌러 쓰고 빳빳하게 다린 작업복과 별다른 장식을 뽐내듯 거만한 걸음으로 다가와 빌미를 찾는 그들을 만나면 우선 기분이 언짢았다.

니는 내 맴 증말로 모린데이. 예서 까놓고 이바구해야 아는 강? 니, 일급비밀 취급 인가증 가지고 있제? 지금 내사 국가기밀 누설할꼬마. 지금 요 앞 여관에 우리 애인 안 와있나. 삼 년만 기둘리라 카이 미치겠다 카드니, 알라 빨리 만들자고 벌써 온기라. 우야꼬, 내 그리 급하다 말이다.

그 말에 모두 웃음을 터뜨렸다.

헌병은 그래도 아무 표정 없이 좌석을 끝까지 둘러보고는 차를 내렸다.

그들과 검색당하는 자로서 마주하게 될 때 느끼는 불편함, 그 막연한 피해의식에 종지부를 찍는 순간이었다.

일마야, 니는 예서 말뚝이나 박아 뿌라.

대거리 상대 없는 악담을 들으면서 나는 부대 정문을 떠났다.

그날 정오, 나는 군인이라는 신분에서 그야말로 사제(私製) 인간으로 되돌아 왔다. 개인 정서를 마음껏 가져도 무엇 하나 강제되지 않을 사인(私人)이 된 것이었다. 이제부터 군인이 아닌 사람이었다. 그러나 도심의 한가운데서 누군가의 사주로 잠시 집단최면에 걸린 것처럼 군가를 불렀다. 그것이 끝이었다. 동대구역에서 동기들과 작별했다. 몇몇이 함께 이별주를 나누자는 제안을 해왔으나 나는 거절했다. 설령 아직 더 나눌 것이 남아 있다 하더라도 사람으로 다시 태어나는 시간은 빠를수록 좋았다. □

물의 시간

1.

아내가 낡은 달항아리를 사 왔다. 높이 40cm 정도에 유백색의 풍만한 허리를 가진 것이었다. 진품인지 모조품인지 알 수가 없지만 휑한 산방(山房)에 놔두고 솔가지나 매화 가지를 하나쯤 툭 부러뜨려 꽂아놓으면 괜찮아 보일 물건이었다.

"경매장에 있더라구."

쓸데없는 물건을 나른다고 핀잔을 들을까 싶어 아내는 조심스럽게 말했다.

"얼마 줬는데?"

"그건 알 것 없구. 주둥이에 실금이 있어서 가격은 좀…."

뒷말은, 좋아할 거면 따지지 말라는 얘기였다. 나이가 들자 아내는 주장이 세어졌고 바깥 활동이 많아졌다. 성당에 열심히 다니면서 주로 그쪽 사람들과 운동하고 놀러 다니고 이래라저래라 참견했다. 남편이 혼자 밥을 먹는지 무얼 하는지는 전혀 신경을 쓰지 않았다. 그러더니 어느 날부턴가 잡다한 물건을 집에 들고 왔다.

"같이 다니는 자매님 중에 이런 취미를 가진 사람이 있어."

아내는 침대 머리맡에 자개가 잔뜩 박혀있는 커다란 궤를 들여놓으며 말했다.

"이거 귀한 거래. 돈 될지도 몰라."

하지만 원래 욕심이 없는 사람이었다. 있다면 빛깔 좋은 찻잔이나 몇 개 사다 모으는 게 고작이랄까. 취미는 그저 흙을 구워 색을 바른 부엉이나 닭 같은 것들을 사서 화장대 위에 올리는 정도라서 걱정은 안 했다. 아내가 종종 들고 오는 것에는 닥종이로 만든 인형도 있었지만, 대부분은 날짐승의 형상을 가진 것이었다. 가장 최근에 산 것은 달항아린데, 무슨 생각이 들었는지 산방으로 그것을 들고 왔다.

"괜찮네. 쓸모 있어 보여."

아내는 칭찬으로 들었을 것이었다.

개는 말고, 살아 있는 고양이나 새 한번 길러보자고 아내가 말한 적 있었다. 하지만 그건 생명을 책임져야 하는 일이고 조심스러운 일이었다.

"전원생활이 그립다니까."

내가 어디 가서 채소를 키워보자고 해봤는데 그런 일은 아내가 싫어했다.

"흙 만지는 거 난 못해. 피부가 망가지잖아."

일을 접을 때 아파트를 팔아버리고 교외로 나가 살자고 했다. 그러나 아내는 그런 것에 완강했다.

"그냥 혼자 방 하나 전세로 얻어 살아보고 다시 얘기해. 먼

저 해본 친구들 요새 다 후회한다고."

아내는 아예 별거해도 괜찮은 사람처럼 말했다.

2.

뜻하지 않게 하던 일을 접었다. 30년이나 하던 일이었다.

젊은 시절의 나는 방짜 그릇을 만드는 외숙의 공방에서 허드렛일을 하며 대학을 다녔다. 학교에서 배우지 않은 서툰 기술로 세상을 살 작정을 한 것은 아니었다.

잘 봐둬라. 구리 1근에 주석 4.5냥을 섞어 만드는 거야. 이걸 곱돌 위에 부어 계속 달구어가면서 두들기지. 주물과는 달라서 해는 없어. 식기도 식기지만 징·꽹가리를 만들면 소리가 기막히다니까.

군 복무를 마치고 학교를 졸업한 뒤에도 한동안 마음을 잡지 못해 방황하였다. 그때 공방에 출입하던 사람 중 그릇 표면에 넣을 당초 무늬나 꽃 그림 같은 걸 공부하던 여자가 있었는데, 무슨 생각이 있었는지 몰라도 외숙은 그녀와 나를 짝으로 맺어주었다. 나이는 비슷했다.

그 후 외숙은 방짜 그릇 위에 홈집을 내어 가느다란 은사로 꽃무늬를 넣는 법을 제대로 가르쳐 주었다. 반지르르한 그릇에서 매화가 피고 학이 날고 거북이가 움직였다. 몇 년 지나지 않아 그게 비싼 값으로 팔릴 수 있게 되었을 때 그 기쁨은 말로 표현할 수가 없었다. 그 일에 만족했다. 문학을 포기하고 이런 일을 한 것을 잠깐 후회한 적이 있긴 있지만….

몇 년 전부터는 보호관찰소 애들에게 세상에 나가 먹고살

만한 기술을 가르치러 다녔다. 그러다가 덜컥 교통사고가 났다. 운전 중 중장비 트럭에게 크게 받혔는데, 치료가 끝났어도 오른쪽으로는 정교한 일을 할 수가 없었다. 겨우 컴퓨터 자판을 두드리는 정도로 회복되었다. 그래서 하던 일을 접게 된 것이었다.

어느 날 영화를 보았다. 《잠수종과 나비》라는 영화였는데, 그게 많은 생각을 하게 했다. 장 도미니크 보비라는 사람. 파리에서 태어난 그는 패션잡지 <엘르>의 편집장을 맡은 저명한 저널리스트. 그런데 이 남자가 마흔셋의 나이에 갑작스럽게 뇌졸중으로 쓰러진다. 3주 후 의식을 회복하긴 했는데 그가 할 수 있는 것은 오직 왼쪽 눈꺼풀을 조금 움직이는 것뿐. 말도 못 하고 손가락 하나 까딱일 수 없는 불구가 된다. 그나마 겨우 한쪽 눈꺼풀을 깜빡여 사람들과 소통할 수 있다. 그는 눈앞에 제시한 알파벳 글자에 대한 동의 또는 거부의 방식으로 15개월 동안 20만 번 이상 눈을 깜박거려 책을 쓴다. 그러고 나서 얼마 후에 생을 마감한다. 이런 미친….

그래, 미치지 않고서는 할 수 없는 일이지.
영화를 보고 한동안 잠을 잘 수가 없었다. 미쳤다는 생각이 뒤섞이긴 했지만, 정상적인 몸을 가진 삶이 얼마나 소중한 것인지를 뭉클하게 전하는 내용이었다. 아직 내게는 쓸만한 시력을 가진 눈이 있고, 힘은 조금 빠졌어도 멀쩡한 손발이 있다. 그런데 그리 귀하고 성스러운 몸으로 지금 나는 무엇을 하고 있나.

눈꺼풀을 움직이는 것으로 책을 썼다는 그 사람의 이야기가 머리를 떠나지 않았다. 한동안 잠수종이란 단어도. 그런데 그 단어가 영화에서는 죽을 것처럼 제한적이고 절망적인 시공의 상징이었는지 모르지만, 나에게 있어서는 다른 의미로 다가왔다. 스페로 스페라. 숨을 쉬는 한 희망이 있다. 한 줌의 공기라도 숨 쉬게 하려고 잠수종이 있었던 게 아니었나?

물속 깊이 들어가 얼마 안 되는 공기를 마시는 사람의 심정이 되어 보려고 가끔 숨을 참았다. 하지만 그 느낌을 정확히 상상하기는 어려웠다. 죽어라 숨을 참으며 목에 힘을 주다가 정신마저 혼미했던 적도 있었다. 아직은 건강을 걱정할 때가 아닌 것이 고마웠다. 그래서 새벽까지 책을 읽고 있다가 빛이 어슴프레 할 무렵 침실로 들어갔다.

대학 시절에 소설을 써본 적이 있었다. 스님이 되려고 산사를 찾아간 청년의 얘기였는데, 교수는 친구들 앞에서 여러 번 칭찬을 해주었다. 자네, 나중에 소설가 될 수 있겠어. 정말 잘 쓸 수 있을 거야. 직업이 무엇이 되든 꼭 해 보게. 그 말이 평생 뒷덜미를 따라 다녔다. 사십 대 때 일을 때려치우려고 한 것도 사실 그 이유였다. 가족이 나를 우물 속에 밀어 넣은 것처럼 느껴졌던 적이 있었다. 아무에게도 말하지 않고 산으로 들어갔다. 아빠, 그럼 우린 어떡해? 열흘 만에 암자로 찾아온, 중2짜리 딸이 울지도 않고 그렇게 말했다.

매일 꿈이 뒤숭숭했다. 무슨 이유인지 몰라도 나는 산이 아닌 물속으로 들어갔다. 왜 거기로 가야 하는지 분명하지 않았지만 어떤 기억과 관련된 듯했다. 묘한 것은 아무리 물에 깊이 들어가도 잠수종이 필요하지 않았다는 것이었다. 빛이 닿지 않는 그곳에서 심해어들이 험악한 몰골로 지느러미를 흔들며 헤엄치고 있는 것을 보았는데, 대개는 눈살이 찌푸려질 정도로 추악한 것이었다. 거기서 바닥을 헤집고 다니다가 번번이 죽은 산호 부스러기만 움켜쥐고 물 밖으로 나왔다. 이상하게도 몸은 청춘이었다.

3.

해가 중천에 떠 있다. 침실 천장을 보고 있다가 자리에서 벌떡 일어났다. 이게 아니지. 동백이 꽃 모가지 자르듯 평소 하던 생각을 한번 싹 끊어버리고 싶었다. 슬리퍼를 끌고 밖으로 나갔다. 건물과 거리의 모습은 언제나 똑같고, 사람들은 저마다 바삐 어딘가를 향해 움직이고 있었다. 나는 동네 미장원에 가서 주인 여자에게 머리를 확 밀어달라고 했다.

"괜찮겠어요?"

평소에는 거기에 흑갈색 염색약을 발라주던 미장원 여자가 물었다. 나는 고개만 까닥했다. 거울에 주인 여자의 손동작이 비쳤다. 머뭇거리는 듯하더니 전기바리캉을 잡아 들었다. 주인 여자가 머리를 확 밀어주면 잠시라도 신선한 생각이 떠오르지 않을까. 스님처럼 보이는 건 싫지만. 나는 거울로 여자의 손이 움직이는 것을 바라보았다. 취소할까. 그러나 취소하기는 이미 늦었다. 잠시 후 거기에서 한 무더기씩 떨어져 나오는 머리카락이 보였다. 여자는 순식간에 내 머리 모양새를 바꿔

버렸다.

아내의 눈이 휘둥그레졌다.

"살면서 뭐가 중한지 생각 좀 해보려고…".

말을 하고 나니 속이 가벼워진 것 같은 느낌이 들었다. 혼자 있을 곳을 상상했다. 깊은 산에 있는 조용한 암자 같은 곳. 불쑥불쑥 찾아오는 타인으로부터 완전히 벗어날 수 있는 곳. 뭔가를 쓰고 싶을 때 방해받지 않을 공간부터 있어야겠다는 생각이 들었다.

"어디 후미진 곳에 방 하나 얻을 수 없을까?"

"왜?"

"이참에 소설 한번 써 보게."

"그 병 도졌네. 맘대로 해."

아내는 간단히 허락했다. 그러나 부부 사이에서 무엇을 요구하면 쉽게 허락해 준 적이 없는 사람이었다. 말없이 집을 나가 크게 소란을 피웠던 과거사는 더 꺼내지 않고 단서를 붙었다. 글 쓴다는 핑계로 멀리 가서 혼자 방황하다가 비명횡사하는 일은 없기. 게다가 보너스까지 얹어주었다. 텃밭 딸린 데 있나 알아볼 게.

산과 들에 봄기운이 마구 번져갈 때, 아내는 보문산 근교의 산간 마을에서 빈방을 찾아냈다. 동물원을 뒤쪽에 두고 금산 쪽 산길로 얼마간 들어가 남향으로 틀어 앉은 곳이었다. 난리 통에도 세상에 뭔 일이 일어난 줄도 모르고 살았다는 동네. 아무런 근심 없이 사는 곳이라 무수동(無愁洞)이라 불리는 곳.

아내가 찾아낸 집은 무수동 끄트머리 몇 채 없는 집 중 가장 윗목에 자리해 있었다. 야트막한 산으로 둘러싸여 있어서 포근해 보였고, 침엽수 같은 것들, 이를테면 소나무와 잣나무가 주변에 지천이었다. 얼핏 보기에 참나무같이 가을에 옷을 벗은 뒤 아직 잎을 달지 않은 나무들은 서쪽 기슭 쪽으로 한 군락만 눈에 뜨였다. 길은 버스 한 대가 출입하기 버거울 만한 너비임에도 불구하고 포장도로로 대충 다듬어져 있었고, 크지 않은 집들은 두세 채 담장도 없이 옹송그리며 서로 껴안고 있었다.

인부를 불러 작은 트럭에 살림을 실었다. 아파트 베란다에서 몇 년째 뒹굴던 작은 항아리에 고추장과 된장을 퍼담고, 딸이 어릴 때 쓰던 꼬마책상과 책꽂이를 짐칸에 옮겼다. 장롱에 쌓여 있던 작업복과 운동복도 몇 벌 챙겼다. 아내는 사실 별거나 다름이 없는 이 일을 아무렇지도 않게 받아들이는 것 같았다. 이 나이에 뭔가를 써보겠다고 집을 나가는 걸 정말 믿기라도 하는 걸까? 마음 한구석에서 피어오르는 정체를 알 수 없는 해방감이 그저 좋기만 했다.

"원하는 대로 하는 건 좋은데 그 몸 고장나게 하지 마."

아내는 명령하듯 말하면서 운전대를 잡은 내 손을 살짝 건드렸다.

"도대체 여길 어떻게 찾은 거야?"

집 앞에 차를 세웠다. 일꾼들이 짐을 부리기도 전에 낯선 주변과 나지막한 산비탈의 밭 자락을 기웃거렸다. 여기저기에 하얗게 핀 꽃 무더기가 보였다. 산수유, 생강나무, 목련도 다

물러선 뒤였고, 대신 조팝나무가 홀로 남아 천지간에 순백의 빛을 흩뿌렸다. 아, 좋다. 너무 좋아. 아내가 탄성을 질렀다.

"가끔은 집에 들러야 해. 알지?"

글을 쓴다는 핑계로 가정을 버릴까 싶은지 아내는 몇 번이고 다짐을 받으려 했다.

"걱정하지 말라니까."

현관 옆에는 의자와 파라솔을 놓을 만한 나무 데크가 있고, 얼마 안 되긴 하지만 텃밭까지 딸린 집이었다. 짐을 정리하는 동안 옆집 개가 컹컹, 짖었다. 몇 번 짖는 소린 금세 멎었고 이웃이라고 기웃대는 사람조차 없었다. 평일 낮에 누가 자기 일을 놔두고 이사 구경을 온단 말인가? 하여 다른 사람과 면대를 한 것은 사흘이 지난 일요일 아침이었다.

이사 오던 날 아내는 짐을 부려놓은 인부들과 짜장면을 시켜 먹고, '이제부턴 알아서 살아.' 하며 트럭을 타고 집으로 돌아갔다. 가면서 살짝 동네 사정을 귀띔했었다.

"저쪽 집에서 우측으로 등산로를 끼고 산으로 올라붙은 널찍한 매실 밭이 이 집 주인 거야. '가야농원'이란 팻말을 붙였더라고. 그리고 옆집도 그 사람 거래."

얼마 안 되는 살림을 제 위치에 정리해놓고 물걸레로 바닥을 닦고 나니 하루가 지났다. 길 끄트머리에는 밭의 경계를 의미하는 철조망이 둘러 있었다. 녹슬어 헤쳐진 곳도 있고, 지금은 비록 이파리는 떨어지고 마른 덩굴만 남아 있긴 해도 자세히 보면 칡 혹은 탱자나 청미래덩굴 같은 것이 어우러져 사람의 출입을 가로막았다.

산길 쪽으로 언덕배기를 둘러보다가 비탈에서 차양이 넓은 모자를 쓴 사람을 만났다. 아는 체를 하기도 전에 그쪽에서 먼저 인사를 했다. 안녕하세요. 내가 머뭇거리자 남자는 손가락으로 농원 쪽을 가리켰다. 이 남자가 누구인지 알 것 같았다. 내 집의 주인장일 것 같아 손을 흔들었다. 그는 산비탈에 심은 오가피나무들을 살피고 있었다.

이곳에서 그 외에 마주친 사람이 또 한 사람 있었다. 이사 온 지 사흘 만에 드디어 나타난, 옆집 사는 여자. 중년으로 보이는 그녀는 파마머리에 붉은 뿔테를 가진 동그란 안경을 끼고 있었다. 그 뒤에 있는 황토집도 그렇고, 이곳은 사람이 별로 눈에 뜨이지 않는다는 점이 특이했다. 직감적으로 나는 여기서 살려면 그녀에게 뭔가 도움 줄 일을 찾아보는 게 상책이라고 생각했다. 내게는 집에서 쓸 수 있는 여러 가지 연장과 도구가 있는데, 그중 철물을 깎아낼 수 있는 그라인더와 숫돌이 있어서 그것을 꺼냈다. 그래서 그녀에게, 여기로 이사 왔다고 간단히 인사를 하고 나서 칼을 갈아줄 테니 무뎌진 것 있으면 다 내어달라고 했다. 안경은 부리나케 안으로 돌아가 칼 몇 개를 꺼내왔다.

마당 한가운데 앉아 칼을 갈았다. 허리를 곧게 펴고 숨을 가다듬으며 침착하게 쓱쓱 손을 놀리면 되는 일이었다. 햇살을 투둑, 잘라낼 수 있을 것 같이 시퍼렇게 날을 내어 문 앞으로 다가가니 안쪽에서 또 개 짖는 소리가 들렸다. 잠시 후, 문이 열리자 안경과 털 뭉치같이 생긴 갈색 말티즈가 함께 나타났다.

"이놈에게 줘 보세요."

여자가 내미는 과자 부스러기를 받아 던져주고 나서야 개의 꼬리가 흔들리는 것을 볼 수 있었다. 개는 금세 경계심을 내려놓고 혀를 내밀며 나에게 친한 척을 했다. 그 집에서 반길 놈이 있어 좋았다. 잠깐 으르렁대던 이 말티즈는 나이가 꽤 들어 눈치만 남은 녀석이었다.

며칠 후 이름 모를 잡초 같은 것들이 잔뜩 자라 있는 텃밭에서 한 움큼 냉이를 캐내었다. 뿌리가 실해 보이고 특유의 향이 났다. 한 번도 남들처럼 주말농장에 나가 채소를 가꿔본 경험이 없지만 나는 바로 이런 것을 해보고 싶었다.

혼자 살기에 필요한 짐은 많지 않았다. 식탁을 겸한 꼬마책상 위에 컴퓨터를 올려놓았다. 간이 옷장과 침대는 중고가게에서 샀다. 날이 춥지 않아서 보일러에 기름을 넣는 것은 생략하고 대신 간단히 전기장판을 깔고 살기로 했다. 몇 개 안 되는 접시나 그릇은 싱크대 옆에 나란히 포개놓았다. 정리를 끝내고 창가에 앉아 햇살을 바라보고 있으니 가슴이 뻥 뚫렸다. 창문을 열면 들판과 키 작은 앞산이 코앞으로 내다보이는 게 마치 딴 세상에 온 것 같았다.

한 달쯤 지났을까. 창문을 통해 그곳을 드나드는 온갖 산새들과 고라니와 같은 짐승들 길목까지 알아냈다. 그 사이 날이 풀려 텃밭을 지킬 모종들을 사다 날랐다. 물과 거름을 챙기기만 하면 봄볕을 받은 고추며 가지, 오이, 토마토 따위가 푸릇

푸릇 하루가 다르게 자라날 것 같았다.

산비탈에 번지기 시작한 환삼덩굴, 개망초, 강아지풀, 여뀌 따위의 잡초들과 씨름 하면서 봄이 중간쯤 지나가 버렸다. 가끔은 풀을 뽑다가 물가로 달려가 발을 담그기도 하고 컴퓨터의 파일을 채우느라 정신이 없었다.

4.

민머리가 자라 거울 속의 내가 조금은 낯설지 않게 보였다. 이제까지 나는 무엇을 했을까. 하루하루를 어떻게 기록할 수 있을까. 지금 저 창틀을 넘어오는 미세한 소리는….

뒤 켠 허물어진 산비탈의 돌 틈새로 물이 새어 나오는 곳에 새들이 몰려왔다. 참새도 있고 박새며 곤줄박이도 있었다. 그들은 거기서 목욕을 했다. 그저 손 등 하나 잠길만한 깊이의 작은 웅덩이를 사용하려고 온갖 새들이 모여 순번을 기다렸다. 번호표를 탄 것도 아니지만 저들은 성깔대로 차례를 정해 놓은 듯했다.

삼사십 마리 떼거리로 모여든 참새는 온통 그곳을 차지하여 시끄럽게 부산을 떨었다. 팔을 씻듯 날개깃을 물에 담그고 앉아 흔드는 놈, 머리를 물속에 넣다 빼었다 하는 놈, 종종걸음으로 나와 후르르 바위로 날아가 물기를 털고 있는 놈, 봄볕에 바위가 따뜻해진 것을 알고 그 위에서 마구 뒹구는 놈, 아직 이마빡에 어린 티가 남아 있는지 서로 뒹굴며 끝없이 재재거리는 놈, 참새는 역시 수다쟁이였다.

수다쟁이가 떠난 목욕탕엔 곤줄박이와 박새가 찾아왔다. 저들은 생김새 못지않게 멋쟁이인데 세수를 하듯 물에 몸을 몇 번 담그고 나서 바로 나뭇가지로 옮겨 앉아 깃털을 털어 말렸다. 여럿이 떼로 다니는 놈이 아니라서 시끄럽지 않았다. 찾아온 두세 마리는 그냥 정겹게 불러낸 친구일 것이었다. 이 동네에서 몸집이 큰 것들은 결코 작은 것들을 힘으로 밀어내는 법이 없었다. 그들은 체구가 작은 것들이 웅덩이를 떠나고 조용해진 틈에만 찾아왔다. 산비둘기나 어치는 혼자 오지만 까치는 종종 온 가족을 데리고 왔다. 물 앞의 평화와 질서가 경이롭게 느껴졌다. 지천으로 널린 풀씨나 나무 열매로 사는 것들이 더 차지하겠다고 싸움할 리가 없지.

오후에 마당에 굴러다니는 두툼한 목판을 한참 들여다보다가 끌로 글자를 파내었다. ’어은산방(漁隱山房)’이라고 서각을 해서 마루에 세워 두었더니 안경이 좋아하는 눈치였다.

“어은이 무슨 뜻이에요?” 그녀가 물었다.

“어부가 숨는다는 뜻이지요.”

은자(隱者)를 두고 하는 말이라는 설명은 덧붙이지 않았다. 사실 은자는 내게 과한 단어이기 때문이었다. 안경은 고개를 갸우뚱하더니 엄지손가락을 치켜세웠다. 평범한 사람이 사는 것보다 예술가가 살고 있다는 것이 괜찮다고 생각하는 모양이었다.

“첨엔 스님인 줄 알았어요. 실례지만 뭐 하시는 분이에요?” 안경이 또 물었다.

”방짜 그릇 위에 조각을 했었는데, 요새는 그만두고 젊을 때 하려 했던 일, 글을 써보려고 노력하는 중입니다. 그걸 하면

갑갑한 속이 좀 나아지거든요.“

“아, 네,”

궁금증을 해결한 여자는 데크를 지나 자기 집으로 들어갔다. 마당도 하나고 담자락도 없이 밖에 있는 수도마저 같이 쓰는 상황이어서 남들이 보면 집안사람으로 여길 만했다. 혼자 사나? 하지만 굳이 그걸 묻진 않았다.

주변을 산책하다가 밭두렁에 돋아난 이름 모를 들풀의 사진을 찍어 살폈다. 밭자락 끝으로 푸르릉 푸릉 달아나는 새를 글감으로 잡아볼 작정도 했다. 이제부터 아무도 관심을 두지 않는 너희 이름을 자주 불러주마. 지칭개, 여뀌, 달개비, 붉은머리오목눈이, 멧새…. 그런 것들과 마음을 트는 중인데, 속에서 뭐가 나빠졌는지 최근 위아래 어금니를 일곱 개나 빼고 틀니를 해야 했다. 그런 사실을 남이 알까 두려웠으며, 특히 말을 할 때 조심스러웠다.

예전과는 다르게 몸이 부실해진 것을 먼 곳에 사는 딸과 사위가 알 리는 없었다. 아직 산방을 찾진 않았지만, 걔들은 아주 가끔 웃음소리와 함께 적군처럼 집에 들이닥치곤 했는데 그래서 아내는 당신이 어디에 있든 잘 때 틀니를 빼 잘 감춰두었다가 누가 보기 전에 얼른 끼우라고 당부했다. 밥을 먹고 나면 화장실에 들어가 칫솔로 닦은 뒤 재빨리 그것을 끼워 넣었다. 한동안 입안 가득 채운 압박감과 이물감을 견디느라 애를 먹었다.

하루는 저녁 식사 후 마당 수돗가에 틀니를 빼 두었다가 잊어버렸는데, 아침에 가보니 그것은 종이컵 속에 이름 모를 보라색 꽃가지와 함께 들어 있었다. 그래서 속을 들킨 것 같아 창피하기도 하고 누군지 궁금했는데, 정오쯤 알게 되었다. 안경의 집에서 푸시시한 얼굴로 나온 여자아이가 말을 더듬었다.

"호, 혹시…?"

이게 누군가 싶었다. 할아버지라고 부르지 않은 것도 다행이라고 생각했다. 네가 틀니를 만진 애로구나.

"근데, 너 누구냐?"

그 애는 대답하지 않고 코끝만 찡끗 우그렸다. 얼핏 보아 고등학교에 갈 나이인데 한낮에 집에 들어앉아 있다는 것과 거의 한 달이 지나도록 나타나지 않다가 얼굴을 보인 것이 수상쩍었다. 이 집에 히코노모리가 있었나?

"평일인데 학교 안 가?"

아이는 비식비식 웃기만 했다.

애가 방으로 들어간 뒤 창문으로 고개를 내민 안경이 말했다. 자기의 외동딸 설희라고.

"공부에 전혀 관심 없는 애예요."

"할 일이 있을 텐데, 그럼 어떡해요?"

"졸업해도 굶어 죽기 딱 좋은 세상이니까…. 제대로 가르치려면 적은 돈이 드는 게 아닌데, 차라리 그걸로 뭐든 할 수 있을 거예요."

"그래도 그렇지."

거기까지 말을 했는데 안경은 제 얼굴을 감추고 대답하지 않았다.

하루가 지난 뒤 수돗가에서 나물을 씻다가 만난 안경은 작심한 듯 전날 하던 이야기를 했다.

"애 아빠가 잠수복을 입고 바다에서 물질하던 사람인데 침몰한 큰 배에서 시체를 꺼내다가 나오질 못해서…. 1년 만에 애가 저렇게 되어 버리더라구요. 애를 앉혀놓고, 너 공부할래 일할래? 물어보았죠."

깜짝 놀랐다. 딸을 두고 하는 이상한 말은 그렇다 치고 상처가 들어 있는 가족사를 지나가는 말로 슬쩍 하고 있기 때문이었다.

"그랬구나. 그래서요?"

"회사에서 준 보상금은 믿을 게 못 되고, 그래도 공부하겠다면 힘들어도 끝까지 도와주마, 했죠. 정신 차리라고 한 말이었어요. 성인이 된 후 엄마보다 많이 공부한 앨 먹여야 할 의무는 없을 테니까 정확히 열여덟까지만 돌봐주고 내쫓을 생각이다, 그 말도 하려고 했는데…. 당장 학교도 안 가고 집에 들어박혀서 조개처럼 입을 꽉 다물고 있더니 이렇게 살겠대요. 엄마 옆에서 무식하지 않게 책이나 보면 된다나. 그게 할 말은 아니잖아요."

이런 집도 있구나. 여러모로 놀랐다. 자식에게 속을 홀랑 다 까발려 말하는 안경의 성격도 대단해 보였다.

설희를 만난 다음 날, 틀니를 담았던 종이컵에 조약돌 하나를 남겨두었다. 아내와 거제 몽돌바닷가에 놀러 갔다가 주워 온 것 중 하나였다. 파도에 닳아 반질거리는 검은 돌멩이는 보석이 아니어도 정말 예뻤다. 저녁에 수돗가에 가보니 보니 종이컵은 비어 있었다.

잠수종은 공기를 얼마나 품을 수 있을까? 종이컵이 뒤집혀 커다란 잠수종으로 변하는 꿈이 반복해서 나타났다. 설희는 언제까지 아버지를 물속에 가두고 있는 걸까. 한 남자가 깜깜한 물길에 갇힌 아이들을 찾아 들어갔다가 숨이 멎은 채 끌려 올라오는 장면을 본 것 같기도 하고, 호각소리와 괭이갈매기의 울음소리가 뒤엉킨 배터에서 노란 리본을 짓밟고 가는 한 무리의 군중을 본 것 같았다.

달항아리에 꽂은 조릿대는 참 오랫동안 푸른빛을 냈다. 그걸 보면서 문득 키가 크고 목이 가녀린 경욱이 생각났다. 하는 짓이 엉뚱하긴 했지만, 한때 내가 양아들을 삼으려고 했던 아이. 그놈은 국회의원 보좌관을 했던 친구의 아들이었는데 무슨 바람이 들었는지 좋은 허우대를 앞세워 사고를 치고 다녔다. 마치 자기가 정치판에 무슨 역량이나 가진 것처럼. 결국, 무슨 문제가 생겼는지 어느 날 밤 급히 나를 찾아왔다. 아무것도 묻지 마시고요, 삼천만 빌려주세요. 꼭 갚아드릴게요. 나는 불 보듯 결과를 뻔히 알면서 궁지에 몰려 있을, 아들 같은 그 애를 위해 원하는 대로 해주었다. 그애 아버지의 보스였던 국회의원이 낙선하자 녀석은 제 아내까지 버리고 숨어버렸다. 그게 총선 전의 일이었으니까 몇 년이 지난 얘기였다. 경욱이 태국 파타야에서 관광 안내를 하며 살고 있다는 소식을 친구한테 전해 들었다. 아들을 찾았다니 다행이군. 잘 됐어. 건강하게 살아 있으면 되는 거지, 안 그래? 그렇다고 아무것도 모르는 친구에게 내 통장에서 빼준 돈 이야기를 하는 것은 영 부적

절했다.

여기서 만약 내가 경욱이를 만나러 간다고 하자. 과연 무슨 일이 벌어질까? 정말로 그게 궁금해졌다. 궁금한 이야기는 소설이 될 수 있다.

5.

평생 비행기를 타 본 적이 없는 내가 여행을 준비했다. 때마침 은주가 '아빠, 회사에서 준 항공권이 하나 있는데 동남아 여행이나 다녀오세요.' 업무의 성과가 좋아 부상으로 얻게 된 것이라고 하는 바람에 용기를 낸 것이었다. 어쩌면 내가 안갈까 봐 그렇게 말했는지도 모르지만. 그때 생각났다. 내 돈을 떼먹고 달아난, 친구의 아들. 나는 과거 일을 묻어버리고 잠시 쉬면서 못난 이놈의 얼굴이라도 볼 양으로 태국여행 결심을 했다.

내가 파타야에 도착했다는 연락을 받고 경욱은 역광장으로 흰색 승용차를 끌고 왔다. 저녁이었고 눅진한 바닷바람이 거리를 휘젓고 있을 때였다. 만나자마자 우리는 본 지가 오래된 부자(父子)처럼 말 같은 것은 빼고 격하게 포옹부터 했다. 곧 트렁크에 짐을 서둘러 옮겨놓은 그는 자기가 운영하는 게스트하우스의 방 하나를 비워놓았다며, 우선 힐튼호텔의 루프탑 바에서 폼나게 술 한 잔을 마시자고 했다. 우리는 34층에 올라가 레드 와인과 보드카를 각각 한 잔씩 시켰다. 저물녘의 바다가 한눈에 들어왔다. 수많은 배가 어둠을 빨아들이며 성냥갑처럼 물 위에 떠 있었다.

이야기 중 한 여자가 가까운 테이블에서 손 인사를 했다. 경욱이 사인을 하자 여자가 음료수를 들고 아예 자리를 옮겨왔다. 저의 집에서 몇 주 묵은 적이 있는 분이예요. 회색 머리카락을 가진 여자는 나보다 나이가 약간 더 들어 보였다. 그녀는 룩셈부르크에서 온 올리비아라고 영어로 말했다.

영어는 하지 마슈.

경욱이 건달처럼 말하자 놀랍게도 여자는 웃으며, 그러죠, 하고 대뜸 우리말로 말했다. 여자의 발음은 거의 완벽했다. 그녀는 10년쯤 전주에 있는 중학교에서 영어를 가르친 적 있고, 잠깐 고국으로 돌아갔다가 지금은 여행 중이라고 했다.

올리비아, 이 분은 제 아빠 친구예요. 제가 크게 신세를 진 분이기도 하고.

신세를 크게 졌다는 말에서 약간 떨떠름한 느낌이 있었지만, 그는 과장스럽게 내가 세상에 둘도 없는 은세공 전문가라고 소개해서 조금 유쾌해졌다. 하지만 나는 그녀에게, '그렇지 않다. 지금은 그런 일을 할 수 있는 상황이 아니'라고 고백했다.

왜요?

사고로 어깨를 다쳤거든요.

고장 난 인형이 그렇듯이 나는 힘없이 팔을 흔들어 보였다. 그러자 그녀는 진지하게 안타까움을 표했다.

우린 각자 손에 들고 있는 잔을 비우며 바다 끝에서 해가 지는 모습을 바라보았다. 그곳의 소음은 점차 어둠 속으로 조금씩 흡수되기 시작했다.

엘리베이터 안에서 경욱이 여자에게 물었다.

내일 어디 간다고 했죠?

참스 농장에 가서 코끼리 투어할 거예요.

동행 있어요?

아뇨.

그럼 이분과 같이 가는 건 어때요?

좋죠.

경욱이 나를 보며 엄지를 치켜들었다.

다음날 경욱이 알려준 대로 나는 아침을 먹고 참스농장으로 갔다. 올리비아는 이미 거기에 와 있었다. 혼자는 무섭고 누군가와 함께 가고 싶은데 다 젊어서요. 나이 든 사람이 혼자 다니기는 좀 그랬어요. 그녀가 말했다. 아직 젊어 보이는데요? 내 말에 기분이 좋은지 그녀가 웃었다.

올리비아는 가족을 룩셈부르크에 놔두고 혼자 여행을 떠났다고 했다. 거기에 남편이 있고 아들 내외도 있다고. 집을 나온 지 두 해나 지났지만 돌아가고 싶지 않더라고요. 그녀는 자기 몸무게만큼만 짐을 가지고 있다고 했다. 사는데 필요한 물건은 그것으로 충분해요. 옷이나 소지품은 간단할수록 좋아요. 처음 한동안은 꽤 많은 물건을 가지고 다녔는데 모두 짐이 될 뿐이었다고 말했다.

표를 끊고 코끼리 조련사의 안내를 받아 커다란 짐승의 등판 위로 올라갔다.

와, 너무 높다.

거기서 바닥을 내려다보자 정신이 아뜩했다. 올리비아가 꽤

찮겠냐고 물었다.

네. 견딜 만해요.

코끼리가 천천히 움직였다. 아니 씰룩씰룩 큰 걸음을 뗄 때마다 세상이 흔들거려 불편했다. 금방 속이 메슥거려왔다. 어릴 적의 나는 그네만 타도 속이 시원치 않았었다. 어지러워서 어쩔 수 없이 옆에 앉은 사람의 어깨를 붙잡고 말았다. 당황해서 움찔하긴 했지만, 그녀는 내 손을 피하지 않았다.

힘들죠?

그녀가 물었다. 나는 고개를 끄덕이면서 거의 그녀를 부둥켜안고 있었다. 코끼리는 곧 길을 벗어나 탁한 물로 자박자박 걸어 들어갔다. 물에서 움직이니 불편한 속이 조금 나아졌다. 그러자 점점 정신이 들었다.

혹시 잉어를 타고 있는 신선 그림을 본 적 있어요? 한국에 있을 때 어느 절에서 탱화로 봤는데….

아, 탱화까지 알아요? 한국 사람 다됐네요.

호홋, 모르겠어요.

물고기를 타고 다니는 일은 코끼리 타는 것관 다르겠죠? 1천 CC 바이크와 스키 타는 것을 비교하는 것만큼이나 다를 거야.

근데 한국 남자들은 정말 뭐든 잘 배워요. 전 자전거도 못 타요.

왜요? 멀미해서요.

어휴.

그런 이야기를 하다 보니 기분이 조금 편해져서 트레킹을 무사히 마칠 수 있었다. 작은 위기를 모면하게 해준 그녀의 배려가 고마웠다.

돌아오는 길에 나는 올리비아에게 내 숙소에서 같이 저녁을 먹는 게 어떠냐고 물었다.

좋아요.

그녀가 흰 이를 드러내며 승낙했다.

숙소에서 함께 쌀국수와 스테이크를 먹고 나서 그녀에게 사진 한 장을 보여줬다. 스마트폰으로 내민 사진은 오래전 부석사에 갔다가 찍은 목어였다. 단청의 비늘을 가진 나무 물고기. 그 아래 서 있는 50대의 나.

올리비아, 난 가끔 이런 생각을 한답니다. 행성 안에 무엇이 있었다고 해봐요. 1만 년쯤 지나면 어떻게 될까? 만년은커녕 백 년만 지나도 그게 다 햇빛에 닳아 없어지지 않을까요? 이건 나무로 만든 거예요. 나무니까 더 빨리 삭아 없어질 거지만 현재인 지금은 두드리면 소리가 나요. 좋은 소리예요. 너희는 깨어 있으라고. 마음을 두드리지요.

내 말을 듣고 난 그녀는 자기 가방을 열어 기념품 가게에서 산 작은 코끼리 인형을 꺼냈다.

이거 드리고 싶었어요.

순간 내 시선은 잠깐 거기에 묶였다. 그건 아까 코끼리가 흔들릴 때 와락 껴안았던 몸, 신성한, 살아있는 자의 몸을 생각하게 했다. 이 위에 신전(神殿)이 있었어요. 나는 중얼거렸다. 그리고 속으로 그렇게 생각했다. 특히 오래된 신전은 발을 들이기가 두려울 것이라고. 그런 생각을 하는 사이 그녀는 어느새 코끼리를 내려놓고는 조용히 일어섰다. 그녀는 신탁을 받기 위해 욕실로 들어간 것 같았다. 잠시 후 물소리가 들렸다.

설령 지붕은 없고 반 토막 만한 기둥만 초라하게 남아 있을 지라도 신전은 비의(秘義)를 품기에는 충분한 곳이었으니… 흰 수건을 성의(聖衣)처럼 휘감은 그녀가 다가왔다. 미묘한 향이 퍼졌다. 예상치도 않은 땅에서 슬그머니 기둥 하나가 솟아 올랐다. 신전은 안개 속에 휩싸인 것처럼 몽롱한 분위기였다. 다가서기도 전에 그녀는 조용히 중심을 낮추었다. 능선이 나타났다. 호수도 있었다.

목어를 여기에 그려줘요

길게 누운 여자는 손가락으로 자기의 가슴을 짚었다. 테이블에 사인펜이 있었으므로 나는 방짜 그릇 위에 무늬를 새겨 넣듯이 거기에 정성껏 목어를 그리기 시작했다.

언젠가는 문신을 하고 말 거예요. 그녀가 중얼거렸다. 세월이 흘러 지표가 그렇듯이 늙은 피부는 그것의 흔적을 선명하게 남기지 않을 것이 분명했다. 그렇지. 혹 인연이 있었다 해도 며칠만 태양 빛에 닿아 있으면 사라져버릴 게 뻔하지. 변함없을 것이 세상에 있기나 할까?

나는 그녀의 젖가슴 위에 올라온 비늘과 지느러미를 보며 이미 풍화되어 널브러진, 고대 그리스에서 만든 신들의 입상(立像)을 생각하기 시작했다. 그리기를 마친 나는 신전의 기둥을 잡고 제단으로 천천히 걸어 들어갔다. 어딘가에서 물소리가 났다. 물의 시간이었다. 물에 몸이 잠겼다, 완전히. 이러다가 숨이 부족해서 커다란 잠수종이 필요할지 모를 일이었다.

제가 경비를 댈 테니 함께 티벳으로 갈래요? 열흘이면 돼요.

숨이 가빠진 여자가 말했다. 나는 검지로 그녀의 입술을 살짝 누르면서 이렇게 말했다.

다 버리고 홀가분하게 사는 법을 이제야 알 것 같아요.

6.

물론 이 여자의 이야기는 경험하지 않은 나의 글이다. 해보지 않은 이야기로 소설을 매조 짓느라 감자 캘 시간을 놓쳤다. 그 사이 아내가 열무김치를 갖다 주고 간 날도 있었고, 시내 서점에서 책 몇 권을 사와 설희에게 준 날도 있었고, 스마트폰이 고장 나 난감해하는 안경을 내 차로 서비스센터에 데려다 준 날도 있었는데, 그게 다 지구가 바삐 자전한 탓이었다.

텃밭의 잡초는 허락 없이 마구 자랐다. 날을 잡아 이들을 모조리 뽑아내야 한다고 매번 생각했지만, 마음만 그랬다. 얼마 안 되는, 코앞의 땅거죽이 건조해져 자꾸 단단해졌다. 잡초가 무성한 땅을 헤집어 감자를 캐는 것은 쉽게 할 일이 아니었다. 어느 날 할 수 없이 호미와 낫을 챙기고 있는데, 땡볕에선 일하는 게 아니라고 안경의 목소리가 창문 너머로 들려 왔다.

"놔두면 썩지 않을까요?"

방에 들어앉아 보이지 않는 사람에게 물었다.

"당장은 괜찮겠지만요."

손바닥만 한 밭농사도 때를 맞춰야 한다는 것을 이런 식으로 배웠다. 설희가 밭에서 따온 상추를 담은 비닐봉지를 내려 놓고 갈 때 짬을 내어 잠깐 소설 얘기를 해주는 것처럼, 밭을 일구거나 씨앗을 뿌리는 일을 쉽게 할 일이 정말 아니었다. 소설 때문에 돌보지 않아 부쩍 자라버린 옥수숫대 앞에서 햇살 타령하며 감자 캘 날을 망설인다는 것도 마찬가지였다. 밭은 땡볕에 훅 달아 있는데 명아주까지 미친 듯 옥수숫대와 키재기 경쟁을 하고 있다는 것을 명심해야 했다. 결국, 낫을 꺼냈다.

정신없이 낫질하고 나니 온몸이 따끔거렸다. 계속 낫을 휘둘렀지만 당장 개천에라도 달려가 몸을 담그지 않으면 안 될 지경이었다. 풀숲을 가로질러 뛰어가다가 남의 밭에 늘어져 있는 급수 호스에 걸려 넘어졌다.

무릎이 깨지고 허리 쪽이 아팠다. 약을 바르면 금방 가라앉을 거라고 여겼다. 그러나 하루가 지나도 차도가 없고 이상하게 쑤시기까지 했다. 약을 사러 나갈까, 망설였다. 사흘째 되던 날은 더 많이 아팠다. 무릎은 괜찮은데, 거울로 살펴보니 채찍에 맞은 사람처럼 등허리 쪽 피부가 잔뜩 돋아올라 있었다.

병원을 찾아갔다. 의사는 열감이나 메스꺼움, 근육통, 두통 외에 다른 증세는 없는지 꼼꼼히 물었다. 단순 알레르기가 아니니까 어서 입원하셔야겠어요. 나는 아내에게 대상포진에 걸렸다는 사실을 알렸다.

"거봐, 혼자 있으면 좋을 것 같지만….."

고장 나면 혼자 못 놔두니까 걱정하는 아내의 마음이 읽혔다. 그저 무심한 게 아니었다는 것도. 여간해서 밖에 다니지 않는 설희가 병원에 왔다 갈 때 아내는 고마워서 어쩔 줄 몰랐다.

슬그머니 찾아온 아이는 뒷산에서 꺾어왔다며 웬 붉은색 꽃 하나를 종이컵에 담아왔다. 그리고 내게 귓속말로 말했다. 하

늘말나리요. 이쁘죠? 나는 고개를 끄덕였다. 순간 전혀 예상하
지 못했던 종이컵의 새로운 용도가 떠올랐고, 잠수종이 있던
깊은 바다가 얕아지더니 그 위에 슬그머니 설산이 나타났다.
히말라야에서 암염을 캔다고 했지. 아, 맞다. 거기가 깊은 바다
였구나. 그리고는 내 눈에 파타야의 다음 장면이 천천히 스쳐
지나갔다. 아이의 손에 들려온 작은 종이컵 화분은 아내의 손
으로 창가로 옮겨졌다. ◻

소금꽃

1

새벽은 소리보다 먼저 냄새로 온다. 창문 틈이 조금 열려 있던 덕분에 알 수 있다. 밤새 식은 방 안에 바닷바람이 낮은 숨결로 스며든다. 서희는 코로 느낀다. 냄새 다음으로 느껴지는 것이 빛이다. 소금은 원래 흰빛인데 새벽에는 옅게 푸른빛이 난다. 피부에 닿으면 가볍게 튕겨 나갈 것 같은 빛. 그게 느껴지면 예전에 고모가 읽어주던 문장이 떠오른다.

대축 리정 불가식(大畜 利貞 不家食)
길 리섭대천(吉 利涉大川).

무슨 넋두리도 아니고 종이의 바스락거림 뒤에 따라오는 말소리. 고요 속에 끼어드는 그 소리가 먹먹하기는 여전하다.
침대에서 일어난 서희는 낯선 창틀에 손을 얹는다. 바스러질 것 같던 나무의 결이 밤새 축축해졌다. 창을 열면 바람이

방의 물건들을 혼들어버릴까 싶어 살짝 손만 내민다. 기온은 낮고 바람은 약한 편이다. 어제 고모가 말했다. 이런 날 바닷물이 담긴 염전 위에는 가장자리부터 얇은 비늘이 돋아난다고. 사람들은 그걸 소금꽃이라 부른다고. 꽃이라는 이름을 쓰지만, 사실은 소금의 결정이다. 빛을 끌어안아 기(氣)가 충만해진 것들이 조금씩 굳고 거기에 짠맛이 들러붙는다. 굳은 것은 흰빛이어서 눈에 잘 띈다. 서로 엉켜 들러붙는 일은 생각보다 느리게 천천히 일어난다.

옆방은 여전히 조용하다. 서희는 이불을 개어 장롱 위에 얹고 조심조심 부엌으로 나온다. 두어 평도 되지 않을 공간은 고모가 그릇을 쌓아두지 않아서 텅 비어 있다. 수도와 싱크대 하나는 있지만, 문짝에 고리 하나 제대로 붙어 있지 않은 곳이다. 이런 곳에서 살겠다고 온 고모가 참 용하다.

2.

누구에게나 집은 필요하다. 의식주 가운데 하나이니 당연한데, 사람이 어떤 집에서 사는가가 중요해졌다. 큰집에 많은 재산을 쌓아놓고 사는 사람과 작은 집에 심플하게 사는 사람과의 차이. 사람들은 그 차이를 두고 삶의 질을 가늠하려 한다. 아니 사람의 됨됨이까지 저울질하려 한다.

집이 조금씩 작아지던 시절, 아버지는 어쩌다 한 달에 한두 번 집에 들어와도 휴대전화를 쥐고 앉아 한숨을 쉬거나 술을 마시거나 누군가에 소리를 질렀고, 저녁에는 취한 몸을 가누지도 못했다. 가끔은 욕설이 가끔은 침묵이 가끔은 아무 일도 없는 하루가 어린 서희의 노트에 글로 쌓였다. 식탁은 점점 간소해지고 집에서는 말소리가 아예 사라져 버렸다.

엄마가 이삿짐 트럭 한 대로 언니와 함께 남이 되어 떠난 일은 서희에게 전혀 충격이 되지 못했다. 파산을 선고한 아버지 곁에 굳이 함께 있기로 한 것은 어디를 가도 마찬가지일 듯한 체념이 작용했겠으나 이기적이고 변덕스런 두 인간에 대한 비호감이 더 컸다. 그만큼 서희는 눈치가 빨랐다. 무거운 짐을 옮기느라 찢겨나간 창호지, 덜컹거리는 현관. 서희는 한 뼘쯤 열린 문틈으로 떠나는 이들의 뒷모습을 빤히 바라보았다. 그들이 자취를 감췄을 때, 집은 새로운 냄새로 채워졌다.

열 살 먹은 서희가 남은 그릇을 꺼내 닦고 있을 즈음, 아버지 혈육 중에 유일하게 남아 있다는 고모가 집을 찾아왔다. 작은 가방 하나를 어깨에 걸치고 부드러운 미소를 지으며, '네가 서희구나. 몇 학년이니?', 했다. 서희는 손가락 넷을 펴 보였다. 저녁도 변변히 먹지 못하고 침통하게 TV만 들여다보던 서희는 그 날, 고모가 뚝딱 만든 카레를 먹었다.

여기도 살 만하네. 그녀는 정신없이 카레를 먹는 서희를 보며 그렇게 중얼거렸다. 살 만하다니? 여기가 지옥이라는 말로 반박하진 못했지만, 나쁜 뜻으로 한 말은 아닌 것 같았다. 퀴퀴한 집에 고모의 몸에서 나는 향긋한 냄새가 퍼지기 시작했다. 아버지는 여동생을 상대하려고도 하지 않고 문이 닫힌 방에서 큰 소리로 뜻만 전했다. 내가 없어지면 애 챙겨. 그게 무능한 아버지가 자기 여동생에게 한 마지막 부탁인지도 몰랐다.

그 뒤로 고모는 서희와 함께 지냈는데, 어디서 무얼 하는지 아침에 나갔고, 저녁에 돌아온 후 살림을 했으며, 밤에는 책을 펼쳤다. 대화는 거의 없었다.

고모는 주로 이상한 책을 읽었다. 가끔 전자제품의 사용설명서까지 장난삼아 읽어주기도 해서 집에 소리가 생겼고, 굴곡 없는 마음에 높낮이가 생겼다. 서희는 이불을 뒤집어쓴 채 고모의 목소리에 귀를 기울였다. 의미를 알 수 없어도 괜찮았다. 거기엔 언제나 따뜻함이 있었다.

누우면 고모의 책 읽는 소리가 기다려졌다. 때로는 피곤이 몰려와 얕게 잠에 빠졌다가도 목소리가 들리면 눈을 떴다. 그게 무슨 소리래? 언젠가는 벌떡 일어나 모르는 말에 관해 물어보기도 했다. 그건 나중에 알게 돼. 언젠가는…. 서희는 고모의 말을 이해하려고 했다. '언젠가'라는 기다림의 문법을 그때 배웠다. 언젠가는 오늘이 어제로 바뀌고, 떠났던 것은 다시 찾아올 거라는 것. 하루라는 것은 모두 어떤 커다란 규칙 안에 들어있다는 것. 그 말을 믿고 서희는 매일 고모 옆에서 귀를 열었다. 고모, 리섭대천이 뭐고, 대축이 뭐냐니까?

고모는 말보다 눈빛을 많이 쓰는 사람이었다. 서희는 그 자리에 작은 세계를 만들었다. 책상 위 연필꽂이, 벽에 붙인 종이별, 쓰다 버린 볼펜. 사소한 것들이 고모의 눈빛에 들러붙어서 생기를 띠곤 했다. 이제 서희네 집 가장은 고모였다

가진 게 없으니까 책이라도 더 읽는 거야.

고모는 그렇게 말했고, 서희는 알아듣는 척 고개만 끄덕였다. 어린 나이의 서희는 생각이 많았는데, 떠오르는 것을 일기에 쓰다가 어느 날부터는 고모가 소리 내어 읽는 책의 내용을

적기도 했다. 하루의 무엇을 기록하는 일은 쉬운 일이 아니었지만 매일 똑같아지는 하루가 싫어서 그렇게 했다.

아버지는 아예 집을 나가고, 이제 남은 건 둘뿐이었다. 서희는 고모가 있어 외로움을 견뎠다. 사는 게 자신이 없고 애를 돌볼 능력이 없는 아버지가 고모를 불렀는지, 아니면 고모가 갈 데 없어 오빠네 집으로 살러 왔는지 몰라도, 고모 때문에 다 괜찮아졌다. 독하게 떠나버린 엄마나 언니 대신 고모가 있는 것이 더 다행스러웠다. 왠지 학교에서 배운 것보다 많은 것을 고모가 가르쳐준다는 생각이 들기도 했다. 점점 다른 아이들보다 어른이 되어가는 느낌이었다.

대축(大)은 크게 모은다는 일이거나 큰 인물을 뜻하지. 리정 불가식 (利貞 不家食), 집에서 밥을 안먹는 게 좋다는 건데, 길 리섭대천 (吉 利涉大川)이라. 집을 떠나야 길하다는 거야. 큰 물고기가 좁은 못에 갇혀 살면 제대로 크겠니? 크게 되려면 집을 떠나 강으로 가서 마음껏 활개치며 살아야 하지 않겠어? 어린 서희는 고모가 하는 말을 대충 알아들었다. 그런데 그 말은 불길하게 느껴졌다. 떠날 운명을 숨기고 있기 때문이었다. 그렇게 이해가 먼저 오는 날도 있었고 몇 번 써본 후에 뒤늦게 오는 날이 있었다.

감각을 예리하게 벼려야 해. 그래야 감수성이 생기지. 그게 무뎌지면 속이 텅 비거든.

중학생이 되고 나서 수업을 빼먹는 것에는 별로 토를 달지 않았던 고모가 요구하는 내용은 거의 비슷했다. 뭘 하든 멍하니 지내지 말고 깊이 생각해보고 살 것.

3.

　아내는 내쫓고 자식을 팽개친 아버지의 행적에 대해서는 알 바가 아니다. 가족을 버린 사람이니까. 돈을 잃었다고 현재를 포기하고 정말 자기에게 소중한 게 뭔지 모르는 사람이니까.

　어린 서희에게는 고모가 아버지고 어머니였다. 가끔은 고모가 일이 있다 하고 집을 비웠는데, 그런 날 서희는 자다 깨곤 했다. 혹시 돌아오려나 싶어 현관문을 걸지도 않았다. 바람에 덜컹거리기도 하고 골목 끝에서 어슬렁거리는 사람 그림자를 보고 놀라기도 하고…누군가를 기다리는 사람이 사는 방은 어둠조차 사물을 더 생경하게 만들어 놓았다. 책등은 더 세로가 되고, 컵의 동그라미는 손의 감각까지 포개져 완벽하게 휘어 있었다. 어쩌다 잠자리에서 몸을 일으킨 뒤 서희는 로봇처럼 어기적거리며 거실 끝으로 걸어갔다. 싱크대의 수도꼭지를 틀어 찬물 한 잔을 따라 마시고 정신이 들어 목울대로 내려가는 작은 물소리를 듣기도 했다. 고요 속에 있으면 귀가 정말 민감해졌다.

　서희는 고모가 듣는 노래 속에서 키타 혹은 트럼펫 소리만 따로 골라낼 수 있었다. 둥둥, 심장을 흔드는 소리. '장마'라는 제목이었는지, '서해에서'였는지 정확히 모르지만, 스피커의 저음은 집안을 전체를 흔들었다. 속이 울렁거릴 정도의 강한 진동은 비장함이 있었고 뜻 모를 슬픔을 동반했다. 고모는 조그맣게 가수의 노래를 따라부르다 점점 목이 변했고, 다음에는 눈이 젖었다. 비둘기 떼가 박수 치며 훠이훠이 날아간다는 가사가 왜 슬플까? 박수 치며 날아간다는 말은 참 특별한 상상

력을 만들어 주었다. 그 자유로운 날갯소리를 들으면 왜 눈물
이 나는 걸까?

4.

복자도(復自道) 하기구(何基咎) 길(吉)

자기 스스로 소중함을 깨달아 돌아온다면 무슨 허물이 있겠
는가. 길한 것이다.

새로 익힌 문장과 고모의 노래 사이에서 서희의 나이가 바
뀌었다. 열에서 열다섯을 거쳐 열여덟. 서희는 고등학교를 졸
업하자마자 출판사에 들어갔고, 거기서 심부름하다가 교정을
보고 편집을 배웠는데 그리 어렵진 않았다. 스물이 넘고 서너
해가 더 지났다. 몇 년 사이 성인이 되어 일머리를 잘 알게 된
서희는 편집장 대신 견적서를 내고 인쇄소 사장을 만나러 다
닐 정도가 되었다.

어느 날 서희는 인쇄소 사장과 점심을 먹다가 급한 연락을
받았다. 전화한 사람은 군산에 있는 항만 관리소 직원이었다.
컨테이너 창고 앞에서 한 남자가 쓰러져 있는데 주머니에 연
락처가 있었다는 것이다.

서희는 그곳 관리 사무소에서 혼수상태로 누워 있는 아버지
를 엠블런스로 모셔왔다. 고모, 나 지금 아버지랑 병원 중환자
실에 있어. 고모에게 문자를 보낸 후 서희는 정신없이 병원 복
도를 뛰어다녔다.

소음이 허락되지 않은 곳. 모니터에 남은 푸른 불빛과 규칙

적인 기계음만이 전부인 것처럼 느끼지는 곳에서 서희는 임종을 지키려고 앉아 있었다. 간호사들이 발소리를 낮춰가며 바삐 오가는 곳의 바닥이 서늘하게 느껴졌다. 서희는 침대 곁에서 무표정한 아버지의 얼굴을 바라보았다. 눈꺼풀은 종이처럼 얇았고, 입술은 늦가을 들판에 남은 풀잎처럼 메말라 있었다. 그러다가 한순간 기계음이 꺼지고 의사와 간호사가 들이닥쳤는데, 서희는 그 상황을 침착하게 받아들이지 못했다. 운명하셨다고 했는지…서희는 속이 뒤엉키고 가슴이 벌렁거렸다.

덮어놓은 흰 시트를 걷어 마지막으로 아버지의 얼굴을 만지며 서희는 말했다. 걱정하지 말고 편히 가요. 자기 말이 딴 사람의 것인 양 들렸다. 누가 멀리서 말하는 소리 같은데 눈물은 전혀 나오지 않았다. 아니, 그런 감정은 바닥이 난 지 오래여서 더 올라올 게 없는 듯했다. 어느 틈에 고모도 병실을 찾아와 한쪽에 서 있었다. 얼굴은 서희처럼 굳어 있었다. 둘은 아무 말도 하지 않았다. 하지만 고모는 손끝을 가볍게 떨었다. 병실 창문 너머로 어둠이 손님인 양 엉거주춤 들어와 있고, 죽음을 확인하듯 천장의 형광등이 흰 시트에 덮힌 아버지를 비추고 있었는데, 서희 눈에는 환한 조명이 잔인하게 느껴졌다.

장례는 정신없이 진행되었다. 고모는 얼굴도 모르는 친척 몇을 불러들였다. 편히 가셨지. 이제 고생 안 해도 돼. 다 끝났어. 그들은 고모와 서희의 손을 잡고 위로했지만 그런 말은 공허하기만 했다. 무엇이 끝났는지 서희는 알 수가 없었다. 이미 결과를 알고 있었다는 건가? 장례식장은 꽉 막힌 상자 속의 것처럼 무거웠다. 국화꽃의 냄새와 락스 냄새가 뒤섞여 코에서 목 안쪽으로 내려갔다. 친척 외에도 고모가 아는 몇 사람이 찾아왔다. 서희가 일하는 곳에서는 사장과 편집장이 다녀갔다. 서희의 동료이자 친구인 남주는 마치 가족인 것처럼 장례가 끝날 때까지 함께 했다. 그녀는 끼니때마다 종이 그릇에 국을 떠서 고모와 서희 앞에 내어놓고 그것을 먹는지도 살폈다. 고모는 가끔 숟가락을 들었지만, 서희는 거의 먹지 못한 채 사흘을 버텼다.

장례식장에서 마지막 날, 꼭두새벽에 낯선 남자가 분양소로 들어왔다. 희끗희끗한 머리, 조금 굽은 듯한 허리. 약간 휘청거리는 걸음걸이. 칠십은 되어 보이는 노인이었다. 그는 고인에게 절을 하고 한쪽 구석에 아무 말 없이 자리에 앉았다. 고모는 그를 보자 크게 기뻐하면서 허둥거렸다. 누구지? 서희는 궁금했다. 의자에 앉은 두 사람 사이에 긴 침묵이 오갔다. 말하기 어려운 어떤 것들이 있었던 게 틀림없었다. 예민한 서희는 몸으로 하는 그들의 말을 알아듣지 못했지만 불안이 엄습했다. 남주에게는 눈치껏, 신경 쓰지 말고 좀 눈 좀 붙이라 하고는 자신도 무심한 척 벽에 기대어 살폈다. 잠깐 알 수 없는 곤혹이 고모의 얼굴에 드리워졌다. 고모가 조심스럽게 일어나 서희에게 다가왔다.

서희야. 아무래도 나갔다 와야 할 것 같다. 오래 있진 않을 거야.

서희는 그가 누군지 묻지 않았다. 새벽 4시를 가리키고 있었고, 남자는 구석에서 휴대전화 들여다보다가 고모의 손짓으로 일어섰다.

눈앞에 있는 아버지의 영정사진은 그래도 다감하게 웃고 있었다. 사기를 당하고 갑자기 허수아비가 되어버린 저 불쌍한 사람을 외면하며 달아난 엄마와 언니…. 어린 시절 서희의 텅 빈 집을 지켜주려고 찾아온 고모. 갑자기 모든 생각이 뒤엉켜 한꺼번에 출렁거렸다. 아버지의 끈질긴 침묵, 국도를 질주하던 엠블런스, 여러 가닥의 호스로 생명을 연장하고 있는 장비 앞에서 병원사람들이 수런거리던 모습, 영정 옆에 놓인 국화, 급히 찾는 전화…. 모든 이미지가 한 줄로 이어졌다. 그것은 토막토막 끊어져 있다가 다시 이어지고 있었다.

그날 오후 화장터에서 수습이 끝나기를 기다리며 고모는 서희에게 자신의 과거를 처음 털어놓았다. 혈육이라고는 하나뿐이지만 오빠에게 얹혀살기를 거부했던 고모는 스물 안팎에 재일교포 2세가 운영하는 가게에서 산 적이 있다고 했다. 돈을 벌며 세상 체험도 하고 글쓰기를 원했던 시기였고, 일본에 여행을 갔다가 그를 만난 것이 행운이었다고 말했다.

뭔가 배워 보려고 무작정 갔다고 해야겠지. 아무도 도와줄 수는 낯선 곳이니까 두렵긴 했어. 정처 없이 떠돌던 때였지. 내가 간 곳은 후쿠시마에서 좀 떨어져 있는 도심 외곽의 골목에 자리한 게스트하우스였어. 토끼 집같이 생긴 작은 곳. 전선이 어지럽게 늘어진 골목은 비탈진 길 맨 위쪽에 있어서 한참을 걸어 올라가야 했지. 한국의 다락방을 닮은 이 층에서 저물어가는 도시를 비장한 심정으로 바라보았어.

서희의 고모 현주 씨는 그날 저녁 게스트하우스 주인을 만났다. 재일교포 2세라고 소개한 그는 말하는 태도가 꽤 젊잖고 솔직했다. 그는 작은 이자카야를 운영하고 있는데, 얼마 전까지 도쿄 전력의 하청 회사에서 일했었다고 했다.

노조 사람들과 후쿠시마 오염수 방류 문제를 놓고 그 책임을 묻고 따진다는 이유로 해고당했어요. 게다가 난 여기 사람인데도 조센징이라고 주변인 취급을 받아요. 이곳에서는 나 같은 사람이 권리를 주장는 걸 매우 싫어하지요. 일본사람들은 우리 동포끼리 힘을 합치지 못하게 이간시켜놓길 잘해요. 그런 사람들과 싸우는 것이 너무 힘들고….

현주 씨는 며칠 후 그를 따라가 고리야마 역광장에서 데모하는 모습을 보았다. 역은 생각보다 훨씬 북적였다. 조용한 변두리 도시가 아니라 신칸센이 멈추고 수많은 사람이 오가는 번화한 곳이어서 더욱 그랬다. 광장 한쪽에 시위대가 차린 연단이 있었는데, 거기에서 그가 마이크를 잡았다.

겐파쓰 이라나이, 이노치오 마모레!

원전은 필요 없다. 생명을 지켜라. 그 말이 하나의 함성이 되어 광장에 울려 퍼졌다. 머리에 붉은 띠를 두르고 마이크를 쥔 그가 특별해 보였다. 목소리는 떨고 있었지만, 거기엔 깊고 강한 서슬이 들어있었다.

현주 씨는 그들 시선을 아랑곳하지 않고 주먹을 쥐고 요란하게 깃발을 흔드는 사람들 쪽에 붙어서 함께 목소리를 높였다. 이노치오 마모레! 이노치오 마모레!. 그 순간에는 국경은 의미가 없었다. 오히려 이방인인 처지가 그녀의 마음을 더 순수하고 격하게 만들었다. 현주 씨는 마치 자기가 큰 피해를 본 사람인 것처럼 소리를 질렀다.

가을 끝의 차가운 바람이 불었다. 역에서 조금만 걸으면 보이는 상업지대, 번쩍이는 간판과 오래된 술집들, 그리고 멀리 아부쿠마 강이 휘감는 평야도 있었다. 한낮의 평야는 햇볕을 받아 황금빛으로 빛났지만, 그 땅속에 버려져 있을지도 모르는 방사능을 떠올리며 현주 씨는 마음이 어지러워졌다. 사람들을 바라보면 어떤 이는 눈을 마주치며 고개를 끄덕였고 어떤 이는 슬그머니 눈을 피했다. 고리야마 사람들의 표정은 어딘지 모르게 복잡해 보였다. 현재의 사건을 알지만 말하지 못하는 것, 살아야 하니까 어쩔 수 없이 외면하는 것. 그 갈등의 색깔이 그대로 얼굴에 묻어 있는 듯했다.

격렬한 시위가 벌어졌던 광장에도 해가 기울고 어둠이 내려앉았다. 역의 네온사인이 하나둘 켜지자, 집회에 모인 이들의 얼굴은 빛과 그림자 속에서 더욱 선명해졌다. 현주 씨는 목이 쉬었지만, 가슴은 이상하리만치 차분해졌다. 오후 내내 외쳤던 말들이 세상 밖에서 작은 파문으로라도 남기를 바라면서 그 남자와 함께 후쿠시마로 돌아가는 신칸센 열차에 몸을 실었다.

이후 그는 현주 씨가 그곳에 한동안 머물 수 있도록 여러 배려를 했다. 처음에는 게스트하우스 청소를 시켰고 다음에는 관리 업무를 맡겼다. 더 시간이 지난 후에는 이자카야에서 일하게 했다. 고모는 10년을 그와 함께 있었다. 서른 살쯤 고모는 오빠가 이혼했다는 말을 들었고, 혼자남은 아이가 있다는 말을 듣고 걱정을 했다. 그녀는 불쌍한 아이를 챙기려고 일본

생활을 끝냈다. 물론 그 남자가 전심으로 말렸으나 현주 씨의 결심을 바꾸지는 못했다.

그런데 십 년 남짓 시간이 흐른 뒤에 그 남자가 고모를 찾아 한국으로 온 것이었다. 둘 사이가 어땠는지 짐작할 순 없지만, 믿고 데리고 있던 사람이 떠난 시간 동안 어쩌면 그는 어린 현주 씨를 속으로 그리워했을지도 모를 일이었다.

남은 시간을 한국에서 살고 싶어. 내가 살 땅이 있으면 좋겠는데, 내 이름으로는 어렵고 소유주가 자네라면 가능하다고 하네. 자네가 해줄 수 있겠나? 그 남자는 그렇게 말했고, 그것 때문에 찾아왔던 것이라 했다.

장례 일을 수습하고 난 고모는 얼마 후 사방을 다니며 알아보더니 마검포에 있는 소금밭을 매입했다. 그의 할아버지가 살았었다는 땅 근처에 그가 있을 곳을 안겨준 고모는 서희를 떠나 그와 함께 있기로 했다.

내가 안 하면 안 되는 일이야. 너는 언제든 내려오면 돼.

누군가 자신을 필요로 하게 되면 그를 위해 삶을 내려놓으려 하는 고모. 서희는 지금 상황을 시간의 축에서 되짚었다. 고모가 젊은 시절 온 마음을 쏟고 있을 이자카야의 주인에게 떠나겠다고 말했을 때 그가 바로 이런 느낌을 받았을 것 같았다.

5.

유리창에 눈물 같은 빗방울이 가늘게 맺힌다. 유리창의 곡률은 외부의 어둠과 반짝이는 불빛의 움직임을 아주 근사하게 왜곡시킨다. 멀찍이 보이는 전봇대, 들판, 검은 하늘 같은 것들이 약간씩 다른 모양으로 꿈틀거린다. 기억으로 되살아난 것들은 평소와는 다른 하루의 특별함을 가지고 있다. 서희가 어젯밤과 오늘 새벽을 구별할 수 있게 된 것은 작은 차이에 모든 감각을 집중한 결과다. 어제와 다른 하루를 느끼지 못하면 살아 있는 것이 아니지.

서희는 식탁 의자 하나를 앞으로 당겨 앉는다. 발끝이 바닥을 문지르면서 내는 아주 작은 소리를 듣는다. 그리고 고모가 하던 것처럼 벽에 걸린 고무장갑에게 말을 건다.

어떤 마음으로 살아야 하지?

하지만 고무장갑은 말이 없다. 말은 안 해도 되는 때가 많다. 하지만 말을 꼭 해야만 하는, 여럿이서 고함치고 외쳐야 하는 때가 있기도 하다.

서희는 그저께 남주와 광화문에 갔다. 경험이 없는 서희는 거기서 사람들의 열정에 적잖이 놀랐다. 자유나 정의라는 말은 멀찍이 서서 구경하는 사람들에겐 매우 낯선 단어다. 또 하나 알 수 없는 일은 다른 한쪽에서 또 다른 집단이 비슷한 말을 동원해 뭔가를 부르짖고 있다는 것이었다. '이 나라의 진짜 주인이 되기 위해 매주 토요일에 이곳에서 밤을 샌다'는 말을 하는 남주가 서희는 대단해 보였다.

서희는 남주와 약속했다.

나도 계속 올라갈게. 세상이 바뀔 때까지.

서울에서 돌아오자마자 승용차 키를 챙기고 마검포로 향했다. 사람들 속에 있다 보니 자기 의지대로 살아가는 고모가 더 생각났다. 밤공기는 공허했다. 차갑지만 묘하게 끄는 기운이 있었다. 바람이 허리를 감싸고 귀 뒤쪽으로 흘러나갔다. 도로 위로 차가 미끄러졌다. 가로등의 불빛이 연달아 차창을 스쳐 지나갔다. 어둠과 빛이 교차할 때마다, 마치 오래된 기억이 깜박이며 스위치를 눌렀다 꺼졌다 하는 듯했다. 위험하다 싶을 만치 속도를 높였다. 서희는 공주를 거쳐 홍성 쪽으로 계속 올라갔다. 밤의 도로는 헤드라이트 빛으로 곧게 열려 있었다. 도심으로부터 멀어질수록 공기 속의 밀도가 옅게 느껴졌다. 피로가 몰려왔다. 차창을 살짝 내려도 눈이 감겼다.

서희는 휴게소에서 의자에 기대어 잠깐 눈을 붙였다. 잠꼬대인 듯 입술 사이로 뭐라 빠져나간 소리가 제 귀로 들어왔다. 고모! 바람이 그랬나? 분명 고모를 부르는 소리를 서희는 들었다. 꼼지락거리며 정신을 차려보니 날이 어슴프레해져 있었다.

이제 가로등과 헤드라이트 불빛은 필요 없어졌다. 계속달리다보니 차창 밖으로는 희끗한 바다가 보였다. 파도는 마음 안쪽에 일어나는 소리로 들려오는 듯했다. 바람을 따라 오는 낮고 묵직한 소리.

길은 해변로로 이어졌다. 포구 몇 개를 지난 뒤 하늘이 밝아졌다. 새벽과 아침 사이의 경계를 달리던 서희는 액셀을 더 밟았다. 타이어 아래로 모래가 깔린 아스팔트가 사그락거리는 것이 느껴졌다. 길게 뻗은 방파제와 고요하게 누운 염전. 바다는 말을 잃은 듯 낮고 깊은 호흡만을 내뱉고 있었다. 바람이 서희의 가슴으로 밀려들었다. 숨을 들이쉴 때마다 심장이 조금씩 빨라졌다. 서희는 핸들을 더 세게 움켜쥐었다. 네비게이

션의 지도에는 목적지가 코앞이었다. 눈앞 풍경을 두고 손끝이 떨렸다.

서희는 쿵쾅거리는 심장의 박동 소리를 들었다. 그녀가 움직이는 동안 길가의 부드러운 흙들이 발자국을 남겼다. 널찍한 소금밭 위에는 갈매기들이 가벼이 허공에 떠서 지나갔다. 길은 염전을 가로질러 바다 쪽으로 길게 뻗어 있었다.

먼 하늘에서 구름이 느릿느릿 지나갔다.

길가 근처에 소금밭이 넓게 펼쳐져 있었다.

서희는 그곳을 살피며 차를 세웠다.

멀리서 다가오는 한 여자가 보였다. 그녀를 보다가 서희는 눈물이 왈칵 치밀어 올랐다. 몸빼에 허름한 잿빛 블라우스를 입고 걸어오던 여자는 고모였다. 메시지와 함께 보내준 주소지 앞에서였다. 서희는 차에서 뛰어나와 고모를 꼬옥 안았다.

서희는 고모의 손을 잡고 길가의 창고 뒤에 붙은 푸른 철문이 있는 집으로 들어갔다. 정말 오래된 집인 듯했다. 한쪽은 비닐로 막아놓았지만 틈이 벌어진 창틀이 보였다. 녹슨 철문 앞에서 숨을 고른 서희는 안으로 천천히 발을 옮겼다.

그곳에서 느껴진 건 냄새였다. 한약 냄새가 겹쳐진 어둑한 방. 서희가 들어가니 천장에는 있던 작은 알전구에 불이 켜졌다.

남자는 장례식장에서 처음 보았을 때보다 조금 더 구부정한 듯했고 늙어 보였다. 그러나 눈빛만은 살아있었다. 낮고 깊은 눈을 가진 인상. 그는 서희에게 딱, 한마디 했다.

미안합니다.

일본사람이라는 것을 금세 알아볼 정도로 발음과 억양이 서툴렀다.

서희는 웃으며 고개를 가로저었다.

고모는 냉장고를 열어 보리차 같은 것을 한잔 내놓고는 미소를 지었다. 오래전, 책을 읽어주던 때처럼 설명이 필요 없는 표정이었다.

누추하지?

고모의 목소리에 대답하지 않고 서희는 웃었다.

방 한쪽에 서희가 앉았다. 긴 머리를 묶은 마른 체구의 고모는 연신 창밖을 바라보았다. 창문 너머, 염전 위로 흰빛이 퍼지고 있었다. 서희는 밖을 보다가 고모에게 물었다.

있을 만은 한 거야?

서희의 목소리는 떨고 있었다. 고모가 서희와 같은 방식으로 픽 웃었다.

나는 괜찮아. 근데, 저 이는 어딜 다닐 수가 없어서….

고모는 말을 하던 중 시선을 물끄러미 창밖으로 옮겼다. 서희는 더 이상 말을 듣지 못했다. 길 울음을 끝낸 아이가 가끔 그렇게 하듯 고모는 흐으흡, 부르르 떨며 방 안의 공기를 들이마셨다. 바다 냄새와 한약 냄새, 오래된 기억이 한꺼번에 몸 안으로 밀려왔다. 심장은 빠르게 뛰었지만, 그 박동은 이상하게도 고통스럽지 않았다.

서희는 이제 말하지 않아도, 충분히 알 것 같았다. 그 모든 것을 반듯하게 행하려고 애써야 하며, 사람은 누군가를 위해 모질게 강을 건널 때가 있다는 것을.

방 안의 공기가 천천히 바뀌었다. 빛이 펴진 후에도 고요가 조금 더 깊어졌다. 서희는 한 걸음 더 고모에게 다가갔다. 손 끝이 몸에 닿았다. 그녀가 잡은 어깨는 차갑지 않았다.

6.

고무장갑은 달빛이 유리 창살 한 칸 옮겨질 때쯤에 반응한다. 이 애들은 질문이나 대답하는 방식은 잘 모르고 적당히 시간이 지나면 속을 드러내기도 한다. 한참 말을 걸고 있어야 느껴지는 때가 있다. 지금은 말할 때가 아니다.

서희는 탁자 위에 있는 고모의 노트북을 열고 파워를 넣는다. 모니터에 '소금꽃'이라고 쓴 한 파일이 보이고, 그것을 열어보니 다음과 같은 글이 들어있다.

바지랑대를 세워 줄에 빨래를 걸치던 내 눈은 문득 하늘에 뜬 낮달을 본다.

글 속에 나오는 '나'는 고모였을 것이다. 고모가 쓴 글이니까 당연하겠지만. 그 외에도 수많은 사진과 일하다가 쓰기를 미뤄둔 글들이 있다. 서희는 눈에 들어오는 몇 개의 더 문장을 살핀다.

눈을 뜨면 그냥 멀어지는 것들이 있고, 멀어졌다고 생각했는데 슬금슬금 다가와 보이는 것도 있다.

글에서 고모가 하는 짓이 궁금하다. 주인공인 고모는 간절하게 뭔가를 찾고 있다. 그리고 보이지도 않는 것을 보려 하고 있다. 숱한 사진 중에서 고모가 찾고 있는 것이 무엇인지를 알려고 서희는 들여다본다. 고모의 표정을 보면 대충 알 것 같다. 하지만 소설 안에는 아무런 단서가 없다.

고모의 컴퓨터를 열어보고 거기 있는 글을 읽고 생각하고… 졸다가 깨어보니 깊은 밤이다. 아직 컴퓨터가 켜 있다. 서희는 다른 파일을 열어본다. 거기에는 한 단어가 빼곡히 적혀 있다. 대축, 대축, 대축…대축이란 글자는 뭔가 나쁜 짓을 하려다 들킨 사람이 딸꾹질하듯이 계속 반복하고 있다. 그것을 계속 찍어야 했던 고모의 감정이 고스란히 느껴진다. 그 글자들을 품은 시간이 가슴 안에 쌓인다. 그다음에 올 '리섭대천'이란 글자가 두려워진다. 시간이 무겁게 느껴진다. 시계의 초침 소리가 방의 공기를 흔든다. 생각의 경계가 흐려지고, 습관처럼 불안이 다시 몸에 달라붙는다.

창문 너머로 새벽이 오고 있다. 고모는 떠난 게 아니야. 조용히 일어나 서희는 창을 연다. 바람이 얼굴을 스치고, 폐로 공기가 들어온다. 거기에는 설명할 수 없는 느낌이 묻어 있다. 고모…강을 건넌 거야? 당연히 대답이 없다. 서희의 목소리는 아직 여명에 뒤섞여 있다.

이정란 교수는 고모 같은 사람이 부럽다고 했다. 늬 고모는 어디 묶여있을 사람이 아니야. 자유인이지. 서희는 늘 약자 편이어야 하는 고모 박현주와 그 반대 성향을 가진 교수 이정란이 어떻게 친하게 되었는지 궁금하다. 출판사에서 만나는 사람들은 반은 서희나 남주와 비슷한 생각을 갖고 있지만, 다른 측도 적지 않다. 이정란 교수를 고모는 정말 이해할 수 있을까. 대통령이 얼마나 일하기가 힘들었으면 그런 생각까지 했겠냐? 일하다가 그 말을 듣고 서희는 고개를 획 돌리고 말았지만, 남주는 참지 못하고 발끈했다. 그걸 말이라고 하세요? 계엄이 뭔가 진짜 모르시나 보네. 자기 마음에 안드는 정치인들 있으면 가두거나 죽이고, 심지어 글 쓰는 사람들 목도 조르겠다고 선언한 거예요. 전시 상황처럼 만들어 마음대로 죽이고 살리려고…. 그럼 민주주의는 완전 물 건너가는 건데, 대통령이 통치 잘하라고 그걸 봐준다고요? 애가 왜 그래? 말이 그렇다는 건데. 빨갱이들이 득세해서 북쪽하고 손잡으려 하는데 그냥 보고 있어야 돼? 진짜 미치겠네. 누가 언제 그랬는데요? 진짜 빨갱이가 누군지 말해 보세요. 남주는 이정란 교수와 대판 싸웠다. 그때 서희는 이정란 같은 사람이 가진 맹목적인 신념을 누군가는 바로잡아줘야 한다고 생각했다. 고모가 그 소리를 들었으면 화를 냈을까? 서희가 진정 이정란을 우려하는 이유는, 옳고 그름을 침착하게 따지고 잘 이야기하다가도 갑자기 '그래도 난 저런 사람 진짜 싫어.'하며 진저리치며 나오는 것 때문이었다.

고모의 글은 또 이렇게 이어져 있다.

낡은 부엌문 틈 사이 아직 밝지 않은 하늘에 새 한 마리가 지나간다. 실루엣만으로는 백로인지 까마귀인지 구별할 수 있을 만큼 나는 낯선 이 동네의 새들에 대해 익숙하지 않다. 새의 영상은 길고 얇다. 날개 끝이 물기에 젖은 듯 살짝 무겁다고 해야 할까. 새가 날아간 자리에, 공기는 잠깐 명료해진다. 사람의 말도 그랬던 것 같다. 좋은 말은 떠난 자리를 맑게 만든다. 반대로 나쁜 말은 남아 있는 사람의 마음을 흐리게 한다. 겐지 씨는 그 맑음 때문에 암을 이겨내고 살아있다. 나는 맨발에 끼어 있는 운동화를 물끄러미 바라본다. 그리고 한 걸음 내딛다가 잠깐 멈춘다.

서희는 천천히 읽으며 생각한다. 문장은 생기있게 의미를 살려내고 있다. 고모의 글은 살아 있다.

어둠은 친밀하게도 빛을 데리고 기다릴 줄 안다. 부엌 앞에 잠시 서있다가 문을 조금 연다. 조금씩 더, 더. 그러자 공기의 찬 기운이 느껴진다. 가슴에 새벽 공기를 한껏 받아들인다. 그리고 주머니에서 휴대전화를 꺼내어 가볍게 손끝으로 가장자리를 쓸어내린다. 화면은 깜깜하다. 검은 화면 속에 그동안 일어난 일들이 들어있다. 그것을 보며 숨을 크게 들이켠다. 이곳 소금밭의 새벽을 사진에 담아둘 생각이다. 공기가 상큼하다.

고모의 글이 자꾸 서희의 가슴에 파고든다.

고모는 개펄을 평평하게 다듬고 돌아와 창을 열고 바람이 불 때를 기다린다고 했다. 그리고 때가 되면 바닷물을 들인다고. 염도를 높이며 여기에 물을 가두는 것은 소금꽃을 피우기 위해서라고. 그리고 소금꽃이 피면 한나절 보낸 뒤 밀대로 한곳에 소금을 모으며 누군가에게 하고 싶었던 말을 저기 있는 나무에게 대신 말한다고. 나는 인상파야. 해가 저무는 것을, 물

위 있던 붉은빛이 검게 변해가는 시간을 문장으로 묶어 두고 싶어. 바닷물이 하얗게 결정을 이루는 불가해한 사건을 모두 다 남기고 싶어. 간밤에 고모가 한 말이었다.

7.

고모도 잠을 못 잔 모양이다.

창밖에서는 바다가 천천히 깨어나고 있다. 검은 수면 위로 은빛 물결이 번지고, 거대한 거울 같은 염전의 네모난 칸마다 빛이 가볍게 내려앉는다. 바람은 없었지만, 공기는 살아 있다.

멀리서 백로 한 마리가 날아오른다. 흰 날개가 천천히, 그러나 확실하게 새벽 공기를 가르며 염전 위를 스쳐 지나간다. 그 날갯짓은 어떤 언어보다 또렷하다.

서희는 눈을 감는다. 파도 소리와 고모의 낮은 호흡, 창가의 숨소리가 한꺼번에 귓속으로 스며든다. 긴장은 그대로지만, 화평하게 마음 한켠에 잠긴다.

창밖이 점점 환해진다.

어둠은 조금 남아 땅 위 엎드려 있지만, 빛에 밀려 조금씩 걷히고 있다. 염전의 얕은 물 위로 은빛 물결이 깔리고, 그 위로 바람이 아주 느리게 지나간다. 바람이 지나간 자리에는 작은 주름이 머물다가 사라진다.

서희는 맨발로 염전 둑을 따라 천천히 걷는다. 땅바닥은 밤새 식어 서늘한데, 한 걸음 내디딜 때마다 작은 소금 알갱이가 발바닥에 붙는 듯하다.

어느새 따라왔는지 고모가 서희 옆에서 조용히 걸음을 맞추고 있다. 한 걸음 한 걸음 속도가 비슷하다. 고모는 아무 말도 하지 않는다. 바람에 흔들리는 머리카락이 가끔 서희의 팔을 스친다. 그 사소한 스침이, 오래된 기억을 흔든다. 어젯밤엔 고모가 끝내 말을 다 하지 않았다.

괜찮아. 다 괜찮아졌어.

고모는 소금밭으로 다가가 발끝으로 물결을 살짝 건드린다. 소금밭의 얕은 물이 발목을 감싸고 그 위로 아침 햇빛이 반짝인다.

서희는 고모의 등 뒤에 열린 하늘을 바라본다. 아직은 희미하지만, 곧 푸르러질 기색이 선명하다. 바다는 숨을 고르고 있고, 소금밭에서는 하얀 꽃이 오르기 시작한다. 얇고 투명한 결정이 빛을 받아 반짝, 한다.

고모는 조금 떨어진 둑 위로 올라간다. 어깨는 여전히 반듯하고 걸음은 새처럼 가벼워 보인다. 그녀는 잠깐 집 쪽으로 몸을 돌린다. 늙은 남자도 문밖으로 나와 기지개를 켜듯 두 팔을 벌리고 있다. 이제 과거도, 미래도 이곳 소금밭에만 닿아야 의미가 있다. 이곳 마검포는 소설 속에서 현주 씨가 모든 것을 버리고 찾아온 곳으로 되살아날 것이다.

서희는 발걸음을 멈추고, 고모를 바라본다. 이젠 그녀의 가슴에는 가족과 연관된 슬픔 따위는 없다. 바닷물이 말라 소금 맛을 내는 흰 결정으로 바뀐 것과 사랑은 비슷한 것이라고 서희는 생각한다.

고모.

그녀는 고개를 천천히 돌린다.

응?

그 한마디, 되물음의 형식이면서도 잔잔한 파동으로 고모
는 모든 대답을 하고 있다. 고모의 얼굴은 서희가 아닌 아침
해를 향해 있다. 더 이상 아무 말도 하지 않아도 서희는 알고
있다. 서로 다른 시간을 지나왔지만 계속 같은 자리에 서 있
다는 것을. 바람이 다시 분다. 소금밭 위에 얇은 물결이 퍼진
다. 물비늘을 일으켜 빛을 난반사하게 하던 작은 바람이 슬며
시 땅 쪽으로 올라가 풀밭을 흔들고 있다. 그 위로 백로 한
마리가 날아오른다. 흰 날개가 잠시 십자로 펼쳐진다. 서희는
그 날개를 바라보다가, 잠깐 눈을 감는다. □

불의 시간

바람이 찼다.

계곡물로 빨래를 마친 아낙들이 각자 함지를 머리에 이고 일어섰다. 일행은 돌아가는 걸음이 뒤처지지 않게 서둘렀다. 억새꽃이 하얗게 피어있는 고샅길에 들어선 아낙들은 그래도 앞서거니 뒤서거니 보폭을 줄여가며 누구 하나 뒤처지고 있지 않나 살피며 걸었다.

그들 속에 꽃다운 나이의 은효가 있었다. 그녀는 이따금 눈 앞에서 푸드득, 까투리가 날아가는 것을 보았고 멀리서 장끼 우는 소리도 들었다. 시집에서 쫓겨올 때 무너졌던 몸은 거의 나았고 마음은 다시 평온해졌다.

은효가 동네 어귀로 막 들어설 때 석양이 물러서며 몇 채 안 되는 숯막 근처의 초옥들을 산그늘이 천천히 덮고 있었다.

그때 말없이 앞서가던 사람이 멈칫했다. 시야 끝에서 뭔가를 보고 '저저, 저…' 하며 말을 잇지 못하고 손짓했는데, 가리키는 곳에서 누군가 땅바닥에 주저앉아 일어나려고 애쓰는 것 같았다. 그가 허공을 움켜쥐는 시늉만 하고 있다가 천천히 넘어지는 것을 은효는 똑똑히 보았다.

아낙들은 정신없이 달려가 쓰러진 사람을 일으켜 세웠다. 초옥 바로 앞이었다. 이곳 사람들 모두가 존경하며 가까이 지내던 변 노인이었다.

아직 숨이 붙어있는지 몰라 은효는 그의 코에 귀를 대고 살폈지만 반응이 없었다. 다급하게 몸을 흔들어도 꼼짝하지 않았다. 노인의 상체를 끌어안고 그녀는 어쩔 줄 몰랐다. 아낙들과 함께 방으로 그를 옮겨 놓은 뒤 궤 위에 놓여있는 이불을 펴서 눕히고 수저로 물을 떠먹이려 했다. 하지만, 물은 그냥 뺨으로 흘러내릴 뿐 아무 소용이 없었다. 그것을 바라보는 눈에 눈물이 핑 돌았다.

누구한테 연락해야 하잖여?

사람들은 별다른 대책을 마련하지 못하고 허둥거렸다.

숨을 붙어있는지 다시 살펴봐.

제일 나이가 많은 아낙이 이마에 성호를 그으며 말했다. 그러자 다른 모든 이들도 따라 했다.

은효는 노인의 얼굴에 귀를 바짝 대고 한동안 움직이지 않았다.

*

노인에게는 아들 같은 사람이 있었다. 신정왕후의 인척이 되는 조계환이란 인물이었다. 계환의 집안은 대왕대비의 인척이라지만 관직과는 거리가 멀었다. 가장이 벼슬도 하지 못하고 일찍 세상을 하직하여 가세가 좋지 않았다. 가진 게 별로 없고 허울만 양반인 늙은 할아버지는 그래도 북학파의 자손이라는 명색을 지키려고 손자에게 밤낮 글만 읽게 했다. 계환은 청상인 어머니가 자기를 위해 종일 베틀에 앉아 있는 모습을 지켜볼 면목이 없었다. 처지를 괴로워하던 중 역관으로 일하는 친척에게 어렵사리 줄을 대어 북경까지 따라가게 되었다.

계환은 거기서 뭔가를 얻어보려고 근근이 이태를 보냈는데, 말도 안 통하는 곳에서의 생활은 입에 담을 것이 못 되었다. 형편 따라 동가식서가숙하다가 겨우 의지할 만한 사람을 찾긴 했다. 그런데 어느 날 장사하러 왔다는 정 가(哥)라는 사람이 끔찍한 소식을 전해주고 갔다. 계환의 가족이 돌림병으로 세상을 떠났다는 것. 나라가 온전치 않고 혼란으로 들끓어서 사람 일이 벼랑 끝에 올라앉은 것 같긴 해도 도대체 이게 말이 되나. 그는 앞이 보이지 않았다.

계환이 산둥에서 낡은 돛배를 얻어 타고 멀미로 거의 죽다시피 하며 금강 어귀에 도착한 것은 그 이듬해 초봄이었다.

벌써 일 년이 훌쩍 넘었구만유. 옘병이 돌았는디, 약도 못써보고 동네 사람 반이 죽어나갔시유. 그 와중에 며느님을 하늘로 보내구 어른께서도 앓아 누웠는디, 운신도 못하는 분을 끝까정 돌봐준 사람이 있었시유. 머리가 희끗한 양반인디 점골 우이 어디 숯막에서 사신대나….

그리 알려준 이는 이웃 윤 씨네 행랑채에서 사는 머슴이었다.

계환은 살구꽃이 만발할 즈음 계룡산 깊숙이 있다는 숯막을 수소문하여 찾아갔다. 그곳은 지대가 높고 형세가 험해서 지체 높은 사람이 드나들 만한 곳은 아니었다. 사람들은 대부분 천민인 듯했는데 낯선 사람과 눈을 마주치는 일을 꺼렸다. 무엇을 물어도 아는 척도 하지 않았다. 지게 짐을 한데에 풀고 있거나, 퍼질러 앉아 낫을 갈거나, 무덤처럼 생긴 곳의 커다란 불구멍에 장작이나 밀어 넣고 있었다. 계환이 호기심을 보이며 다가가자 웬 아이가 나타나 그것이 달아올랐을 때 구멍을 막으면 숯이 된다고 하며 히, 웃었다.

맹글어서 내다 팔어유.

그렇게 말하는 입을 누가 헛기침으로 나무랐다.

워떠케 오셨시우?

뒤에서 나는 소리를 듣고 돌아보니 아이의 아비쯤 되어 보이는 이가 묵근한 장작을 한 아름 안고 서 있었다.

이곳 어른을 뵈러 왔소.

뭐 땀시… .

그 남자는 계환의 앞뒤로 살피고는 수상쩍은 사람은 아니다 싶었는지 눈짓을 하고는 앞장을 섰다. 조금 후 대숲에 반쯤 가려진 허름한 초옥으로 그를 안내했다.

척 보니 얼굴이 꼭 내가 아는 조 아무개요.

계환이 낯선 노인으로부터 선친의 이름을 들었다. 가슴이 아릿했다. 말하는 속도나 음색이 이곳 사람들과는 근본이 다른 사람이었다.

계환은 진심으로 위로하는 말을 들었다.

조부님와 모친 일은 참 안되었네. 조부님은 메느리 잃고 제

대로 식사 한 번 안 하시고 그냥 누워만 계셔서 수시로 찾아뵙
긴 했네만 어쩔 도리가 없었지.

은혜를 어떻게 갚아야 할지. 정말 고맙습니다, 어르신.

나는 부친과 같이 한 스승 밑에 있었네. 우리는 신문물에 관
심이 많았고 세상이 배운 만큼 변하기를 원했는데, 그게 어려
웠어. 우리 둘 다 가세가 기운 집안사람이라 먹고 살 일도 힘
들었지. 밤새 책을 읽어야 소용도 없고, 물밀 듯 밀려오는 외
세도 걱정되고, 제정신으로 살기가 쉽지 않았어.

친구의 아들이어서 그랬는지 금방 말을 낮춘 노인의 눈은
물기가 어룽거렸다. 이야기 중에 빛내는 눈빛으로 보아, 주변
의 숱한 사람들이 절박한 때에 이 사람의 도움을 받으려고 많
이 찾았겠구나 싶었다. 몇 마디만 들어도 실제 몸을 움직여 남
을 이롭게 하는 사람 같아 보였다.

자네가 역관을 따라갔다는 얘길 들었네만, 험한 곳에서 고
생이 많았을 테지. 하지만 거기서 나 여기서나 사람 사는 게
다 비슷하지 않은가?

그렇습니다, 어르신.

노인은 슬그머니 손을 뻗어 마치 종이 위인 것처럼 방바닥
에 글자 하나를 썼다. 믿을 신(信).

이 글자 때문에 많은 사람이 죽었어.

그날 초막 안에서 계환이 들은 말은 사실 누가 알면 큰일
날 얘기뿐이었다.

알음알이를 따라다니며 뭔가 배우겠다고 떠났던 계환이 돌

아왔을 땐 가족은 사라져버리고 세상이 변해 있었다. 새 임금의 나이가 너무 어려서 흥선 이하응이 대원군의 자격으로 실권을 거머쥔 것이었다. 이하응이 처음 그 믿음에 유화적이었다가 정치 세력의 지지를 얻을 양으로 믿는 이들을 척살하였는데, 생각이 바뀌었다고 저렇게 많은 사람을 죽일 수 있는지 모두가 두려워하지 않을 수가 없었다.

오래전 남인이 세력을 잡고 있을 당시 황 아무개라는 사람은 자기 노비를 평민으로 살게 해주었는가 하면, 윤 아무개는 조상의 신주를 불태우고 제사를 올리지 않아 물의를 일으켰다고 했는데, 새로운 변화가 북학파의 사족 간에도 생겨나고 있었다. 하지만 대다수 권력의 측근에 있는 자들은 그것을 두고 다 정신없는 놈들의 짓이라고 욕했다. 따지고 보면, 그게 나라의 근간을 뒤흔드는 일이었다. 유교가 부르짖는 이념을 어겼기 때문이 아니고 정치적 이유였다. 반대파를 척결할 구실을 거기에서 찾은 것이었다. 언제든 내 편이 아닌 자들을 도육할 꿍꿍이를 갖고 겉으로만 예의를 따지는데…. 한쪽에서는 그들을 매수하여 어떻게든 신분을 바꾸려고 발악했다. 하여, 그렇게 얻은 벼슬로 온갖 이유를 붙여 세금을 떼어갔다. 그런 판국에 배고픈 농민들은 이리 죽으나 저리 죽으나 매한가지라고 떼로 모여 부자의 곳간을 강제로 열어젖히거나 관곡을 털기도 했다. 암튼 계환은 이 강산에 사람의 법도가 사라져버린 지 오래라고 생각했다.

노인은 젊어서 저승으로 보낸 친구와 못다한 이야기를 나누는 것 같다고 좋아했다.

이렇게 깜깜한 세상이 되었음에도 두려움을 이기고 빛을 꿈꾸는 사람들이 있다네.

그 말의 뜻을 계환은 짐작했다.

서학을 공부한 일부 사람들, 새 학문을 받아들여 세상을 바꿔 보려는 몇몇 지식인들이 곳곳에 숨어 있다는 사실을 계환은 누구보다 잘 알고 있었다. 십 년 전 병오년에는 청에 가서 힘들게 공부하고 돌아온 김대건이라는 천주교 신부가 새남터에서 목이 잘려 죽은 일도 있었다. 그 후 배운 사람으로서의 교우는 믿음을 숨기고 많이 사라졌지만, 주변 사람들 모르게 평민의 집에서 조금씩 교세가 번져나갔다. 특히 이런 초옥이라면 위험한 믿음을 가진 그런 사람들이 숨어들 만한 곳이었다.

천주를 믿는 이가 무엇을 그리 잘못했는지 기를 쓰고 목숨을 노리는 게 정말….

노인의 말 하나하나가 살촉처럼 가슴에 들이박혔다.

모든 사람의 목숨이 다 똑같이 소중한지 알 만한 사람이 누가 시킨다고 이웃을 고변하고 상것들 두둔한다고 친구마저 음해하는 건 정말 끔찍한 일이야.

계환은 그런 이야기를 어느 정도 알고 있었다. 길을 걷다가도 주막에서 술을 마시다가도 천주학쟁이 얘기만 나왔다. 절세의 풍광으로 유명한 잠두봉에서 붙잡힌 신자들의 목을 잘라 쌓아 놓았는데, 피 묻은 머리토막이 산 같았다는 말에서 진저리를 쳤다. 특히 남자들은 배교라도 해서 위기를 모면하려 하지만, 여자들은 모진 고문을 받으면서도 그냥 버틴다는 얘기에서 특히 가슴이 아팠다. 나를 살리고 백성을 살리는 학문이 아니라면 무엇을 더 애써 배우려 하는지 묻는 노인의 마지막 말에 계환은 할 말을 잃었다.

그 후 계환은 아버지가 생각 날 때마다 노인을 찾아왔다. 그곳을 드나들며 보아하니 노인은 사시사철 손수 장작을 패어 숯을 굽고 밭에 나가 괭이질을 했으며 낡아 헤진 자기 옷을 꿰매었다. 양반으로 태어나 거리낌 없이 땀을 흘리며 사는 게 무엇보다 특별해 보였다. 노인은 누구 앞에서도 자기 신분을 드러내거나 이용하려 하지 않았다. 틈틈이 외진 산중에서 화전을 일궈 사는 사람이나 숯 굽는 일을 생계로 숨어 사는 사람들에게 또 다른 세상이 있다는 이야기를 해줄 뿐이었다.

겨울이 지나면 봄이 오듯 세상은 위아래가 바뀌며 굴러가는 것이어서 이 어둠이 끝나면 필시 좋은 세상이 올 것이오.

따지자면 이런 선동은 임금에 대한 모반이지만, 깜깜한 세상을 꿰뚫어 보는 자만이 할 수 있는 진언이기도 했다.

계환이 애써 익힌 학문을 돌이켜 보건대, 선비는 벼슬로 입신양명을 하려고 배우는 게 아니고, 뜻을 바로 세워 나와 이웃이 함께 잘 살려고 해야 했다. 새로운 학문과 지식을 배웠는데도 벼슬은 근처도 갈 수 없는 현실에서 가진 자들 편에 서서 움직인다는 것은 정말로 틀려먹은 일이었다. 노인의 말이 천만 번 옳았다.

그는 아버지를 다시 만난 것처럼 기뻤다. 처음엔 가끔 숯막을 드나들다가 얼마 후엔 마치 타지에 있다가 돌아온 아들처럼 가지고 있던 살림을 정리한 뒤 아예 이곳으로 옮겨 앉았다.

그리고 곡괭이를 쥔 손으로 산비탈을 일구거나 숯막을 드나들며 이곳 사람들과 다름없이 허름하게 입고 노인을 가까이 모시었다.

자네 같은 사람이 필요했네. 우리가 아는 걸 죄다 다른 사람에게 돌려줘야 하지 않겠나. 내 몸 하나만 챙기려는 것으로는 세상을 못 바꿔.

친구 아들을 곁에 두게 된 노인도 크게 기뻐하였다.

계환이 생각하기에도 당장 쓸 숟가락 하나 만들 수 없으면서 공자 맹자만 찾는 수많은 사람이 문제였다. 지식은 쓸모가 없어 보였다. 그렇지 않았다면 조선이 이렇게 허망하게 망가지지 않았을 것이었다. 무엇을 해야 할까? 답은 간단했다. 벼슬을 향한 헛된 뜻은 버리고 천하에 이롭도록 부지런히 몸을 부리며 사는 것. 그것뿐이었다. 그런데 안타깝게도 사람들은 각자의 목숨이나 호구(糊口)가 두려워서 움츠러들었다. 서로 옆에 있는 사람을 의심하니 편할 수가 없었다. 그것을 두고 노인이 이렇게 말했다.

믿고 하면 되네. 혼자 하면 어려워도 뭐든 서로를 믿고 여럿이 하면 두려움이 없어져. 함께 일하고 자고 기쁨도 슬픔도 같이 나누다 보면 가난이나 몰래 찾아오는 불행 따윈 얼마든지 이길 수 있어. 그러니 모든 걸 함께 하고 함께 나누기로 하세.

그 말을 계환에게만 한 것이 아니었다. 따지자면 오랜 세월 동안 양반과 중인, 천것들이 있어 각자 분수대로 살던 세상인데, 여러 차례 찾아온 큰 난리 통에 국고는 바닥나고 군사는 징집하기도 어려운 지경이라 걸핏하면 면천을 시켜주고 상것도 양반 만들고 공을 핑계 삼아 어리석은 자를 관리로 삼았으니 최소한 있어야 할 세상의 도리가 삐끗해버린 것이었다. 이 양반, 저 양반아! 속된 말로 이젠 양반이라는 말이 욕설처럼 느껴질 정도였다. 노인은 그 잘난 양반과는 전혀 달랐다. 우선은 알기 쉬운 말로 사람들을 깨어 있게 했다. 모르는 사람들의 손을 잡으며 그렇게 말했다.

잘 살고 싶소? 어떻게 살고 싶은 건지 한번 말해 보시오.

누구도 노인 앞에서 말을 못 했다.

사람대접을 받고 살고 싶지 않소?

맞아요, 그 말이 꼭 맞아요. 우리 개나 돼지가 아니지요.

그는 천한 사람의 말을 귀담아듣기도 잘했다.

지체 높은 사람이나 낮은 사람이나 목숨 귀하기는 마찬가지요. 배웠다고 목숨이 여러 개 아닌 거는 알지요?

사람들은 노인의 행동과 말과 눈빛을 믿었다. 임금의 뜻이 아니라 하늘의 뜻일 거라고 말하는 노인 때문에 마음을 움직인 사람들이 여럿이고, 그들이 점점 숯막 근처로 모여들었다. 그들은 거친 산비탈에 화전으로 일궈 만든 조막만 한 밭뙈기 하나로 근근이 명줄만 이어가는 천민이고 대물림한 가난뱅이였다. 아파도 약 한 첩 쓸 수 없고 늘 초근목피로 견뎌 왔던 처지였다. 그런 사람들이 이제부터 위아래 비천 가리지 말고 평등하게 살자는 노인의 말에 감동하여 마음을 하나로 꽁꽁 묶었다. 가끔 먼 곳의 옹기장수나 숯장수들이 마을을 돌다가 무거운 등짐을 내려놓고 자고 가면서 그들과도 사정을 열어두고 손을 잡았다. 때로는 소중히 간직한 소금이나 곡식을 덜어

놓고 가고 노인에게 중요한 서한을 전해주기도 했다.

　주변 사람들은 새로운 믿음으로 사는 법을 배운 뒤 죽기를 각오하고 비밀을 지켰다. 서로 더 잃어서는 안 되는 줄 아는 사람들이었다. 계환은 노인과 상의하여 허물어져 가는 흙집이라도 몇 개 더 지어 앞으로 늘어날 식구들과 함께 살아갈 방도를 궁리했다. 밤마다 허리를 곧추세우고 등잔불의 심지를 돋워 올렸다. 밤늦게 앉아 있다 보면 아뜩한 생각이 어른거리고 무언가가 걱정되는 게 있긴 했다. 노인의 말을 되새겨 본 즉, 걱정의 근원은 사실 군신의 도리나 천륜을 앞세워 허세나 부리는 유자(儒子)의 세상을 뒤엎어 보려는 데에 있었다. 유학을 멀리하고 교황(敎皇)의 뜻에 따라 살기로 하면 장차 큰 화를 면할 길을 없을 것 같았다.

　결과가 어떻게 되든 계환은 노인과 함께하는 일이 옳다고 여겼다. 옳은 일에는 어떤 고초가 따른다 해도 끝까지 갈 결심이었다. 이하응 같은 이가 너그럽게 백성의 아픔을 어루만지고 원하는 세상을 만들어 줄 수 있을까. 벼슬을 갖기만 하면 죽어라 부리기만 하고 남의 목숨을 초개로 아는데, 그런 자는 사실 개만도 못한 존재와 다를 바가 없었다. 세상이 바뀌어 그런 자가 힘을 잃으면 또 누군가가 그 자리를 차지할 터이고, 그 또한 백성의 고혈을 빠는 일만 궁리할 것인데…. 피하기 힘든 도적이 안팎으로 날뛰는 세상만 반복될 뿐이었다.

　우리가 횃불이라도 들고 어둠에 맞서지 않으면 안 될 게야.

　그 말을 할 때 노인은 근엄하였다. 그의 말은, 신앙인이 되려면 하늘을 섬기며 정결하기 사는 것을 지켜야 하고, 쓸데없는 음욕으로 자신의 행실을 더럽히지 않으며, 매일의 기도로써 정신을 맑게 하여 남녀노소 반상은 물론 빈부 구별 없이 똑같이 하늘의 자녀로 살 것을 바라는 것이라고 했다. 배운 사람일수록 그런 생각을 받아들여 실천하기가 좀처럼 쉽지 않을 터였다. 그러나 그것은 세상을 꿈꾸게 하는 마력이 있었다. 성모(聖母)·신부(神父)·영세(領洗)·견진(堅振) 등과 같은 것에 이르러서는 내용을 자세히 알 수는 없지만, 신앙하는 과정을 두고 여러 가지 명색으로 격에 맞게 행동하기로 정해진 것 같았다.

*

은효가 출가한 지 얼마 되지 않아 시집에서 쫓겨와 몸져누웠을 때 계환은 그녀의 오라버니인 팔배에게 그곳에서 일어났던 일을 상세히 들었다. 그리고 일이 상당히 심각해진 것을 알고 걱정했다. 하지만 그는 팔배의 사돈인 최씨가 옹기터나 숯막 사람들과 거리를 두고 산다 해도 모두를 곤경에 빠뜨릴 양으로 관가를 찾아갈 사람은 아니라고 판단했다. 양반 행세를 하고 싶어 하는 그에게 모욕을 준 팔배의 일이 막연히 염려되었다. 계환은 팔배에게 당분간 어디로 가 피해 있는 게 좋겠다고 했다. 만약 그가 포도청에 끌려가기만 하면 그들은 여죄를 물으며 또 다른 어떤 죄목을 끌어다 멜지도 모를 판이었기 때문이었다.

팔배가 영동과 금산 장에 옹기를 내다 팔고 동행들과 함께 숯막으로 올라오는 것을 보고 화들짝 놀란 계환은 동구 밖에서 그를 잠깐 만나고 돌려보냈다. 그리고 바깥소식을 전하러 골방에 들렀을 때 노인은 사람들에게 전해줄 말을 알기 쉬운 언문으로 적고 있었다. 교리를 해석한, 구하기도 어려운 한문 책 대신 문종이 위에 언문으로 고쳐 쓴 글이었는데, 비밀리 사람들에게 나눠 줄 것이라고 했다.

어르신, 이번에는 불란서 신부 아홉이 잡혀가 추국을 당했답니다. 주리를 틀리고 실신하기를 몇 차례 하다가 그만….

계환은 팔배가 전해주고 간 끔찍한 일을 말로 다 전할 수가 없었다. 포도청에서 외국인 신부에게 취한 행동은 너무나 가혹한 일이라 말을 하다가도 입술을 떨었다. 이야기를 들은 노인은 한동안 두 눈을 질끈 감고 있었다. 어서 빨리 전교를 해야 하는데 시절이 하 수상하여 가만히 지켜볼 밖에 없는 자신을 자책하는 것 같았다. 누군가는 남을 위해 목을 내어놓아야…. 말을 하다만 노인은 숨을 몰아쉬더니 낯이 급히 어두워졌다.

팔배는 원래 이쪽 사람이 아니었다. 그는 다부진 체격으로 옹기를 잔뜩 지고 일행과 몰려다녔는데 보고 들은 것이 많아 세상을 바라보는 눈 하나는 탁 트여 있었다. 글을 배운 사람이 아니면서도 여러 사람 앞에 나설 만큼 생각과 행동이 바르고 정확했다. 계환이 장에다 숯을 내어 팔고 느긋하게 숯막으로 돌아오면, 그는 어디서 구했는지 몰라도 참나무 장작을 헛간에 한 지게 부려놓고 갈 때가 많았다. 은효가 시집에서 쫓겨나와 자리에 누운 얼마 동안 팔배는 노인을 만나지도 못하고 그냥 산막 아래 우물가에서 소식 몇 개를 흘려놓으며 계환만 잠깐 만나보고 돌아갔다.

외국에서 온 큰 배가 강화까지 들어와서 대포와 총으루다가 사람을 많이 죽였댜.

임금은 그런 때려죽일 놈들을 그냥 놔뒀단 말이오?

둘의 대화는 언제나 비슷했다.

팔배가 살던 점골은 숯막처럼 천주학쟁이들이 모이는 곳은 아니지만, 억울함과 분노가 철철 넘치는 곳이었다. 찢어지는 가난에다가 가진 것을 다 빼앗기고 사는 형국이라 삼삼오오 모이기만 하면 관청을 불사르고 빼앗긴 곡식을 도로 가져와야 한다고 목청을 높였다. 그런 곳에도 노인이 가끔씩 찾아가 사람들을 만났다. 계환이 아는 한, 노인은 배운 대로 마음과 몸을 다하는 사람이었다.

계환이 숯막으로 거처를 옮길 무렵, 은효가 노인에게 글을 배우고 있었다. 팔배는, 남자고 여자고 숨이 다하는 날까지 사람이면 지켜야 할 도리가 있는데 글을 알아야 그걸 할 수 있다고 믿는 사람이었다. 어떻게 해야 사람이 귀해지는지를 팔배는 몸으로 익혀 알고 있었다. 아비가 백정에 무지렁이였으니 크면서 들은 바는 하나 없고 그나마 일찍 세상을 뜨는 바람에 더욱 그러했는데, 어린 여동생을 끌어안고 젖동냥을 하며 눈치로 세상을 읽고 보고 들은 것으로 살았다고 했다. 그러다 노인을 만났으니 첫방부터 마음이 크게 움직였을 터.

글을 많이 배웠다고 아는 사람이 아니라네. 눈을 떠야지. 작은 손아귀로 아웅다웅 큰 걸 가지려는 사람이 많아. 다 눈먼 사람들이지. 제 곳간만 채우는 사람들 숱하게 보지 않았나? 정신만 차리면 다 아는 것이네. 높고 낮은 곳이 어디인지를. 세상 이치는 눈으로 보이는 게 아니지. 가진 게 없다고 마음까지 천한 사람이 되진 말게나. 내가 믿는 천주님은 남녀노소 가리지 않고 모든 사람에게 지혜와 은총을 주신다네.

그게 머시유?

차차 알게 될게야. 지금은 때가 좋지 않아. 저쪽 사람들, 힘만 있으면 빈 몸뚱아리뿐인 우리를 등쳐먹으려고 하지. 신앙은 불교도 있고, 아니 그것 말고도 여럿 있는데 말이야. 꼭 천주교인만 죽이려고 해. 하늘을 섬기는 사람이 두려워서 그런 게야. 자기들 가진 것이 조금이라도 줄어들까 봐 그래. 그들이 우리의 영혼도 빼앗을지 몰라. 왕후장상의 씨가 따로 없다는 말 들어보지 않았는가? 사람은 다 똑같이 귀하게 태어났는데, 누군 섬겨야 하고 누군 바닥에서 천하게 살아. 누가 자기를 위해 힘든 일을 해주면 고마워해야 하는 거 아닌가? 왜 이런 세상이 되었다고 생각하나? 못 볼 꼴을 보고도 안 본 체하거나 도망치려고 해서…무섭다고 대항은커녕 말 못하고 숨다 보니 약자가 되어 그런 거라네. 우리 가슴을 불로 담금질을 할 사람 어디 없나? 횃불처럼 타올라 어둠을 확, 지울 수 있는 사람 어디 없을까. 그런 사람이 필요하다네. 그래서 힘을 합쳐 사람 사는 세상 만들고 싶은 게야.

그런 말을 들을 뒤 팔배도 결국 숯막을 드나들었다.

그런데 장마철에 가마 옆에 쌓아둔 장작더미가 무너져 노

인이 다쳤다. 그는 한동안 운신도 못 했는데, 그때부터 팔배
는 여동생을 아예 집에 머물게 하여 아비처럼 노인을 돌보게
했다.

그게 고마워 계환은 주막에 들러 팔배에게 줄 탁주를 한 병
씩 마련했다. 그러다가 한번은 주막에서 먼 일가 뻘 되는 친구
를 만나 한양 소식을 들었다.

이하응 그 영감이 임금의 아비가 되더니 세상이 이렇게 달
라지네, 그랴. 일본놈들은 문호를 활짝 열어 서양 문물을 죄
쓸어 담고 있다는데, 우린 문을 꽁꽁 틀어 잠그고 마음에 안
드는 백성들 목만 베고 앉아 있으니 큰일 아닌가? 자네가 보는
세상은 어떤가?

계환과 그는 속을 터도 상관없는 친구 사이인지라 모처럼
위험한 대화를 나누며 얼큰하도록 술을 마셨다.

모르겠어. 영감이 잘하는지 못하는지. 어찌 됐든 세상은 굴
러가겠지. 먼저 칼자루를 잡은 자가 주인인 건 맞아. 자네라면
눈앞에 당장 때려잡아 먹을 수 있는 소와 돼지가 있는데, 그놈
살리자고 내 식솔을 어렵게 하겠는가. 옳건 그르건 힘을 손아
귀에 넣으면 따지지 않고 손익부터 챙기게 된다네. 무엇이 옳
다 그르다 하는 것은 칼날 위에 올려진 불쌍한 사람들이나 따
지는 게지. 계환이, 자네도 처지가 바뀌면 안 그러겠나? 지금
농민들이 자꾸 반기를 드는 건 정말로 적절하지 않아. 우리보
다 훨씬 힘이 있는 러시아와 청국 그리고 일본이 어떡하고 있
나 잘 보란 말일세. 힘들어도 임금 하는 일 조용히 죽치고 보
고 있는 게 옳아.

아니지. 그들이 어떤 일을 하고 있는지 알지 않는가? 생각이 다르다고 이 핑계 저 핑계로 너무 많은 사람 목숨을 끊었어. 조선은 말이야, 원래 임금도 함부로 할 수 없는 나라였다구. 임금은 엄하게 왕도를 지키고, 신하는 신하의 도를 지키면서 윤리와 도덕에 충실한 세상을 만들자고 시작한 나라야.

그래도 잘 생각해보게. 고려 말 이 장군이 위화도에서 회군했던 걸 생각해보란 말이야. 최영을 밀어낸 그가 어떤 가문의 사람인지도 생각해봐. 힘이 있으면 다 통하지. 힘 앞에서 윤리와 도덕? 그건 말하기 쉬운 게 아니야. 큰 힘은 그냥 윤리와 도덕을 넘어서는 물건이라네. 호랑이가 사슴을 후려치는 데는 관용이 없다네. 배부르면 봐 주지만 배고프면 그냥 발톱을 세워 싹, 후리고 먹어치우는 거야. 구구한 설명 따윈 안 해.

얼핏 듣기에는 그럴듯한 말이었다. 계환은 이런 친구가 한양에서 벼슬하고 살고 있다는 게 끔찍했다. 불교도 그렇고 성리학도 자세히 따져보면 외부로부터 들어온 사상에 지나지 않는 것이었다. 저마다 잘 살려는 방편에 불과한 것이었다. 그것이 힘을 가진 자의 뜻에 맞으면 아무렇지도 않은데 맞지 않으면 지금처럼 악이 되었다. 소문에는 임금의 측근도 신자라는 얘기가 돌았다. 어떻게 자기 집안 단속은 안 하면서 남에게만 가혹할 수 있는지 수수께끼 같았다. 그는 외세가 넘보고 있는 조선의 장래가 이미 백척간두에 있다고 생각했다. 친구가 술에 취해 더 이상 온전히 대화를 나누지 못하게 되자 그는 자리를 파하고 집으로 돌아왔다.

계환은 술기운을 누르려고 호흡을 깊이 들이키며 등피의 심지를 올렸다. 어둠이 떠안은 빛무리가 그의 가슴을 조금씩 압박해 왔다. 방안의 평화는 사사롭고 일시적인 것이었다. 고요도 곧 물러갈 것이다. 아무리 생각해도 불의 시간은 곧 어둠의 시간이었다. 대낮에 등불을 켜는 사람은 없다. 불이 필요한 시간에 나는 무엇을 해야 한단 말인가? 어떤 이는 밥그릇을 지키려 하고, 또 어떤 이는 밥그릇을 빼앗으려 하고, 또 어떤 이는 얼마 남지 않은 제 밥을 남의 빈 그릇에 덜어놓으려 한다. 나는 정말 끝까지 내 밥그릇을 내주는 사람이 될 수 있을까. 이러다가 세상이 바뀌고 나면 또 재빠르게 남의 것을 빼앗던 자가 가장 힘 있는 자리를 차지할 게 분명한데, 눈에 띄지도 않는 어둠 속에서 목숨 걸고 한 일을 애써 기억하는 자는 없을 것이다. 그렇다고 그런 근심이 벽이 될 수는 없었다.

*

은효는, 어릴 때부터 한번 들은 말을 결코 잊은 적이 없고 용모와 재주가 빼어나 근동에서 소문이 자자했던 처자라 했다. 어쩌면 팔배가 중년이 넘도록 여자를 얻을 생각을 하지 않는 이유 중의 하나가 그네에 대한 각별한 사랑 때문인지도 몰랐다. 그의 나이 열다섯에 어미의 늦둥이로 태어났다는 막둥이 은효. 암튼 그들 부모는 흉년에 부황이 들어 죽고, 아들 팔배와 핏덩이가 살아남아 들판의 풀뿌리를 캐어 죽을 쑤어 먹으며 목숨을 부지했다는데, 나이 차이로 보면 그게 사실인지 의아하였다. 암튼 팔배는 동생을 살리려고 숱하게 젖동냥을 하러 다녔다고 했다. 그렇게 키운 동생이라서 사람 앞에 함부로 내놓는 일을 꺼렸다. 게다가 그네는 과년한 나이가 되었어도 출가할 생각을 하지 않았고 늘 표정을 감추고 벙어리처럼 살았다. 다들 듣지 못하고 말 못 하는 사람이 아닐까 의심할 정도였다.

그네가 글을 읽고 쓸 줄 아는 여자라는 것을 아는 사람은 계환과 노인 그리고 오라비밖에 없었다. 어릴 땐 새살거리던 여아였던 것을 기억하는 이가 혹 있을지 몰라도, 웃음소리 요란할 꽃다운 나이에 아예 입을 닫고 살으니 벙어리라고 믿는 사람이 더 많았다. 어쩌면 세상이 흉흉해서 그녀는 스스로 벙어리가 되고 싶었는지 몰랐다.

작년 해거름에 노인은 점점 어른이 되어가는 은효를 보고 팔배에게 그렇게 일렀다고 했다.

자네 동생이 특별한 애라네. 비록 여아지만 사내 애 서너 몫은 할 거야. 똑똑하고 비상한 데가 있어.

계집인데 뭔 소용이 있겠슈. 제대로 된 집구석도 아닌디…. 뜻을 펼 수 있는 세상에서 태어났다믄 몰러두유, 안그류?

그런 게 아니라네. 여자라도 하늘의 뜻을 알아들으면 되는 거야. 모르고 사는 게 크게 잘못된 것이지.

노인이 은효에게 글을 가르쳐 보겠다고 했을 때 팔배는 꿍하며 돌아앉아 딴청을 피웠다. 그는 장차 그네가 글을 배움으로써 당할 화(禍)가 어떠할 것인가를 어림잡고 있었던 것이었다. 그러나 결국 글을 배우는 것을 허락했다. 자신이 다 열지 못한 생각을 그네가 조금이라도 깨우치도록 해볼 생각이었다.

짧은 기간이었다. 여자라지만 그 배움이 크게 헛되지 않을

성싶게 은효는 깨우침이 빨랐다. 그네는 천자문도 쉽게 뗴었다. 글을 깨우치고 나서 곧바로 교리를 익혔다.

주 천주가 누구시뇨?

천지 만물을 창조하시고 세상을 다스리시는 분이시로다.

사람이 무엇을 위하여 세상에 났느뇨?

천주를 알아 공경하고, 자기 영혼을 구(救)하기 위하여 세상에 났느니라.

사람이 천주를 공경하고, 자기 영혼을 구하려면 반드시 어떻게 할 것이뇨?

반드시 천주교를 믿고 봉행할지니라.

천주교는 무엇이뇨?

천주 친히 세우신 참 종교니라.

성경(聖經)은 무엇이뇨?

성경은 직접 성신의 감도(感導)하심을 따라 기록된 천주의 말씀이니, 강생 전에 쓴 것은 구약이라 하고, 강생 후 종도시대에 쓴 것은 신약이라 하느니, 이 외에 다른 성경은 또 없느니라.

성전(聖傳)은 무엇이뇨?

성전은 성경에 기록되지 아니한 천주의 말씀이니, 영구히 그르침이 없이 천주교 안에 전래하는 것이니라.

한동안 은효는 노인 곁에서 하루하루를 보냈다. 공부도 하고 의심나는 것을 찾아 묻고 그리고 발과 허리를 다친 그를 수발하는 일을 도맡았다. 그녀는 그것을 무척이나 좋아했다. 은효의 얼굴이 점점 잘 익은 복숭아처럼 뽀얗게 피어났다. 그러다 그네에게 혼사가 들어왔다.

옹기를 지어다가 장터에 내다 파는 팔배의 처지로 볼 때, 호구를 줄이는 일이 급한 것은 아니었으나 그렇다고 다 큰 처녀를 줄곧 데리고 있을 수도 없었다. 나라에서 열일곱 이전의 여아에겐 혼례를 시킬 수 없다고 한 그 나이가 지났고, 어차피 인륜지사 가장 큰 일은 겪어야 할 일이었으므로 매파가 한두 번 다녀간 후 혼사는 한여름이 지나자 빠르게 진행되어 버렸다.

계환은 그날 아침 샘터의 이끼 낀 돌 언저리에 꽃잠자리 하나가 살포시 내려앉았다가 날아가는 것을 보았다. 아침 햇살이 눈이 아플 만치 부신 날이기도 했다. 이웃에 사는 은효를 누가 보고 갔다는 얘기가 들렸는데, 그네의 오라비는 며칠 망설이다가 혼담을 받아들였다고 했다. 잘 아는 소금장수 말을 믿고 이웃 마을 최 씨네 외동아들에게 시집 보내기로 한 것이었다. 아들의 몸이 성치 못해 반상을 따질 처지가 아니라서 그렇지 이런 혼사는 횡재에 가깝다는 중매쟁이의 말을 팔배는 애써 못 들은 척했다. 그 집은 모시와 베를 끊어다가 파는 일로 돈을 벌어 논밭을 꽤 많이 가지고 있었다.

최 씨네와 혼사가 오간 후, 팔배의 집으로 쌀 두 섬, 광목 세 필과 염소 한 마리를 보내왔다. 혼인식은 밝히기 곤란한 집안 사정을 이유로 성대하지 않게 급히 올려졌다.

모처럼 팔배와 계환 둘이서 대취한 날이었다. 둘은 모주에 막걸이를 섞어 배불리 먹고는 거의 인사불성이 되었다. 계환은 모처럼 구성지게 노래까지 불렀다.

이 풍진 세상을 만났으니 너의 희망이 무엇이냐….

그렇게 시집보낸 은효가 딱 일주일 만에 거의 반죽음이 되어 돌아왔다. 예측 못 한 사단이 생긴 것이었다. 팔배가 쫓아가 살풀이를 하고 왔다지만 그게 더 화근이 될 줄은 아무도 몰랐다.

노인은 손녀 같은 그녀가 짓이겨져 돌아온 것을 보고 크게 충격을 받은 것 같았다. 이번에는 노인이 팔배 대신 곁에 두고 그녀를 돌보겠다고 했다.

계환은 은효가 어서 빨리 회복되길 빌었다.

한 번씩 팔배가 다녀가면서 천주교 신부와 신자들 여럿이 효수를 당했다는 소식까지 전했는데, 그때부터 노인의 건강이 허물어지는 것이 보였다. 소박을 맞고 돌아와 몸져누운 은효까지 보고 있자니 더욱 상심이 커서 식음을 하지 못하는 듯하였다.

결국 은효가 털고 일어난 자리에 노인이 누웠다. 한 달 남짓 그녀가 쑤어주는 미음을 먹고 휑한 눈을 열고 누워 있다가 허우적거리며 겨우 일어나 몇 걸음을 옮겨보는 것도 힘들 정도가 되었다. 누가 돌아왔다구? 자다가 알 수 없는 헛소리도 했다.

계환은 은효가 왜 혼인을 했으면서도 그 집 사람이 되기를 거부했는지가 궁금했다. 싫으면 가지 애초에 말아야 했는데….

입이 터지지 못했으면 잠자리라도 잘해야지. 시집온 여자가 첫날부터 몸을 사리는 게 대체 말이 되오? 그 꼴이 아무래도 천주쟁인 것 같다고 시어른이 닦달했소. 성치도 않고 어린 남편이라고 말을 안 들으면 아주 주, 죽여버린다고 했는뎁쇼. 고집은 원, 소도 아니고….

그날, 머슴 하나가 다 죽어가는 은효를 지게 둘러메고 와 초막 앞에 부려놓고 가면서 그런 소릴 했다.

계환이 볼 때 은효의 오라비 팔배는 덩치는 산만큼 커도 원래 닭 모가지 하나 비틀 수 없는 사람이었다. 머리는 산발하고 피투성이인 동생이 오라비를 보자마자 혼절하는 것을 보고는 눈이 돌아갔다. 팔배는 허둥지둥 그쪽에서 보내왔던 것을 챙겨 둘러메고서는 낫을 들고 언덕 너머로 그 집을 찾아갔다. 백주에 벌어진 일이었다.

천한 것이 여기가 어디라고 함부로 들어오느냐?

홍두깨를 든 그 집 머슴들이 들이닥치는 팔배에게 맞섰다. 한쪽 발을 절름거리는 어린놈의 신랑은 보이지 않았고 최 씨와 머슴 서넛이 대거리하는 모양새를 보니 팔배는 더욱 울화가 솟구쳤다.

내 동상 왜 그랬소? 혼사가 못마땅허면 그냥 돌려보내지, 왜 사람을 그 꼴로 만들었소, 엉?

팔배는 문짝을 열자마자 혼수로 받은 광목을 마당에 팽개쳐버리고 데리고 간 염소의 목을 낫으로 싹둑 베어버렸다. 염소가 쓰러지며 파득거려 피가 사방으로 튀어 주변을 더럽혔다. 그 집 머슴들이 놀라 그만 얼음이 되었다.

사람을 사람으로 볼 줄 모르는 모양인디, 다시는 내 눈에 띨

생각 마시우. 사람 탈 쓴 짐승들은 보이는 대로 싹으리 다 목
을 따버릴랑께.

시퍼런 눈빛을 한 팔배는 낮에 묻은 피를 손바닥으로 훑은
뒤 대문에다가 쓰윽, 문지르고는 그곳을 나와 버렸다.

저, 저런 싸가지 없는 놈 같으니…. 내 반드시 니놈 죄를 물
어 조, 조리를 돌리고 말끼다.

팔배의 뒷덜미에서 더듬거리는 욕지거리가 몇 번 까물거렸
다. 반상의 법도가 살아있는 시절이었다면 일어날 수도 없는
일이었다. 돈만 있으면 양반이 되는 시절이었으니 사실 누구
도 최 씨가 양반인지 상놈인지 알지 못했고 알 바도 아니었다.

*

노인은 은효가 숟가락으로 넣어 주는 물 한 방울도 넘기지
못했다. 밖에서 누군가를 기다리려다 숨이 이미 끊어져 버린
것이었다. 급한 전갈을 받고 계환이 왔을 때, 노인의 입술은
허옇게 말라 있었고 아무런 표정도 드러나 있지 않았다. 계환
이 마지막으로 손끝을 깨물어 피를 몇 방울 입에 흘려 넣어
보았지만 한번 끊어진 그의 맥박은 돌아오지 않았다. 핏방울
이 흘러나와 이부 자락을 적셨다. 그의 곁에 있던 은효가 넋을
잃고 바라보다가 아래로 고개를 꺾었다. 큭, 크윽…. 꾹 감춰두
었던 그녀의 감정이 목젖에서 조금씩 비어져 나오기 시작했을
때 계환은 아버지 같은 분이 돌아가셨다는 것을 뒤늦게 실감
했다.

잠시 후, 계환은 방문을 열어두고 밖을 향해 망연히 서 있었

154

다. 어두운 산그늘에서 찬 기운이 밀려오는 시각이었다. 그는 노인의 저고리를 하나 꺼내 들고 초옥의 지붕으로 올라가 흔들었다. 복, 복, 복. 변, 성, 학, 병인, 유시, 망…. 숯막 사람들이 그것을 보고 들었다. 일부 아낙들이 나가고 그 자리를 대신 채운 노년의 남녀 서넛이 방구석에 앉아 이마에 연신 성호를 긋고 울음 섞인 소릴 내었다.

기어이 베드로 어른이 돌아가셨네, 그랴. 아마도 가실 날을 알고 계셨던 거 같어.

그들은 젖은 목소리로 두런거렸다.

저녁닭이 울 무렵이었지만 이상하게도 닭들은 울지 않았다. 가을 해가 서산에 잠기고 어둠이 깔릴 즈음, 남녀의 곡소리가 처량했던지 횃대에 올라앉은 닭들이 일찍부터 목을 비틀어 날개 속에 파묻었다. 서낭 고개를 넘는 시월의 바람은 얇은 문풍지를 흔들고 지나면서도 익숙치 않은 적막감을 잔뜩 눌러놓았다. 사람들은 시신을 둘러싸고 기도하거나 그냥 조용히 앉아 있다가 무슨 말인가 귓속말로 속닥거리고는 하나씩 밖으로 나갔고 다시는 돌아오지 않았다.

계환은 은효와 함께 시신 앞에 앉아 낮은 목소리로 주의 기도와 성모송을 외웠다. 하늘에 계신 우리 아버지…. 보통이라면 그들은 분명 내외할 처지이고 은효가 입을 다물었을 것이나, 이제 그녀는 벙어리 행색을 버리고 집안 오라비와 같이 있는 것처럼 함께 기도하고 슬픔을 드러냈다.

밤이 깊은 뒤에도 두 사람만이 호롱불 아래에 놓인 시신을 지켰다. 사방이 교교한데 바람을 가르며 고라니 한 마리가 장작을 산더미처럼 쌓아놓은 뒷켠에서 무엇엔가 놀란 듯 후다닥, 달아났다. 그러고 나서 한 시진쯤 뒤 수상한 그림자가 문 앞을 어른거렸다.

관복을 한 장교 하나가 포졸을 데리고 갑자기 들이닥쳤다. 한동안 밖에서 무슨 염탐을 하고 난 뒤였는지 신을 신은 채 망설임도 없이 방으로 뛰어들었다.

꼼짝 마라, 이놈. 양반 집에서 허락도 없이 염소 목을 땄다는 놈이 아니냐?

포졸 하나가 시신 앞에 엎드려 있는 계환의 머리를 육모방망이로 짓누르며 팔을 뒤로 꺾었고, 다른 이는 억센 손으로 은효의 머리채를 틀어잡았다.

지금 뭐 하는 거요?

계환이 된 소리로 버럭 소릴 질렀다.

짐승 죽은 건 모르오만, 지금 여기 사람이 죽어있는데, 당신들은 눈깔도 없소?

장교가 주춤거리며 시신 가까이 다가갔다. 이불 호청을 쓰고 있는 사람이 정말 죽었는지 보려고 그는 손을 뻗었다. 그 틈에 머리채를 움켜쥔 손이 느슨해지자 은효가 재빨리 호청을 들춰 노인의 굳은 표정을 밖으로 드러내었다. 그들은 흐릿한 호롱불 아래서 죽은 사람의 서늘한 모습을 보더니 둘을 제압하려던 마음을 포기하고 주춤주춤 물러났다.

숯을 만들며 독한 연기를 너무 쐬어 그랬는지 모르오만 이분은 폐병으로 오래오래 고생하시었소.

바닥을 기듯 차악 가라앉은 계환의 말에 그들은 뒷걸음질했다. 그리고 눈짓을 잠깐 주고받고는 방을 나갔다. 밖에서 잠시 두런두런 저들끼리의 말소리가 곡경을 넘긴 후에 다시 오자는 내용으로 들렸다.

계환은 그들이 세간 한번 들추지 않고 돌아간 게 그나마 다행이라 생각했다. 호롱불의 빛을 떠안아 핼쑥해 보이던 은효의 얼굴에 땀이 배어 있었다.

모두 다 천주님의 은총이야요. 하마터면 시신을 놔두고 둘 다 끌려갈 뻔했는데….

은효가 그렇게 하지 않았다면 무슨 일이 일어났을지 몰랐다.

그녀는 정말 영리한 처자였다. 필요한 기도는 해도 다른 말은 아꼈다. 언문과 천자문 그리고 천주학의 교리를 배우고는 남 앞에서 더욱 말을 삼갔다. 원래 과묵해서 벙어리 아닌가 할 정도였지만, 오라비가 궁지에 몰릴 것을 염려했던지 그렇게 행세를 하는 것이 화를 피하는 방법임을 알고 있는 것 같았다.

그들이 들이닥치기 직전 계환은 시신의 손에 묵주를 감아 놓았었다. 노인이 가장 소중히 아끼던 물건. 그것 하나만으로 누구든 목숨을 빼앗길 수가 있는 처지였다. 하지만 반대로 그것으로 기도를 잘하면 영원히 살 수 있다는 믿음이 가슴에 박혀 있었다. 십자가의 믿음으로 인해 여러 차례 박해가 일어났고 그로 인해 사람이 죽기도 했다. 하지만 이승을 떠날 땐 그것과 꼭 함께하도록 하는 것이 죽은 자를 위한 마지막 배려라고 여겼다.

서학의 신앙을 허락하지 않는다고 임금이 칙명을 내린 이후 수많은 박해가 거듭될수록 신앙의 불길은 줄어들지 않고 더욱 거세어졌다. 죽이겠다는 배교의 겁박에도 많은 이들이 초연했고, 믿음은 오히려 바람을 안은 들불처럼 맹렬해졌다. 하지만 세상을 전복하려는 모반의 중심에 예수의 십자가가 있다고 주장하는 세력들은 사람 목숨을 파리처럼 여겼다. 더불어 신앙이 번지는 동안 어느 세력에 몸을 두는 게 이득인지 알고 앞장서 고변하는 사람도 늘어났다.

최 씨가 말을 어떻게 했는지 모르지만, 그들은 뭔가 알고 찾아온 것은 분명했다. 묵주를 보면 상중이고 뭐고 앞뒤 따질 겨를도 없이 관가로 둘을 끌고 갔을 일이었다. 그때부터는 목숨을 내놔야 했다. 그가 노인의 싸늘한 얼굴을 보여주었을 때 시신의 입가에 계환의 손가락에서 흘러나간 핏자국이 흉하게 흘러내려 있었다. 게다가 폐병 운운까지 했으니 그것은 그들의 막무가내를 충분히 거두어들이게 하고도 남았다.

둘은 아랫목에 시신을 두고 서둘러 짐을 꾸렸다. 베옷 한 벌 마련해 둔 것이 있었으나 그것을 입힐 여유가 있지 않았다. 상주인지 영동인지 근동에서는 화가 난 농민들이 쇠스랑과 죽창을 들고 관가를 쳐들어가 곡식 창고를 허물어버렸다는 소문이 떠돌았다. 계환은 그게 농민인지 동학교도인지 알 수 없었다.

팔배는 며칠 전부터 그쪽 사람들을 만나러 간다 하고 돌아오지 않았는데, 노인이 숨을 거둔 날 밤이 깊어서야 시신이 있는 오두막으로 급히 올라왔다. 숯막 사람들이 노인이 유시에 타계했다는 얘기를 전해주어서 서둘러 왔노라고 말했다.

이곳에도 곧 관군이 들이닥칠껴. 농민들이 더 이상 줄 게 없어 목숨줄을 내놓기로 한 거라네, 그랴. 죽으려 하면 살고 살려 하면 죽는다는 거 다들 알고 있더라고. 그래서 즈이덜 뱃구리만 채우려 하는 놈덜 멱을 따기로 했다는디, 세상 그냥 확, 바뀔껴. 암, 꼭 그래야 하구 말구.

계환은 그가 이리 달라진 것을 보고 세상이 무서워졌구나, 생각했다.

팔배는 바삐 시신을 옮기는 일을 도왔고, 계환은 은효와 함께 그날 밤 입은 옷 그대로 급히 염을 해서 숯막 근처의 야산에 노인을 묻었다. 그리고 눈에 띄지 않도록 하려고 봉분 대신 숯을 구울 때 쓰려던 참나무 장작을 잔뜩 그곳에 쌓았다.

계환이 동작을 멈추고 옷소매로 이마의 땀과 눈꼬리를 찍었다. 조금 후 팔배는 횃불을 쥐고 서서 옷고름으로 눈물을 훔치던 동생 옆으로 다가가며 이마에 다시 한번 성호(聖號)를 그었다. 그것을 보던 은효가 놀라 손에 들었던 횃불을 얼른 내려놓으며 밟아 꺼버렸다. 그녀의 행동은, 누가 보면 어쩌려구,라고 말하는 것 같았다.

괜찮여. 오라비가 죽을 목숨이라면 벌써 거덜 났것지. 이제 자네는 워떻게 할 껴?

어둠 속에서 팔배가 계환의 의중을 물었다.

여기 있으면 의심을 피할 수 없을 거요. 빼재로 갑시다. 영감님도 그곳에 가고 싶어 하셨어요. 훌륭한 사목회장 어른도 계시고, 장차 큰 성당을 짓고 신부님을 뫼시며 살 곳이라던데, 십승지 중 하나라고 했나. 암튼 아무나 찾아가기 힘든 곳이겠지만 대충은 들은 바가 있어요. 여기 교우라면 받아줄 거예요.

허면, 자네는 그렇게 혀. 그런데 이 아이를 자네가 맡아줄 수 있것어?

팔배가 은효의 손을 잡아끌어 계환에게 얹히며 말했다.

왜 같이 안 가시는 겁니까?

내 긴한 일이 있는디, 여러 사람과 도모한 일이라 말할 수는 읎구, 나중에 갈 테니 야를 좀 부탁혀.

걱정 마세요. 그리 극진히 영감님을 모셨으니 우린 가족이나 다름없는 사이 아니오? 진짜 동생 같기도 하고.

그리 생각해주시니 고맙구먼.

산등성이를 짚으며 하현달이 솟아오르고 있었다. 가까이서 소쩍새가 애간장을 찢듯이 슬피 울었다. 주변의 갈잎이 바스락거리는 것으로 보아 굶주린 들쥐들이 먹을 것을 찾아 움직이고 있다는 것을 계환은 알 것 같았다.

서둘러. 당장이라두 변고가 닥칠지 모르니께. 근디 관군도 문제지만 갈 데 없이 쫓기던 동학군을 만나도 위험하긴 마찬가질껴. 조심혀.

팔배가 짐을 들고 어둠 속으로 사라지며 말했다.

은효도 서둘러 묶어 놓은 짐을 하나 집어 들었다. 호미 하나로 수수나 감자, 옥수수 농사를 지으며 한철을 지냈던 숯막의 오두막은 이제 바람을 피할 곳조차 되지 못했다. 누가 마음먹고 목숨을 뺏겠다고 골짝을 막으면 달아날 곳이 없어 들판에서 헤매다 잡힐 것이 뻔했다.

은효는 알이 굵은 옥수수를 홑이불로 싸서 또아리 없이 머리에 질끈 이었다. 손에 들어야 할 짐을 노끈으로 만든 어름한 망에 집어넣어 어깨에 메고 계환을 따라나섰다. 열여덟의 나이로는 야무지다 할 수 있는 몸이라 발이 가벼웠는데, 누구도 손댈 수 없는 속곳 주머니에 염주알로 만든 묵주를 꼭꼭 감춰 놓고 있었다.

계환은 짊어질 수 있는 만큼 짐을 지게에 올려놓고 걸음을 재촉했다. 댓걸음 뒤로 은효가 말없이 따라왔다. 하지만 시간이 흐를수록 야행 길에 익숙치 못한 걸음이 은효보다 많이 처졌다. 둘은 앞서거니 뒤서거니 하며 능선을 넘고 억새꽃이 흐드러진 저 언덕 산 너머, 또 그 너머로 반짝이는 별을 보며 바삐 걸음을 옮겼다.□

나무의 시간

1.

　세상에는 마음속 깊이 품어야 할 단어가 많이 있다. 그것 때문에 웃고 운다. 그것이 '절대'라는 가면을 앞에 붙이고 행세하면 어쩔 도리가 없을 때도 있다. 우리 아버지는 절대 그럴 분이 아니야, 같은 말. 이런 말을 들으면 믿음은 이미 물 건너간 거다. 아이들을 데리고 간 어느 수련회에서 눈을 가리고 남의 손에 이끌려 산길을 오르내리게 한 적이 있다. 타인에 대한 믿음이 얼마나 소중한 것인가 알 것 같았어요. 아이들은 그렇게 말했다.

　수많은 종류의 믿음이 있지만, 그래도 믿는다는 것에 나는 반신반의한다. 믿음이 얼마나 허망한 것인지 말로는 다 못할 것 같다. 나는 '너'라는 단어를 매우 소중하게 여긴다. '그'나 '그녀'에 대해서는 잘 몰라도 '너'는 나와 일련의 관계 속에 놓여 있는 중요한 존재이기 때문이다. 너는 분명 내가 사랑하든가 좋아하거나 싫어하는 어떤 사람이다. 아니, 내가 말을 걸고 싶은 사물일 수도 있겠다.

　어떤 상가를 지나가다가 구피를 발견하고 비닐봉지에 담아 왔다. 새로 생긴 식구를 들여다보고 있으니 가슴이 뛴다. 팔팔하게 노는 그것을 좋아하니까 마음이 행복해진다. 그런데 생기가 넘쳐 보이던 구피가 하루아침에 죽었다. 어휴, 이런…. 급한 환경변화도 문제였겠지만, 수족관 가게의 주인을 믿지 않아야 했다. 무슨 일이 있어도 복종할 것 같았던 우리 집 개 덕구, 그 순한 놈이 제 밥그릇을 건드렸다고 저보다 열두 살이 많은 내 발을 꽉 물었을 때도 그랬다. 너, 정말…. 병원에 다녀와서 다시는 눈도 마주치지 않으려 했지만 그러진 못했고. 암튼 살면서 나는 종종 믿는 도끼에 발등을 찍혔다. 아내도 그중 한 사람이다. 특히 아내의 말은 언제나 앞뒤 가려서 들어야 한다. 솔직하게 다 말하라고 해놓고, 다 말하면 반드시 그것으로 트집을 잡는다. 또 헛짓했다 이거지? 그런 식이다. 절친했던 친구가 돌변하여 낯선 사람이 되는 경험도 했다. 전화를 왜 안 받지? 하루가 멀다 하고 죽어라 찾던 전화번호를 스팸으로 밀어둔 게 분명하다. 누구에게건 믿음은 기대의 변형이고, 그것이 끝나면 외려 그의 반대를 각오해야 한다.

　이전에 무엇을 경험했든 내 하루는 대체로 변함이 없다. 아침에 잠을 깨면 아내의 침실로 가 어디 아픈 데 없나 묻고 이곳저곳 주무르고 두드려 준다. 나이가 들면 안 아픈 곳이 없으니까. 그게 애정표현이고 관심이기도 하다. 아침밥을 차려주고 나서 내 할 일을 시작한다. 젊어서 남편 수발드느라 힘들었으니까 이제부터 살림은 내가 하겠다고 퇴직 때 자청한 일이다. 설거지를 마치고 나면 음식물 쓰레기를 치우고 한동안 책상에 앉아 책을 보거나 자판을 두드린다. 그것만 할 수는 없는 일이라 우리에 갇힌 곰처럼 거실을 맴맴 맴돌기도 하고, TV로 영화를 보거나 동네를 한 바퀴 돌기도 한다. 누가 보기에도 그냥 뻔한 일과다.

낮엔 눈부신 유리창을 바라보다가 오래오래 눈을 감고 있기도 한다. 그게 명상이라고 하면 그럴지도 모르겠다. 그러면 어떤 기억이 점점 떠오른다. 어제오늘의 일이 아니다. 그것을 위해 창틀이 필요하고 적당한 강도의 빛이 필요하고 눈을 감았을 때 슬그머니 밀려드는 약간의 편안함이나 혹은 정체 모를 쓸쓸함도 필요하다. 그것을 끄집어내는 게 언제나 가능한 것은 아니다. 집중이 필요하면 연필을 꺼내어 스케치북에 뭔가를 그린다. 선이 뚝뚝 끊어져서 형체가 잘되지 않는다. 나는 글쓰기도 하지만 그림 그리기를 좋아하는 사람이다. 책상 위에 스케치북이나 만화책, 동화책 따위 같은 게 아직도 놓여 있다. 내 나이에 어울리지 않는 잡동사니를 쌓아 놓고 떠오르는 형상을 그리기도 한다.

아내가 물었다. 뭘 그리는 거야? 나는 고개를 가로저었다. 지우개를 사용하지 않고 조금 더 강한 선으로 살짝 떠올랐던 그림을 덮어버린다. 검고 굵은 사선이 빗줄기처럼 앞을 가린다. 아내는 고개를 갸우뚱하며 연필의 움직임을 바라본다. 솔직히 말해서 내가 종이 위에 옮겨 놓은 것을 아내가 알 리 없다. 한 페이지에는 공룡의 눈동자를 그리고 다음 페이지에는 발가락을, 그다음 페이지에는 장딴지를 그렸다고 말해도 모를 것이다. 그것을 말하는 순간 나는 쓸데없이 아내를 긴장시킬 테니까. 나는 그냥 웃는다.

밤에는 지팡이를 옆에 놓고 잔다. 나무로 만든 것이다. 나무는 말없이 수백 년 세상을 바라보며 산다. 죽어서도 이렇게 누군가를 지켜줄 수 있다. 나무는 하늘과 빛을 향해 움직이는 존재다. 욕심 사납게 돌아다니며 누군가를 해치지도 않는다. 내가 아직 무릎이 성해서 필요 없는 물건이지만, 용도는 다른 곳에 있다. 내게는 나무의 시간이 소중하기 때문이다. 하늘을 향해 꿈꾼 그들의 시간. 비바람을 견딘 그 시간을 마음에 담고 싶어서다. 지팡이 끝에 뭔가를 달았다. 나는 그곳에 여러 가지 색깔의 끈과 함께 동물 문양이 있는 메달 혹은 미니어처 같은 것을 묶어 두었다. 뱀, 새, 물고기, 뿔이 달린 초식동물의 모형 같은 것, 나무와 친했을 것들에 흥미를 느껴 인터넷에서 많이 샀다. 어떤 문양은 기괴하고 어떤 문양은 재미있고 어떤 문양은 아름답다. 그런데 어떤 문양을 보고 있으면 왠지 슬프다. 두 마리의 물고기가 엮여 있는 것도 있다. 특히 물고기 형상이 내 스케치북 속에 많이 들어 있다. 꼬리를 물고 있기도 하고 파도를 뛰어오르기도 한다. 머리와 앙상한 가시만 남은 놈도 있다. 그것이 내 손을 거쳐 다시 태어날 수도 있지만.

2.

아내는 내게 빨리 병원에 가보라고 했다. 어디서 뺨을 잔뜩 불에 데어왔기 때문이었다. 덧나면 큰일 나. 나는 아내가 시키는 대로 내색을 하지 않고 동네에 있는 병원에 다녔다. 얼굴을 소독할 때마다 꿈나라 피아노학원이라고 쓴 노란색 이동 차량에서 아이들이 쏟아져나오는 것을 보았다. 그쪽으로 눈길을 고정해두고 의사가 하는 말은 건성 들었다. 어떻게 여기를 데인 거예요? 또 뭘 물을까 봐 나는 무심하게 입을 다물었다. 의사는 아내와 비슷한 연배에다 서로 친하게 지냈는데 둘이서 나에 관한 험담을 할지도 몰랐다. 남편이요? 퇴직하더니 어딜 그렇게 돌아다녀요. 아내는 부동산 사업을 했던 장인의 의견을 명령처럼 따른 사람이었다. 김 서방 역마살은 그냥 놔둬. 지금은 세상을 뜨고 없지만 장인은 사람 보는 눈이 정확한 사람이었다. 이제는 그만 두었지만 아내는 한때 사업 수완을 발휘하여 피아노 학원, 속셈 학원도 운영했다. 생활의 여유는 내 월급이 아니라 그걸로 만들었다. 당신은 왜 그리 끈기가 없어? 지금도 은근히 사업을 그만둔 걸 다른 말로 타박한다. 아내가 어딘가에 몰두할 때가 더 좋으니까.

아내가 전혀 모르는 일이 있다. 그 생각을 하려면 창가에서 눈을 감아야 한다. 건강을 핑계 삼아 한동안 자주 산에 다녔다. 언제든 차박도 가능하고 나이는 들었지만 계절 상관없이 어디서든 버틸 만한 몸을 가졌다. 어느 날 산에서 촛불만 켜고 밤새 앉은 채로 있다가 집중이 흐려져 얼굴을 데었는데, 매화꽃 같은 흉터가 뺨에 남았다. 아무도 알아서 안 될 일이라 지금껏 침묵한 일이다. 명상이 필요하면 창가에서 눈을 감고 꽃을 피운다. 꽃의 모습은 바로 너다. 슬프게도 나와 아내 사이에는 너라는 존재가 들어 있다. 병원에 갈 때마다 속으로

‘너의 봄을 위해 아픈 꽃이라도 되어주마.’ 했다. 치료를 마친 나는 창가에서 나무가 살아온 시간을 생각했다.

코로나가 창궐하기 훨씬 전, 일상의 궤적을 다람쥐처럼 돌다가 어떤 여자를 만난 적이 있었다. 전화가 오거나 누굴 만나러 나가도 무관심한 편인 아내는 나이든 내가 어떤 여자를 만나고 있다는 사실을 알고도 별 개의치 않았다. 나의 행동에 문제가 있다고 생각한 적이 없었으므로 오는 전화나 문자 때문에 가끔 ‘그녀’가 화제가 되기도 했다.

“솔직하게 말해. 말 안 하고 나중에 문제 생기면 어떻게 되는지 알지?”

아내는 부드럽게 물으면서 슬쩍 웃어주는 게 남의 비밀을 털어낼 방법이라고 믿는 모양이었다. 그러다 보니, 어쩔 수 없이 나는 어떤 여자의 큰 오라비 정도로 관계를 설정하여 대충 말했고, 아내는 그렇게 알고는 어디서 과일이라도 한 상자 들어오면 그녀에게 가져다주라고 덜어놓기까지 했다.

“걔랑 살고 싶으면 언제든지 말해.”

아예 그렇게 할 위인이 못 된다고 생각해서 한 말이겠지만 좀 심하게 믿긴 했다. 남편이 교직에 있던 사람이니 행동은 따질 것도 없고, 이제는 별로 나돌아다닐 일도 없다고 여긴 것 같았다. 게다가 그 나이에 열정이 남아 젊은 여자를 탐할까 싶어 외도라고는 꿈에도 생각하지 않는 듯했다. 하지만 그게 반은 맞고 반은 틀렸다.

그때 나는 시력 못지않게 기억력도 조금 나빠졌다. 그래서 산책 갈 때 스마트폰을 잃어버릴까 싶어 집에 두고 다녔는데 그날은 운동한 거리를 확인해볼까 싶어 그것을 들고 나갔다. 그놈의 정신머리…. 조심한다고 했지만 걱정한 일이 일어나고 말았다. 강변에서 산책하다가 잠깐 앉았던 벤치에 휴대전화를 놓고 간 것을 보고 어떤 여자가 따라와 나를 불러세운 것이었다.

"이거 놓고 가셨어요."

그날 휴대전화를 받고 고맙다고 주머니에 있던 캔커피를 건네준 게 고작이었다. 산책 중에 많은 사람이 곁을 스쳐 지나갔다. 물가에서 먹이가 다가오기를 기다리는 백로도 보았고, 늘 하던 대로 산책로의 끝에 있는 운동기구를 만지고 구르고 돌리면서 땀을 내기도 했다. 나의 하루는 그렇게 아무런 변동이 없었다.

그러다가 며칠 후 그 길로 스쳐 지나가는 나를 알아보고 어떤 사람이 말을 걸었다. 내 스마트폰을 건네주고 캔커피를 받아갔던 그 여자였다.

"요 근처 사시나 봐요."

나는 천변에서 멀리 바라보이는 아파트를 가리켰다.

"저쪽 살아요."

그녀도 몸을 돌려 손가락으로 다른 방향을 짚었다. 그녀가 산다는 곳은 유천교 근처의 아파트 단지였다.

그 일을 시작으로 지나가다 만나면 누가 먼저랄 것도 없이 반갑다고 불러 세워 벤치에 앉혔다. 그러다가 아예 서로 기다리고…. 나중에는 주기적으로 만났다. 비가 오는 날만 빼고 일주일에 두 번 정도 만났던가. 벽에 있는 시계 바늘이 오후 4시를 가리키면 집을 나섰다. 천변 산책로는 유천교, 도마교, 버드내교를 지나 복수교와 사정교를 지나 뿌리공원까지 이어져 있는데, 우리는 도마교 근처의, 큰 나무 아래에 있는 벤치를 원점으로 삼았다. 거기서 만나고 거기서 헤어졌다. 가끔은 복수교나 사정교까지만 걷고 근처의 괜찮은 식당에서 밥도 먹었다.

"이름 알려드릴까요? 아니면 편하게 부를 이름 하나 지어주시면 좋구요."

말아 나온 김에 이름 하나를 선물했다.

"갑을병정 할 때 제일 앞에 있는 갑(甲)에다가 어조사 이(伊)를 붙인 갑이라고 부르면 어떨까요? 갑이. 부르기 좋다."

"그렇게 하세요."

그녀가 조용히 웃는 모습이 무엇보다 보기 좋았다.

처음에 그녀는 주머니에서 꺼낸 캔커피나 피티병에 든 맹물을 권하더니 교외 한갓진 식당에서 밥을 먹자면서 좀 더 가까이 다가왔다. 반년쯤 지난 뒤에는 가끔 손을 잡거나 어깨를 기대는 게 자연스러워졌다. 산책을 중단하고 함께 영화를 보고 온 날은 교외에서 아예 작은 골반으로 내 체중을 담아내기도 했다.

갑이는 정의하기가 어려운 사람이었다. 별거 중이지만 남편이 있는 유부녀이고, 몸을 섞었을 정도로 친했지만, 애인도 친구도 여동생도 아닌, 아무 때나 전화로 목소리를 건넬 수 있는 사람이 아니었다.

"다 사양할게요. 서로 매달리는 일 없이 이렇게 만나요."

한동안 그렇게 지낸 사이였다. 집으로 돌아가 하루를 정리할 때 그녀를 만난 느낌을 가슴 안쪽에 쌓았다. 풀씨를 먹으러 나온 오목눈이 같기도 하고, 망초를 휘감고 올라 핀 메꽃 같기도 한 여자. 산책하다가 카페에서 변두리 식당에서 밥을 먹으며 건네 온 그녀의 총량은 과연 얼마나 될까. 몸이 아니라 말로 기억되는 그녀의 무게. 그간 종알종알 내게 건넨 이야기를 모아보면 대충 이런 내용이었다.

3.

갑이는 꿈속에서 이상한 사람을 자주 만났다. 볼 때마다 검은 옷을 입었거나 흰옷을 입고 있는 경우가 대부분이었는데, 얼굴이 창백하고 너무 무표정해서 단박에 그가 저승사자라는 걸 알 수 있었다. 어느 날인가 그가 따라오라고 해서 가다가 험한 길 위에서 넘어지거나 절벽에서 떨어지거나 하다가 잠에서 깨기도 했다. 한 번은 그가 느닷없이 아들을 데려가겠다고 말했다. 그건 절대 안 돼요. 그녀는 화들짝 놀라 입술을 오도독 깨물며 손가락에 힘을 바짝 주고 잡히는 대로 그 남자에게 뭔가를 휘둘렀다.

하지만 빈손으로 허공을 허우적거리며 울다 깬 게 전부라고 했다. 그게 요새 이야기라는 건데, 그녀는 20년 전 얘기도 선명하게 되짚어 꺼내었다. 애 낳고 말이에요. 얼마 안 있다가 그랬어요. 신혼 때부터 남편이 딴짓을 시작한 거예요. 여자는 직감으로 알 거든요. 남편 몸에서 전혀 다른 냄새가 나는 거. 그걸 누가 모르겠어요? 참았죠. 애 때문에 정신이 없으니까 그러나보다 했죠. 그런데 그 짓이 금방 끝나지 않고 길게 가는 거예요. 어디 발동이라도 걸린 거야? 두고 보자. 속으로 벼르고, 증거를 모아놨죠. 딴 여자와 가려고 어디 휴양지 호텔을 예약해 둔 것이 딱 걸렸어요. 여자의 전화번호도 몰래 알아내서…. 남편 코앞에다 꺼내놓고 '다, 알고 있으니까 이제 그만 해라', 했더니 픽 웃는 거예요. 화가 머리꼭지까지 났죠. 이 모양인데 살면 뭐해, 그런 생각이 들더라구요.

그녀는 침을 꿀꺽 삼키고 말을 이었다.

나는 죽을 지경인데 아무렇지도 않은 척 웃는 남편을 보며 그대로 뒷걸음을 쳤어요. 가만 보니 이 자식이 날 저승에 보낼 놈이구나. 씨발 새끼, 너 혼자 잘살아라. 하면서 누가 붙잡을 새도 없이 3층에서 뛰어내렸는데 재수가 없어서 팔다리만 분질러지고…. 옴짝 못한 채 병원에서 일 년을 누워 있다가 겨우 운신했지요. 계속 헛것이 보였어요. 젖이 안 나와 애한텐 미안했지만, 친정에서 혼자 버텼어요. 밥은 미음만 조금 먹었는데, 기운이 너무 없어서…벌건 대낮에 뒷간 문을 열면 소복 입은 여자가 변소에 떡하니 앉아 있는 거예요. 문고리를 놓자마자 어, 어, 어, 하다가 쓰러지기도 하고, 뒷걸음질도 못 하고 주저 앉기만 한 게 한두 번이 아녔어요. 그랬더니 엄마가, 문 열고 지켜볼 테니 걱정마라 하시며 따라다니셨어요. 누가 지켜 보고 있으면 뭐가 무서운지 소복 입은 여자는 안 보이더라구요.

물을 마시다가도 멍하니 창문을 보고 있으면 어떤 사람이 유리창에 흐릿하게 비쳐 나오고, 그런데 얼굴이 확실친 않아 요. 잘 땐 아예 요만큼 거리에서 벽에 기대고 앉아 내 손을 잡으려고 하는데…그러면 흠짓 몸을 떨며 눈을 까뒤집고 목젖 뒤로 우는소리를 하며 넘어졌다니까요. 그러다 죽겠다 싶으니 까 엄마가 어떤 절에다 데려다 주더라구요. 스님이 공부를 많 이 하셨다는데, 자기 곁에 있으면 절대 헛것이 안 보일 테니 걱정 말라고, 몸에 기가 다 빠져나가 생긴 병이니 채워주면 아 픈 거 다 나을 거라고 그랬어요. 그때부터 지금까지 살려고 거 길 드나들어요.

그녀의 삶에 대해서 어느 정도 윤곽이 잡혀간다고 여겼을 때, 자주 얼굴을 보고 가족 같다 싶었을 때, 갑자기 그녀의 행 방이 묘연해졌다. 원점에서 아무리 기다려도 나타나지 않았 다. 어디 아픈가? 벤치에 앉아 기다리며 오가는 사람들을 바라 보았다. 매일 해가 저물 때까지 산책하지 않고 그곳에 앉아 있 었다. 뿌연 눈빛으로 흐르는 물을 보고, 기차가 철교를 지나가 는 소리를 들었다. 숨이 꼭꼭 막히는 것 같았지만 참으며 사람 들이 움직이는 모습을 보고 또 보았다. 그래도 그녀는 연락이 오지 않았다. 하루, 이틀, 사흘, 나흘…. 열흘이 지나고 보름이 지났다. 참다 참다 전화를 했다. 하지 말라 했지만 해도 받질 않았다. 사업한다는 남편 따라 어디 멀리 갔나? 나는 그녀가 내 번호를 스팸으로 돌려놓은 것이라 여기지 않을 수가 없었 다. 띠동갑보다도 훨씬 더 나이가 어린 사람이기에 살갑게 오 래 만날 수 있던 여건은 아니었다고 여기고 마음을 다독거렸 다. 슬프고 허전했지만 누굴 탓할 만한 관계도 아니어서, 잘 되고 건강해라 빌며 내색하지 않고 지냈다.

그러다가 펜데믹이 왔고 산책길에서조차 사람이 뜸해졌다.

아내는 사람을 만나는 것이 무섭다고 집에만 틀어박혔다. 사람들이 다 굴속으로 들어간 것 같아. 소파에 앉아 TV 드라마를 보다가 아내가 불쑥 갑이의 안부를 물어왔다.

"참, 걔 요즘 뭐 해?"

"글쎄, 본 지가 오래돼서….."

"헤어진 거야?"

"딱히 그건 아니고 그냥 연락이 안 되네. 한 일 년 넘었나? 맨날 헛것이 보인다고 하던데….."

내 심기가 불편한 것을 아는지 아내는 더 묻지 않았다.

아내의 말을 들은 뒤 그녀 생각이 많이 났다. 어디서 교통사고 난 게 아닐까? 요즘도 혹시 절에 다니면서 건강을 챙기고 있을까? 길을 걷다가도 문득 서서 사방을 둘러보는 버릇이 생겼다. 사람들은 모두 마스크를 쓰고 있어서 이젠 혹 그녀가 곁을 지나간다 해도 잘 알아보지 못할 것 같기도 했다.

그녀가 친정처럼 자주 들러 본다는 절이 너무 궁금해져서 어느 날 차를 몰고 찾아갔다. 그녀 생각만 해도 마음이 아릿했다. 눈물이 날 것도 같고 숨이 가빠지기도 했다. 미리 지도를 보고 알아본 곳은 함양에서 산청으로 한참 더 들어가 산속에 있는 절이었는데, 그리로 가는 길의 한 모퉁이에 있는 보건소가 버스의 종점이었다. 그곳에 도착했을 때 여자아이들이 자전거를 타고 있어서 모른 척하며 절로 가는 길을 물었더니 산중턱으로 들어간 좁은 숲길을 손가락으로 가리켰다. 아마 찻길이 아닌 산길로 난, 또 다른 지름길인 모양이었다. 도롯가에 차를 세워두고 그 길로 천천히 걸어 올라갔다.

저물녘에 간신히 산문 앞에 당도했다. 늙은 스님 둘이 소나무가 울창한 산길을 내려오다가 합장을 했는데 그렇게 마음이 편해 보일 수가 없었다. 나는 그들에게 갑이와 같이 찍은 휴대폰 사진을 보여주며 혹시 이 사람을 아는지 행방을 물었다. 그들 중 하나가 살짝 의심하는 눈초리를 보였지만 찬찬히 나를 훑어보고 나서는 오해가 풀렸는지 그 보살님이 수시로 여길 들락거려서 아는데 한참 전부터 오지 않는다고 했다. 나는 외국에서 살다가 온 그녀의 큰 오라비 행세를 하며 시간이 늦어 여기서 하루 묵고 싶다는 말을 전했다. 조금 후 두 스님이 천왕문을 지나 법당으로 들어갔는데 곧 늙은 불목하니가 나와 나에게 잘 곳을 안내해주었다. 소쩍새가 슬피 울던 날이었다.

"에고, 그 아줌마한테 애 있지요? 아들인가. 우리 스님은 그 여자가 힘들어할까 싶어 말 안 하셨지만, 제가 답답해서 말해줄까 해요. 그 아들 스물 넘기기 어려울 거예요."

그 불목하니가 마당을 가로지르며 방안에서 알아들을 정도의 크기로 말을 하고 지나갔다. 깜짝 놀란 나는 문 열고 어둠을 향해서 따지고 싶었지만, 말은 하지 못했다. 왜 남의 운명을 이렇다 저렇다 당신이 쥐고 흔들어요? 당신 운명이나 잘 살피세요. 그녀는 멀찍이 달빛 아래 잠잠히 서 있었는데 왠지 모르게 할 말이 더 남아 있는 듯했다.

"지금도 안 늦어. 당신이 진짜 오라비 맞아? 그럼 오라비가 매달 초하루 산에 가서 촛불 켜고 기도하고 와. 그럼 되겠네. 지성이 크면 하늘이 움직인다고 하지 않아요?"

여자는 반말까지 섞어가며 그렇게 지껄이고는 어둠 속으로 사라졌다.

이봐요! 이봐…. 나는 그녀를 붙잡으려고 맨발로 따라갔다. 헛것을 본 게 아니었나? 한참 후 툇마루에 앉아 물을 마시고 정신이 맑아지니 눈썹달이 아직 하늘가에 남아 있었다.

그 뒤에도 연락이 닿지 않았기에 갑이에게 그녀의 아들에 관한 어떤 말도 전하진 못했다. 대신 가끔 산에 가서 가능하면 맑은 정신으로 밤을 지샜다. 나는 그런 신앙을 가진 사람이 아니어서 치성을 드리거나 별다른 기도문을 외거나 할 줄은 몰랐다. 믿고 한 일은 아니었다. 다급하니까 그냥 조용한 곳에서, "제발 그 사람 아들은 데려가지 말아요", 했고, 별이 쏟아지는 하늘을 가끔 올려다보며, "혹시 당신이 진짜 거기 계시면, 불쌍한 사람 하나쯤 봐줘요", 하고 알 수 없는 누군가를 향해 중얼거리는 정도였다.

그러다가 정말 매달 초하루에 계룡산과 서대산, 천태산을 드나들었다. 후미진 산기슭에서 물소리를 듣다가 한 해가 저물었다. 그 겨울에는 독감에 걸려서 내내 앓아누웠는데, 이듬해 봄 서천 어시장에 갔다가 우연히 갑이를 본 것 같았다. 찰나였지만 사람들 틈에 분명 그녀가 있었다. 다른 건 몰라도 나는 그녀를 알아볼 수 있었다. 아무리 많은 사람 속에 잠깐 그녀가 끼어있었다 해도 놓칠 수 없는 얼굴이었다. 허둥지둥 인파 속으로 뛰어들었다. 정신없이 달려가 지나가는 사람을 돌려 세웠는데 갑이가 아니었다. 왜 이래요? 정신없이 구는 태도에 당사자가 신경질적으로 반응했다.

2월의 저녁은 금세 어두워졌다. 저녁 시간이 지나자 더 이상 어시장을 기웃거려야 할 이유가 없을 정도로 사람들이 다 빠져나갔다. 나는 도망치다시피 그곳을 나와 동백정 옆 마량포 항에서 소주 두 병을 사 들고 방파제로 나갔다. 북서풍의 매서운 기세 때문에 귀가 아렸다. 방파제 입구 쪽에 있는 횟집에서 잠시 유행가 자락이 흘러나왔지만 금세 파도 소리에 눌려 사라져 버렸다. 내항에서 갈매기 몇 마리가 쉬지 못하고 불이 환하게 켜진 배의 측부로 낮게 떠올랐다가 내려앉았다. 새로 만든 구조물 쪽으로 걸어가다가 콘크리트 난간에 올라섰다. 밤바다가 눈 아래 있었다. 바로 앞에서 흐트러진 테트라포트 몇 개가 밀려오는 파도를 맞아 요란하게 울렸다. 그렇게 바다는 내 심장을 후려치고는 곧바로 집어넣은 칼을 칼집에서 급히 빼는 듯한 소리로 스르렁, 구조물에 박아 넣은 물살을 빼내고는 다시 쾅, 부딪치기를 반복했다.

가지고 간 소주를 꺼내 단숨에 병째로 마셔 비워 버렸다. 꿀꺽, 꿀꺽…. 술은 목울대를 씻고 내부로 재빨리 내려갔다. 삭신을 아예 녹여버려. 독주를 사 오지 않은 것이 잠깐 후회되었다. 하지만 그것으로도 내장에 이미 불이 붙은 것 같았다. 눈앞에 불덩이가 올라왔다. 빈 병을 발로 차 버리고 바닥에 주저앉았다. 어느덧 바다 한가운데서 등대의 탐조등 하나가 움직이기 시작했다.

저 사공이 나를 태우고 노 저어 떠나면 또 다른 나루에 내리면 나는 어디로 가야 하나.

몇 번을 반복해서 노래를 흥얼거리는 사이 찬바람이 얼굴을 싸악 핥고 지나갔다. 그제야 취기 대신 한기가 느껴졌다. 견딜 수가 없어서 차 안으로 들어왔다. 뭍으로 올려놓은 어선 옆에서 차박할 작정을 했다. 근처 낚시점에서 핫팩을 몇 개 샀다. 밤을 지내기는 그것으로 충분했다.

4.

이제 기억이 충분히 돌아왔다. 내가 격포 적벽강 길의 수성당 근처 벼랑에서 촛불을 켜고 밤새던 그 날을 이야기해야 할 차례다.

팬데믹이 느슨해져 사람들이 천변으로 다시 나오기 시작하자 나는 버릇이 된 것처럼 도마교가 보이는 벤치에서 그녀를 또 기다렸다. 그리고 그녀의 아들에 대해서도 많은 생각을 했다. 그 아들을 데려가 사랑하는 이의 눈에 눈물을 흘리지 않게 했으면 좋겠다고. 아들에게는 제발 무력하게 저승사자에게 끌려가지 말라고 주문하면서. 며칠을 그러다가 나중에는 갑이에게 특별한 신호 같은 걸 보냈다. 나 여기 있으니 걱정 말라고. 그건 망망대해의 등대나 하는 일이었다.

아침부터 잠들 때까지, 잠든 뒤에는 문득 손을 더듬어 전화기를 드는 때도 있었는데, 그것은 쓸데없는 집요함이었다. 나는 그녀가 지치고 외로울 때 나를 떠올려 주기를 바랐다. 나 여기 있어요. 존재만으로도 위로가 되는 사람. 당신이 그렇듯이 나도 꼭 필요한 사람이 될 수 있는 거지. 그리고 가장 어려운 순간에 함께 할 수 없으면, 아니 가슴에 떠올리지도 못할 정도면 그것은 아무것도 아닌 사이라고 생각했다.

하지만 나는 그 모든 것을 아내 몰래 감추고 있었다. 아내는 나의 침몰한 사랑을 눈치채지도 못했다. 자다가도 갑자기 숨이 막혔다. 소파에 누워있다가 이따금씩 크게 잠꼬대를 하며 추위를 타는 사람처럼 몸을 떨기도 했다. 왜 그래? 아냐, 나쁜 꿈을 꿨나 봐. 아내는 정말 나의 감정을 모르고 있었을까? 착한 역할을 위해 만든 가면이 올가미로 변하여 서서히 내 목을 죄지는 않을까?

갑이를 생각하면 할수록 마음이 아팠다. 자다가 침대에서 벌떡 일어나 물을 마시고 책상에 앉기도 했고, 식탁에 엎드려 밤새기도 했다. 그녀와의 짧은 인연이 그렇게 많은 시간을 엉클어버렸다. 그녀는 지금 어디서 무엇을 하고 있을까. 하나뿐인 혈육을 하늘로 보내고 미친 사람처럼 지내는 것은 아닐까. 아냐. 그럴 리 없어. 그 앨 쉽게 데려가진 못할 거야. 침대에서 일어나 거실을 서성거리고 감춰둔 향초를 꺼내려고 서랍을 뒤적거리기를 여러 번 했다.

깊이 묻어 두었던 노트 하나가 눈에 띄었다. 그것을 읽었다. 그녀와 친해지고 얼마 지나지 않은 무렵인 것 같다. 그때 이미 이런 일들을 예감했던 것인지도 몰랐다.

「모든 기억은 사라질 것이다…. 필요와 불필요로 정리될 온갖 기억, 아름다움과 추함 사이에 존재하는 기억은 제각기 거대한 환상의 덩어리가 되기도 하지만, 뇌세포 속에서 애잔하게 남아 있다가 결국 녹아버리고 말 것이다. 아무것도 영속될 수 없다. 향기로운 기억들…. 아니 내가 경험한 찰나들은 다 사라질 것들이다. 중요한 것은 오직 현재의 실체를 아름답고 생생하게 느끼는 일이다.」

하긴 아무리 내가 원한다 해도 그녀는 나를 잊었을 것이다. 그런데 나는 그녀를 쉽게 놓아줄 수가 없다. 그녀의 생각과 마음을, 내 앞에서 한 이야기들을, 곱게 빗은 머리카락을, 입술 끝으로 웃는 얼굴을, 손아귀에 차는 가슴과 부드러운 턱과 곧은 다리와 빈약한 허벅지를, 즐겨 입는 카키색 바지와 초록색 자켓과 흰 운동화를, 또 가끔 길게 끄는 낯선 침묵들을…. 모두 지금 현재로 느끼고 싶었다. 그녀에 대한 기억을 지우려 할수록 되살아나 그게 어렵다는 것을 알았다. 종일 머릿속에는 그녀에 대한 것으로 가득 차 인화지처럼 언제든지 다시 끄집어낼 수 있었다. 나는 매일 가슴을 쓸어내리는 격한 파도 소리를 들었다. 점점 음식을 찾거나 침대에 눕는 일이 불편해졌다. 빈속으로 줄창 방에 틀어박혀 가끔 무엇을 끄적거리거나 창밖을 내다보거나 아니면 눈을 감고 앉아 있었다. 그렇게 막막하게 가라앉고 있다가 마침내 기진맥진할 즈음 서해에 있는 어느 바닷가의 한적한 기도처가 떠올랐다. 해마다 정월 대보름에 풍어(豊漁)와 무사고를 비는 제사를 지내는 곳. 수성당은 유명 굿쟁이들이 몰리는 곳이었다.

찾아간 곳에는 절벽에 한 키가 훌쩍 넘는 조릿대가 숲을 이루고 있었다. 군데군데 짐승이 자고 간 자리처럼 비어 있는 곳도 있었는데, 조릿대가 조밀하게 자란 탓에 안이 향긋하고 춥지 않았다. 나는 그곳에서 앉았다 누웠다 해보았다. 마음이 무척 편해졌다. 밤에 잠들지 않고 그곳에서 하루를 지낼 작정을 했다. 바람막이를 치고 평평한 돌 몇으로 제단을 만들었다. 촛불을 켜고 준비해 온 정안수 그릇 하나를 곁에 두었다. 향을 피울까 하다 그만두었다.

귀에 갑이의 웃음소리가 들렸다. 선생님은 나이가 전혀 안 느껴져요. 다행이네. 하지만 세월은 속일 수가 없어. 그런 생각 안하셔도 돼요. 훗, 얼마나 멋진데요. 그런 갑이의 말들이 허투루 들리지 않고 해바라기 씨처럼 가슴에 콕콕 박혔다. 그녀 아들의 얼굴을 본 적도 목소리를 들은 적도 없지만 나는 그들이 함께 있기를 바랐다. 간절함으로 불가능한 기운을 밀어내고 원하는 세상으로 바꿔놓고 싶었다.

어둠이 깊어지고 의식이 깜박깜박 끊어지긴 했지만, 여전히 그녀 생각을 붙들었다. 어느 순간 허공에서 그녀를 만났다. 시장 한복판 같기도 했고 역 광장 같기도 했다. 우린 말도 못 하고 한동안 사람들이 붐비는 곳에서 돌이 되어 서 있었다. 너 살아 있었구나…. 우리 곁으로 사람들이 웅얼거리며 매우 느린 걸음으로 지나갔고, 그 공간에 있던 모든 사물이 각각 제 방식대로 천천히 꼬물거렸다. 주변 공기는 부풀어 올라 나와 그녀의 몸을 한없이 허공으로 밀어 올렸다. 둘을 제외한 모든 존재는 사라져 버렸고, 세상에는 하나로 묶인 시선만 있는 것 같았다.

그녀가 손을 흔들었다. 뭐라고 급히 손짓하는 듯했다. 이제 그만 해요. 기도 안 해도 돼요. 그렇게 말하려 했던가. 나는 놀라지 않았다. 그녀가 내 마음을 알아차린 순간이라고 생각했기 때문이었다. 그러다가 얼굴에 고통이 느껴지기 시작했는데, 눈이 저절로 떠졌다. 거의 다 탄 촛불이 졸고 있던 뺨에 닿아있었던 것이었다. 만약 그것이 조릿대에 붙었다면 내가 먼저 저승사자를 따라갔을 판이었다.

5.

　믿음은 불가사의한 것이다. 믿든 믿지 않든 경험한 대로 말로 하면 다 알아듣지는 못할 일들이 세상에는 많이 있다. 갑이는 분명 나와 인연이 깊은 사람이다. 전생이 있든 없든 저승사자가 있든 없든 아내와 사이가 좋든 나쁘든 상관없는 일이다. 얼핏 보았다고 생각했던 어시장의 환영. 그 빛이 거의 희미해졌을 때쯤 어느 날 그녀로부터 문자가 왔다.
　미안해요. 할 일이 너무 많았어요, 서천이에요.
　누구에게건 무엇인가에 대한 것이건 믿음은 기대의 변형이고 그것이 끝나면 허망에 떨어져야 한다. 하지만 절대 끝낼 수 없는 믿음도 있다. 그런 믿음은 그냥 빛과 같은 것이다. 어둠을 허락하지 않는다. 살아 있는 그 빛이 꽃을 피우기 위해 미물처럼 제 허물을 벗은 건가? 암튼 내 식으로 그렇게 믿고 싶다. 간절한 소망이 마치 헛것처럼 그녀를 아른거리게만 했지만 내 간절함은 최소한 그녀가 사는 곳 언저리까지 분명 나를 끌고 갔던 것이 사실이었다. 나는 가슴이 뭉클해져서 그녀가 보내준 주소로 급히 찾아갔다. 그곳은 동백정에서 그리 멀지 않은 곳에 있었다.

우린 승용차의 의자에 나란히 앉아서 그동안 하지 못한 이야기를 했다.

"폐암을 앓던 남편이 죽었어요. 뒤치다꺼리가 복잡했죠. 지금은 해변에서 팬션을 하며 애랑 같이 살아요. 얼마 전 꿈에서 저승사자를 만났더니, 너 아니면 네 아들이라도 데려가려고 했는데 내가 졌다, 그러데요. 남편을 대신 데려갔나 봐요. 암튼 고맙다고 했어요. 아들이 군대 갔다가 와서 잘 사는 것을 보니까 안심이 되네요. 개도, 건강이 너무 안 좋아서 의가사 제대 했거든요. 지금은 건강해요."

나는 그녀의 말을 들으며 내 뺨을 어루만졌다.口

라스트 컴퍼니

1.

눈앞의 숲은 젖은 채로 달빛에 반짝인다. 그 뒤에 깊게 가라앉은 어둠이 너는 더 두렵다. 보고 싶지 않아도 점점 거리를 좁혀오는 푸릇한 광원들이 동공을 몇 배로 팽창시킨다. 접근 속도에서 누군가의 명령으로 강력하게 통제된 기운이 느껴진다.

당장 저들에게 살해당할 것 같은 느낌은 아니다. 어쩌면 짐작이 빗나가 온몸이 갈기갈기 찢길지도 모를 일이다. 너는 사방으로 눈길을 돌린다. 멀리 숲의 우측 너머로 폴리스 돔이 흐릿한 실루엣을 드러낸다. 돌아갈 수 있을까, 생각한다. 죽지 않고 돌아가야 한다. 아직 손목에 찬 스마트 밴드가 기능을 회복하지 못했다는 것이 문제다. 체열로 인해 습기가 줄어든다면 방향이나 위치를 다시 알려줄 수 있을 거다.

너는 암벽에 기댄 채로 다가오는 짐승들과 최대한 거리를 유지하려고 애쓴다. 이제 십 미터도 안 되는 거리에서 맨손으로 저항할 방법은 없다. 저들이 흥분해서 날뛰고 달려들어 물어뜯지 않는 것만으로도 다행이다. 우우, 크으… 저들끼리 의사 표현을 하는 것을 듣고 있으면 섬뜩하다. 살아있는 것들에 대해 광폭하게 반응하는 저들의 출현을 예측하긴 했다. 하지만 지금 너는 예측이 아닌 공포의 실체와 섬뜩하게 만나고 있다. 쿰쿰한 이끼 냄새조차 머리를 짓눌러 판단력조차 흐릿하다. 비구름이 밀려나 산 능선에 살짝 내민 달빛이 유일한 위로다. 어둠을 향해 손을 내밀고 손바닥을 펼친다. 눈빛에서 공포감을 빼내어 상대와 마주하고 천천히 손을 거두며 부드럽고 따뜻한 목소리를 낸다. 오옴 …. 어린아이가 옹알거릴 때와 비슷한 파장이다. 옴 소리가 만드는 성대의 진동이 어떻게 전해졌는지 모르지만, 콧소리가 퍼지자 저들은 웬일인지 급한 전진을 늦추고 있다. 방금 숲을 뒤지며 쫓던 때와는 전혀 다른 행동이다.

쉬잇.

순간 낮고 차가운 소리가 바위를 핥는다. 동시에 검은 물체가 급하게 다가온다. 폐공이 활짝 열린 짐승들의 가쁜 숨소리도 코앞에 있다. 비린내가 진동하는 가운데 달빛 아래 보이는 것은 몇 마리의 짐승과 긴 머리의 사람이다. 늑대인가? 하이에나 같기도 하다. 사람의 손이 억세게 너의 어깨를 움켜쥔다. 저항할 틈이 없다. 두려움 때문에 심박수가 잔뜩 올라가고 호흡도 매우 거칠어진다. 살아 돌아갈 수 있을까?

너는 덩굴로 결박당하는 동안 아무런 저항을 하지 않는다. 완강한 손이 너의 가슴과 뺨을 밀어 바위에 몸을 바짝 붙여놓는다. 그리고는 손목에 붙인 바이오 밴드를 풀고 슈트 안에 붙어 있는 비상 장비와 시료들을 꺼낸다. 시료를 담은 크고 작은 병들이 날아가 바위 위에서 박살이 난다. 그 안에는 회사가 원했던 여러 가지 생명체가 들어 있다. 이를테면, 흐린 강물에 살아남은 깔따구류(類)나 말거머리 혹은 진흙 속의 뱀장어 같은 것들…. 오염도 표본조사 결과 지난 5년 동안 오염도가 달라진 것은 사실이었다. 심지어 계류에서 몇 마리의 날도래를 채집한 것까지 보고되어 있다. 너는 비교적 맑은 물에 사는 강도래를 보고 싶다. 희망을 버리지 않았다. 생명은 언제나 강한 것이니까 독하게 살아남은 놈들이 번식 중일 수도 있다. 특히 상류에서 반딧불 애벌레라도 채집한다면 엄청난 수확이다.

이 땅은 우리가 주인이야.

남자는 결박한 너의 몸을 앞으로 밀면서 말한다.

축축한 숲길을 걷기가 어렵다. 척추를 반듯하게 세우고 너는 가능한 한 의식을 집중하려 한다. 황망히 끌려가 짐승들의 밥이 되거나 아니면 저들이 필요한 물건과 바뀔 신세가 될지 모른다. 회사는 살아있는 것들 중 인간이나 개, 쥐 따위를 제외하고는 생명이란 생명은 모조리 비싼 값으로 팔아치웠다. 반출이 금지된 누에나방이나 청띠신선나비의 유충을 유로파 여행자의 에어백에, 더러는 타이탄으로 가는 화물칸에 실려 보냈다. 공공연하게 고위층까지 나서서 지구를 빠져나갈 수 있도록 거래를 돕는 사례가 많았다.

누구도 우리 것에 함부로 손댈 수 없어.

남자가 너의 목에 걸린 물건을 낚아채며 말한다. 그리고는 거기 달린 자그만 뿔 조각으로 너의 이마를 세게 찍어 누른다. 불규칙한 발소리가 너를 계속 떠밀고 있다. 그가 이끄는 대로 앞을 향해 움직인다. 중심이 흐트러지고 의식이 흐릿해진다.

2.

어제 아침 나는 종이 위에 새로운 글자를 남겼다. '오리라.' 좋은 일이건 나쁜 일이건 때가 올 것이라는 뜻이지만 '기대하는 사람이 올 것'이란 뜻도 있는 말이었다. 추측이나 기대 혹은 예언을 품은 이 글자가 마음에 들었다. 글자가 반듯한지 약간 흥분한 상태로 단어의 배열을 바라보았다. 2079년에 구식 종이와 흑연으로 된 연필을 사용한다는 것 자체가 마음을 들뜨게 하는 일이었다. 나는 오랫동안 이런 방식을 즐겼다.

G지구의 콘트롤타워에 앉아 새로운 주거지와 일터가 확정된 신입에게 메시지를 보내는 것으로 나는 오늘 일과를 시작한다. 내가 읽은 너의 프로필은 '감염과 유전'에 관한 특별 지식을 가진 남성이었고, 30세가 되는 첫날인 어제 U구역의 맨 외곽 거주지로 모든 사물을 옮겼다고 보고되어 있다. 나는 너에게 새 일터의 상사가 누구인지 문자로 알려준다. 그리고 바깥세상이 잘 보이도록 강화유리로 보호된 콘트롤 타워에 앉아 너를 기다린다. 너에게 생일 선물도 건넬 생각이다. 벽장의 금고에 밀봉하여 보관해오던 물건이 있다.

어제 노트에 남겼던 '오리라'라는 문장 앞에 '너'라는 단어를 얹어 보았다. 이제부터 너에 대한 기록도 남기게 될 것 같다. 모니터를 자세히 들여다보고 있으면 보통은 상대의 감정이 느껴진다. 심박수, 호흡량, 표정, 근육의 긴장도 같은 것으로도 사실 충분하다. 더 자세한 것은 몸속에 든 동작 감지 센서가 동공의 변화까지도 체크해 주고 있으니 베테랑이 아니더라도 상대의 생각이나 속마음을 대충 읽어낼 수가 있다.

나는 체크된 수치에 절대적인 믿음을 보내진 않는다. 이미 너의 신상을 충분히 다 알고 있는 이상 예민하게 긴장하고 싶진 않다. 사람에 관한 한 늘 변화가 생기고 예외가 존재한다. 게다가 컴퓨터로 흘러든 정보는 비밀이 없다. 그런 거다. 컴퓨터가 업무상 필요한 작업을 수행할 때, 나는 개인의 인성과 잠재력을 체크하는 검사관 역할을 할 뿐이다. 내가 컴퓨터가 아닌 수기(手記)로 뭔가를 쓰는 일에는 묘한 즐거움이 따른다. 천지개벽으로 파워가 소멸되어도 물리적 훼손이 아니라면 흑연의 기록은 남아 있을 테니까. 가장 불리한 조건에서조차 내용을 간직할 수 있어서 좋다. 특별하구나, 생각할수록 연필이 좋아진다. 칼로 뭉툭한 연필 끝부분을 깎아 잘 다듬은 후 조용히 기록할 준비를 하고 있다.

연필을 쥐고 있으면 무엇이라도 쓰고 싶어진다. 애매한 기대 때문에 미래가 더 궁금하고 신선하게 느껴진다. 그래서 좀 엉뚱한 상상도 해본다. 중요하다 여겨지는 것을 제거하면 무슨 일이 생길까? '너'를 '사소하게'라는 단어로 대치한다. '사소하게 올 것이다…' 결정된 문장을 몇 번 입으로 우물거리다가 멈춘다. 어떤 느낌이 스쳤기 때문이다. '불행의 조짐은 사소하게 올 것이다.' 그래, 과거는 그렇게 왔었다. 쓰고 나서 그것을 수정하지 않고 나는 미간을 잔뜩 찌푸린다.

  프로파일 상에 너는 3년을 H지구의 P1408에서, 14년을 P353에서, 나머지 13년을 G지구의 T2872에서 살았다. 모두 정부가, 아니 회사가 시킨 일이다. 너는 회사가 미래를 걸고 생산한 특수 품목이므로 다양한 방식의 품질 관리 과정을 거쳐야 한다. 너와 같은 신인류는 뜻하지 않게 관리를 포기해야 하는 경우도 적지 않다. 일부는 로봇처럼 폐기되고 일부는 추방된다.

  폴리스 돔의 정보 분석실을 맡고 있다가 검사관이 된 것은 회사가 내 경험을 믿었기 때문이었다. 특히 2020년과 2025년 사이에 출생신고가 급락할 것이라는 사실을 미리 파악하고 나서 미래 사회의 역동성을 회복하기 위해 신인류의 생산을 서둘러야 한다고 주장한 사람이 바로 나였다. 기존사회의 붕괴는 젊은이들이 가정을 꾸리지 않으려 한 것도 중대 이유가 되었지만, 가정을 가진 자마저 사회를 불신하고 임신과 출산을 거부한 탓이었다. 학교가 문을 닫기 시작하면서부터 하나 둘 사회의 시스템이 무너져버렸다. 그야말로 미래는커녕 당장 돌아가는 일도 버거워졌다. 영국, 프랑스, 독일 ,미국, 오스트레일리아, 인도, 중국…지상의 모든 나라가 비슷한 상황이었다. 하루라도 빨리 아이는 국가가 생산해야 합니다. 나는 인류의 멸종을 막을 방법을 제안한 것이었다.

  이전의 세상, 그러니까 50년 전만해도 사람들이 자유의지대로 임신하고 애를 낳아 기르고 여행을 다닐 수 있었다. 문자와 영상으로 남긴, 재앙이 시작되기 직전 상황을 보면 다소 불편하기는 해도 사랑하는 사람을 만나 사는 것이 보기 좋았다. 위기는 수시로 찾아 왔지만 그것 때문에 삶을 포기하는 법은 없었다. 안타깝게도 과학자들이 예측한 위기를 어떻게 해서든 해결해보는 시도를 국가가 서두르지 않았다. 극지와 히말라야, 알프스의 얼음과 눈들이 녹아내리고 수많은 섬이 물속으로 사라지고 있는데도 대책 없이 모여서 자국의 정치 경제 사정만 앞세웠다. 게다가 2025년 겨울 커다란 혜성이 접근하면서 자장의 쏠림 현상이 생긴 뒤 갑자기 많은 변수가 겹쳤다. 대륙판이 크게 움직였을 때조차 그렇게 치명적인 재앙이 찾아온 줄 몰랐다. 하지만 그로 인해 지진과 쓰나미가 늘어나고 여러 나라에서 가동하던 원자력발전소가 파괴되면서 지구는 순식간에 망가지기 시작했다. 태평양이 들끓자 잔뜩 휘저어진 심해로부터 쓰나미가 올라와 일본을 반쯤 가라앉히고 나서 이듬해에 기지개를 켜듯 백두산이 터졌는데, 용암 때문에 주변 도시가 대부분 사라지고, 화산가스가 치솟아 동아시아의 하늘에서는 1년이 넘게 햇빛조차 볼 수가 없었다. 내 나이 18세 무렵이었다.

3.

너는 정확히 오전 9시에 컨트롤 타워의 문에 들어선다. 나는 다가오는 너에게 악수를 청하면서 포옹으로 인사를 나눈 다음 곧바로 업무 관련 브리핑을 시작한다. 여러 대의 모니터와 연결된 메인 컴퓨터가 최첨단 인터페이스를 통해 여러 개의 영상 정보를 동시에 보여주고 있다.

여기서도 밖에서 일어나는 일들을 대충 알 수 있지.

놀랍습니다.

여길 보게. 방사능과 악천후, 감염으로부터 안전하기를 원하는 사람들이 저기에도 있어.

나는 가벼운 핸드 모션으로 스크린 전면에 있던 원형의 지구를 클로즈업시켜 우리와 교류 중인 이방의 폴리스 돔을 찾아낸다. 바이칼호수 근처에 있는 피라미드형의 구조물 셋, 위구르의 산악에 크리스탈 모양으로 세운 구조물 두 개. 그것을 보는 너의 눈이 반짝인다.

우리가 그랬듯이 지난 50년 동안 그렇게 살아남은 사람들이 있었던 거야. 하지만 아직까지도 허물어진 국가를 추스르지 못하고 서로 연대할 환경을 만들지 못해 누가 어디서 무엇을 하는지 세세히 알 수는 없지. 초국가적 기업들이 띄운 위성 안테나에 잡힌 것을 보면 분명히 0.1% 정도는 살아남은 것 같아.

제 양부모님은 지하벙커로 대피하셨다는 말을 들었습니다.

나도 그렇게 살았다네. 너무나 많은 사람이 사라졌지. 그래서 서둘러 돔을 만들고 자네처럼 미래를 짊어질 능력 있는 인재를 탄생시킨 것이네. 우리는 이 위태로운 별을 떠나 안전한 곳에 새로운 문명을 구축하려 해. 그런 의미에서 모두의 운명은 이미 정해져 있어.

너는 말없이 영상의 움직임과 내 말에 집중하고 있다.

능력만 보여주면 돼.

말하는 동안 십 년 단위로 편집된 지구의 변모가 빠르게 지나간다.

우린 한동안 햇빛이 사라진 산과 들에서 전깃불로 농작물을 키웠어. 그것들이 요즘은 진짜 햇살을 받게 되었으니 상황이 변한 거야.

정말 좋아졌다는 말을 들었어요. 엑스트라들(돔 밖의 사람들을 지칭함)의 공격도 줄어들었다고 하던데….

그렇지. 견딜 만하니까 폭력이 불필요해진 거지. 사람 입에 넣을 벌레조차 찾기가 어려웠던 때가 있었어.

숲이 강물이, 바다가 어떻게 되살아나고 있는지 나는 알고 있다. 최악의 정점에서 빠져 나와 반백 년을 달려온 것이다. 하지만 책에 있던 수많은 종은 거의 사라져버렸고, 설령 살아 있다 해도 제 모습이 아니다. 이목구비가 변했으니까. 민물과 짠물에 서로 적응한 물고기들은 척추가 굽고 지느러미가 비정상으로 커졌거나 없어졌다. 그런 생선들을 먹고 산 까닭에 피부가 짓물러진 사람들…. 가짜 약이 밀거래되고 있고…. 회사는 그렇게 생각하지 않겠지만, 나는 여기서도 인류의 운명을 바꿀 수 있을 거라 믿는다.

앞선 지식을 가진 자네가 오늘부터 진실을 찾아보게. 그리고 이 마스코트….

너의 손에 귀한 목걸이 하나를 건넨다. 가운데에 가젤의 뿔 조각이 들어 있다. 그것을 목에 늘어뜨려 보더니 너는 냄새를 맡는다. 사물에 박힌 오래된 사연이 후각으로 찾아질까? 침향이 든 상자에 보관했던 것이긴 하다. 그것을 쥐고 너는 밝은 표정 아래 긴장감을 숨기고 있다.

삼십 대 초반일 때 나는 팀을 꾸려 신소재의 합성에 필요한 광물을 얻기 위해 채굴 흔적이 있는 곳을 찾아다닌 적이 있었다. 암석 무더기 속에서 생명이 살고 있으리라는 것을 누가 상상이나 했을까. 이끼와 덤불만 남은 황무지였는데 작업 중 놀라운 일이 벌어졌다. 앞을 가로지른 것은 가젤. 이 한심한 동물은 몸을 가눌만한 바위 굴 속에 숨어 있다가 자기보다 수십 배나 큰 덩치의 장비가 밀려오자 뿔로 들이받았다. 쏟아지는 서치라이트 앞에 쓰러져 허우적거리는 작은 짐승을 보고 나는 동료에게 장비의 엔진을 끄게 하고는 몸을 낮춰 무릎걸음으로 다가갔는데, 놈의 목은 이미 젖혀져 있었다.

4.

오래전부터 국가보다 더 막강한 조직력과 경제력을 기업주들이 소유하고 있었다. 국가 기능이 마비된 지구 위에서 정부보다 치밀한 조직을 가진 기업체의 운영자들이 머리를 맞댄 끝에 결국 남은 생명이 거주할 수 있는, 도시국가형태의 폴리스 돔을 세우기로 하고 생명 윤리의 준칙을 공포하였다. 돔과 함께하는 새 역사의 첫 장은 다음과 같은 문장으로 시작되고 있다.

우리(회사)는 허락하지 않은 시민의 자연 임신과 출산을 불법으로 규정하며, 돔의 번영을 위해 회사가 건강한 시민을 생산하는 것을 원칙으로 한다. 시민의 권리와 의무는 회사가 정하며….

국가는 허울이고 사람이 아닌 기업 조직이 주체가 되는 세상을 사실 나는 두려워했다. 신인류가 아닌 기존 시민은 대부분이 나처럼 가까스로 살아남은 생존자이고 취약한 환경에서 로봇과 함께 돔 건설에 참여한 사람들이었다. 우리 중 일부는 신인류의 양부모 역할을 맡긴 했어도 실제로 자신의 2세를 갖는 것을 허락받지 못해 불만이 많았다. 재앙으로 잃은 가족을 로봇이 대신하는 것도 한계가 있었다. 회사는 핵전쟁에 대비해 마련했던 대규모 지하벙커가 있는 곳을 최적지로 삼아 돔을 지었다. 8년 만에 그것이 웅대한 모습을 드러냈을 때 두려움은 기대로 바뀌었다. 돔은 치명적인 방사능의 유입을 차단하고 생존에 필요한 물질을 거의 보장 받을 수 있는 곳이었다. 거대한 수조에 정화시킨 바닷물을 담고 물고기를 양식하는 일, 첨단 제어시스템을 이용해 계절에 맞게 곡물과 과일을 얻어내는 일도 치밀하게 진행해왔다. 과거의 체제에서 가장 크게 문제가 되었던 과잉생산을 피하고 생산과 소비의 균형을 맞췄다. 그리고 특별히 능력과 효율을 감안하여 미래에 함께할 사람들을 선별해 이마에 지워지지 않는 물감으로 표식을 했다. 때문에, 적지 않은 사람들이 표식을 받지 못하고 외부로 쫓겨났다. 하지만 그것이 곧 불행이 되거나 죽음을 의미하는 것은 아니었다.

신인류의 출현은 2036년부터 돔에서 매년 약 9백 명의 태아를 만들어 등록한 것으로부터 시작되었다. 현재까지 이 도시의 인구는 정확히 14만 4천명. 돔이 수용할 수 있는 최적 인구였다. 그동안 회사는 꽤 많은 사람을 북문으로 추방시켰다. 그들은 주로 의약품, 무기, 마약 등의 불법거래와 외지인과 내통, 여러 유형으로 돔의 재물을 손괴시키는 행위, 폭력, 법의 허락 없이 임신과 출산을 기도했다는 항목으로 쫓긴 자들이었다. 특히 불법 임신인 경우, 건강한 인간이 아닌 불량 인간이 출산

되고 나면 육아·교화·치료로 많은 비용과 노력이 소진되기 때문에 처벌이 불가피했다.

폴리스 돔은 감옥이다. 그런 소문이 떠돌기도 했다. 성서의 창세기를 기억하는 사람들이 많았다. 야훼가 그랬듯이 신은 조건 없이 인간을 구원하지 않는다. 돔은 파라다이스처럼 보이긴 해도 희생이 필요한 곳이다. 안의 속박을 차버리고 바깥 세상으로 나오는 것이 바로 진정한 구원이다. 속박 속에 사느니 차라리 끓는 용암을 택하라. 그런 이야기는 점점 살이 붙어 가슴 뭉클한 전설이 되고 있었다. 실제로 그런 내용을 적은 종이책을 보았다는 이도 나타났다.

너는 아리돔의 성소(聖所)라 불리는 열세 번째 배양기에서 만들어낸 신인류이다. 회사는 자궁과 똑같은 조건을 가진 곳에서 너희들을 키웠다. 기록에 의하면 네가 태어난 P1408의 출생 조건이 돔 안에서 가장 완벽했다. 너를 위해 품성 좋고 이성적인 사람을 부모로 선정하여 돌보게 하고, 회사는 네가 감염 없이 건강을 유지할 수 있도록 최선을 다했다. 더불어 몸속에 신경과 연동되는 뉴 모델의 전자장치와 지능 칩을 심어 어떤 일이 일어나든 어떤 상황이든 최상으로 반응할 수 있게 했다.

검사실로 갈까?

나는 너를 데리고 남쪽 복도 끝에 위치한 검사실로 간다. 창이 넓은 발코니가 붙어 있어서 밖이 잘 내다보이는 곳이다. 오늘은 먼 곳까지 시야에 들어온다. 그랜드캐넌 같았던 황무지가 몇십 년 사이에 엄청나게 변했다. 나는 초록의 지형이 번져나가는 것을 예민하게 지켜본다. 한 달 전의 위성사진과 오늘의 것이 너무나 다르다. 강의 모습도 수시로 바뀌고 있다. 그만큼 날씨 변화가 가파르다. 오늘 공기는 유난히 신선하고 꽃향기 같은 것이 솔솔 느껴진다. 네가 검사석에 앉는 것을 확인한 메인 컴퓨터는 톤이 없는 두툼한 기계음으로 너의 신원을 확인한다.

검사용 특수 체어가 너를 싣고 세미 캡슐로 이동하는 것을 눈으로 보고 있다. 그 안에 누워 있는 너를 스캔하는 동안 다음과 같은 문자가 떠오르고 있다.

Q29631863, 30세, 아리돔의 남성.

나이를 생각해 본 지 오래되어 실감은 나지 않지만 너와 나는 정확히 40년 차이다. 내가 20대 청년이었을 적이 생각난다. 선친은 '2002년 월드컵' 축구경기를 관람했던 이야기를 자주 했다. 나도 너른 초원에서 짐승처럼 뛰는 경기를 매우 좋아했다. 재앙의 순간에도 지구 어디선가는 젊은이들이 공을 찼다는 기록도 있다. 젊은 시절에 대한 그리움 때문에 나는 너와 같은 신인류들을 20세 수준의 바이오리듬에 맞춰놓았다. 세월의 흐름 때문에 내 외모가 크게 달라진 것에 대해 마음이 불편한 것은 사실이다. 그렇다고 내색하진 않는다. 암튼 내가 아무리 회사의 요직에 있다 할지라도 너처럼 선택받은 자들과는 처지가 같진 않을 테니까.

메인 컴퓨터의 확인이 끝난 뒤 나는 너에게 묻는다.

흙을 밟아본 적 있는가?

없습니다.

내 입에서 뜻이 복잡한 미소가 살짝 빠져나간다. 내가 들은 너의 목소리는 캡슐 안에서 공명하여 약간 부풀어 있다.

오늘은 바깥세상으로 나가게 될 거야. 중요한 일을 해야 하네. 갑자기 우린 너무나 많은 종(種)들을 잃어버렸어.

기대됩니다.

하지만 위험한 일이지.

돔에서 태어난 사람 중에 정말 몇 사람이나 밖의 세상에 대해 알 수 있을까. 그리고 몇 종의 생물을 본 적이 있을까. 보통 사람들이 이제까지 알고 있는 하늘은 언제나 푸른색이지만 아쉽게도 스크린이나 모니터로 보는 것에 불과하다. 멸종의 범위에 대해서도 모르긴 마찬가지다. 사람들은 실제 건물 밖의 끔찍한 환경에 대해서 잘 알지 못한다. 그것을 알려고 하는 것은 위법이다. 물론 너는 아니지만….

오늘부터 Q29631863은 회사의 요원으로서 외지의 출입을 허락한다. 반드시 규정은 지키도록. 요원들은 모든 장비와 함께해야 하며 혼자서 다닐 수 없다. 엑스트라와 개별적으로 접촉해서도 안 된다. 외출은 24시간 이내로 한한다.

나는 너에게 허가만큼이나 중대한 금기 사항을 전달한다. 오늘에서야 네가 비로소 세상 밖으로 나가 혼돈의 실상을 만날 수가 있다.

5.

너의 양부모는 꿀벌을 키우는 게 꿈이라고 했다. 그건 수많은 사람의 꿈이기도 했는데 폴리스 돔의 양봉업자가 되려면 회사로부터 팔방(八方)의 벽을 가진 돔의 외곽 지역에 거주지를 얻어야 가능한 일이었다. 밖의 세상과 통하고 햇살을 받으며 몇 종 안 되는 새와 곤충들을 볼 수 있는 특별한 권리를 가진 사람들이었다. 그들은 가상이 아닌 실제 꽃을 만지고 냄새 맡고 게다가 달콤한 꿀까지 얻을 수가 있어서 부자가 되었다. 너의 부모는 특별한 재능을 갖고 있거나 회사에 인맥을 가진 바가 없었다. 너무 평범하다고 해야 할 사람들이었다. 하지만 네가 성인이 될 때까지 정성껏 살펴준 보답으로 회사는 마침내 꿈을 이루게 해주었다.

출생지인 P1408에서 3년을 지냈던 것을 너는 기억하지 못한다. 다만 회사의 출생기록이 거기서 살았던 증거다. Y353에서 부모와 14년을 산 것의 대부분은 생생히 기억한다. 가정생활 외에 아트홀이나 스포츠홀에서 또래와 어울렸던 기록도 남아 있다. 지능로봇의 개별소유는 허락되어 있지 않았다. 미성년에게 4시간만 빌려주는 10킬로 미만의 애완로봇만 허락되어 있었다.

우리도 곧 어른이 될 거야. 나중에 성인클럽에서 보자.

Y353에서의 마지막 밤에 성인이 되는 것을 축하해주던 남녀 친구들이 밤 10시가 되자 돌아갔다. 너는 부모님과 약 한 시간 동안 이별을 아쉬워하며 어린 시절을 마무리하고는 방으로 들어가 들뜬 마음을 가라앉혔다. 벽장의 모니터는 새로 갈 집에 대한 정보를 홈쇼핑 광고처럼 상세히 보여주고는 깊은 수면을 위한 릴렉스타임으로 넘어갔다.

18세의 첫날 아침에 눈을 떴을 때 너는 이미 T2872에 있었다. 자는 동안 이동 튜브로 내려가 몸이 침대에 실린 채로 먼 거리를 이동했다. 성인으로 살게 될 새집의 공기는 신선했고 약간 에테르 비슷한 냄새가 났다. 얼마 후 튜브에 딸린 우편 통로로 커다란 짐 하나가 밀려들어 왔다. 너는 그것을 방 한가운데 세워놓고 정원관리용 구식 커터로 포장지를 잘랐다. 뜻밖에 청년 형상을 가진 로봇이 들어있었다.

카토 쿠라스 수르라 리토.

로봇은 일어나자마자 뭔가 엉클어져 있는지 눈도 제대로 깜박이지 못하고 이상행동을 하며 지껄였는데, 팔을 몸체에 붙인 채로 움직이고 의도한 몸짓을 전혀 쓸 줄도 몰랐다. 아마 초기 상태인 것 같았다. 너는 모든 로봇의 기초 언어가 에스페란토로 되어 있다는 것을 기억하고는 손목에 찬 번역기를 돌렸다.

방금 한 말 다시 말해 봐.

카토 쿠라스 수르 라 리토(고양이가 침대에서 뛰어다닙니다).

너는 초기 상태에서 헛소리를 하는 로봇의 카탈로그를 살펴보고 방금 출고된 제품을 어떻게 사용해야 하는지 살폈다. 다양한 업무지시와 생활에 도움을 줄 목적으로 출시된 보급형 도우미를 갖게 된 것이었다. 삶의 질이 크게 달라지는 순간이었다.

넌 누구지?

미 에스타스 비아 카토(나는 당신의 고양이입니다)

카토(고양이) 좋아하네.

넌 방금 커터로 포장지를 자를 때의 느낌을 생각했다. 두려움과 기대, 그런 것이 이 로봇에게 받은 인상이었다.

넌 커터야. 그리고 앞으로는 우리말로 해.

커터…커터. 잠시 로봇은 중얼거리다 말고 벽 쪽으로 가서 왼손을 통째로 일렉홀더에 넣고 스스로 업그레이드와 충전을 시작했다.

그때부터 너는 청년 형상을 가진 34 킬로그램의 범용 로봇 커터와 모든 생활을 함께했다. 주로 의학 관련 학습을 위해 필요한 안내를 받았다. 커터는 친구 역할이나 교습자 또는 업무 조언자로서 손색이 없는 로봇이었다. 한번은 돔의 꼭대기 층으로 올라가서 1966년에 태어난 113세의 노파의 몸을 체크한 적이 있었다. 한지처럼 얇은 피부는 검버섯과 물집으로 덮여 있었는데, 회사는 그녀가 심각하게 발병한 사실을 숨기고 너의 진단을 지켜보기로 했다. 너와 커터가 노파와 첫 대면을 했을 때, 그녀는 허리를 잔뜩 구부린 상태에서 배가 아프다고 호소하며 구토를 하고 있었다. 게다가 팔다리의 근육이 너무 적어서 몸을 가누지도 못했다. 그녀가 가물가물 꺼져가는 소리로 '속에 너무 아프… 오줌이 빨개'라고 했다. 그때 함께 하고 있던 커터가 몇 마디 조언했다. 햇빛에 노출되면 피부에 화상을 입고 물집이 생긴…잇몸의 구조가 변해 치아가 이상하… 비정상적 대사와 연관된 포피리아를 의심해 볼 수 있지 않을까? 둘은 이틀을 병실에서 함께 시간을 보냈다. 적정 시간에 진통제를 투여하고 헤모글로빈을 보충한 뒤 그녀에게 직접 들은 여러 이야기 중 몇 가지를 진단서 비고란에 남겼다.

부모님은 해방 전 지리산 오지에서, 그래 거기서 사람들 눈을 피해 살았어. 일본이 강제로 사람을 끌고 가니까 누이와 둘이 산속으로 도망친 거지. 거기서 있다가 해방 후 작은 마을로 나와 애를 낳았는데….

너의 진단 소견은 마녀로 변해갈지도 모르는 노파의 증세를 완화시키는데 도움을 줄 수 있었다.

커터는 대략 8년을 너와 함께 했다. 검역소에 첫 일자리를 얻던 날 너는 그동안 정들었던 커터를 반납해야 했다. 며칠 후 너는 체중 47 Kg, 키 159 Cm의 반려 로봇을 지급해달라고 회사에 요청했다. 그건 법이 허락한 최고 선택사항이었다.

6.

신원을 알 수 없는 자가 광장에서 사람들을 붙잡았다.

회사는 결국 우리를 떠날 겁니다. 모두를 데려가진 못할 테니까요. 만약 당신이 불행하게도 남게 된다면 어떻게 하시겠습니까?

그는 흰색 두루마기 차림이었는데 매우 우렁찬 목소리였다. 정상적인 사람 중에 회사의 태도를 비판하거나 약간 불만을 드러내는 자가 있긴 했다. 회사는 불쾌한 반응을 하면서도 사람의 불안 심리를 고려해서 그것을 심각한 위법으로 처리하진 않았다.

거의 모든 사람은 로봇처럼 아무 반응 없이 그의 곁을 지나갔다. 걷거나 달리거나 두 팔을 몸에 붙이고 서 있거나…. 실제로 그들은 그러한 것에 전혀 관심이 없는 로봇이었을지도 모를 일이었다. 한 사람이 뒤를 바라보며, 그건 운명에 따를 수밖에 없지 않느냐고 대꾸했다. 어떤 사람은, 이 찰나의 시간에 일어나는 모든 번민은 가짜일 수 있으며 머릿속에서 지우기만 하면 될 거라고 말하기도 했다.

당신이 대답해 보시오.

흰 두루마기가 막 스쳐 지나가는 너를 붙들려고 했을 때 문득 팔꿈치가 드러났는데, 작은 밸브와 근육섬유로 연결된 금속이 거기에 매달려 있었다. 너는 그가 고생한 사람처럼 느껴져 그의 불온한 말에는 대꾸하지 않을 생각이었다. 입을 굳게 다물고 엄숙한 눈빛으로 그를 바라보았다. 뭔가 확인할 요량으로 윗도리를 벗겨보기 전에는 로봇인지 진짜 사람인지 알 수 있는 일도 아니었다. 그래서 광장을 오가는 대략 30명 사람이 그랬던 것처럼 흰 두루마기의 태도에 크게 동요하지 않고 그냥 지나치려 했던 것이었다.

그때, 한 젊은 여자가 스피드 롤러를 착용한 채 1m가량의 폭으로 된 에스컬레이터 로(路)를 타고 너를 향해 빠르게 다가왔다.

우린 언제까지 이 돔에서 살 수 있을까요?

여자의 음성이 또렷하게 들렸다. 목소리는 부드럽고 따뜻했으며 차림새나 머리카락의 색도 마음에 들었다. 너는 그녀가 누구인지 확인하기 위해 롤러를 움직여 그녀의 손에 닿을 듯 말 듯 가까이 갔다. 그러자 여자가 손을 내밀었다. 가까이서 보니 그녀는 분명 옛날 영화에서 본 배우와 비슷한 모습이었다.

회사가 허락하는 날까지겠죠.

너는 그 말을 하면서도 회사가 주문에 응답해준 사실을 눈치채지 못했다. 그러다가 그녀의 손바닥 위에서 같은 모양의 링 두 개가 반짝이고 있는 것을 보고 가슴이 쿵, 내려앉았다. 회사가 보낸 반려로봇. 회사는 원하는 사양을 최대한 반영해준 것 같았다. 이런 로봇은 섬세한 이성과 다르지 않게 배우자로서 동등한 능력과 자질을 가졌다는 사실을 너는 다시 한번 기억했다.

상냥하면서도 이성적이고 강한 면모를 갖춘 여성 로봇이면 좋겠습니다. '헝거 게임'이라는 옛 영화를 좋아하는데, 그런 주인공이면 함께 살고 싶다는 생각을 한 적이 있습니다. 제 스타일을 참고해주신다면 리콜을 요구하는 일은 없을 거구요….

너는 재빨리 그녀의 손에서 링 하나를 집어 들었다.

회사가 허락한 날까지….

남은 링을 여자는 자기 손가락에 끼우며 똑같이 말했다. 회사가 허락하는 날까지. 특수 피부를 가진 반려 로봇은 실제 사람과 구별하기가 어렵다는 것을 그때 알았다. 거품을 많이 낸 달걀흰자와 설탕의 혼합물로 만든 머랭이라는 음식 알아? 아주 달콤한 맛을 가진 것인데 이제부터 널 머랭이라고 부를 거야.

7.

머랭은 네가 도착하고 약 40분쯤 뒤부터 나를 찾아와 검사실 앞 대기실에서 일이 끝나기를 기다리고 있다. 그녀는 네가 검사실에서 나오자 슈트가 흐트러지지 않았는지 확인한 후 가볍게 너를 끌어안는다.

오후에 통신망이 끊기는 상황이 생길지도 모른다고 했어요. 태양의 흑점 활동이 심해질 거래요.

그녀는 변수가 될 악천후를 걱정하고 있다.

그리 위험하진 않을 거야.

나는 너와 그녀를 안심시킬 말을 찾는다.

문제가 생겼을 때 자신에게 믿음을 가지면 돼. 의지가 힘이 될 거야. 생각이 많으면 혼란스럽겠지만 너무 걱정하지 말고….

머랭의 직감을 나는 이해한다. 로봇도 지혜를 갖고 생각하므로 고민하는 방식이 사람과 같다. 외지(外地) 임무에서 받은 스트레스 때문에 신인류의 상당수가 심리치료를 받았던 사실을 그녀가 모를 리 없다. 2060년 중반에는 스스로 자신을 파괴하는 자살 로봇까지 생겼다. 사실 원래부터 인격(人格)을 물격(物格) 위에 올려놓는 것이 무리였다. 어마어마한 돈의 가치를 지닌 물건이라면 여러 사람의 목숨으로도 바꾸지 못하는 경우가 허다하지 않던가? 무엇이든 필요충분조건만 갖춰지면 활성 상태가 되고 아니면 움직임을 멈춘다. 생물과 무생물은 조작의 메카니즘이 다를 뿐이다. 로봇은 사람의 요구대로 쓰이다 가는 도구가 아니다. 정말 그렇다. 시간이 흐를수록 이런 고민은 버그처럼 사람과 로봇 사이에서 자꾸 충돌을 일으켜 왔다. 로봇이 그랬던 것처럼 신인류도 폐기나 추방에서 예외일 수는 없다. 그러니 눈에 보이지 않는 인간과 로봇의 심리까지 회사는 철저하게 감시하려고 한다. 검사관의 업무는 그런 것이다.

너는 창문 사이로 이웃을 살짝 엿본다. 노부부가 망사로 감싼 모자를 쓰고 있는 것을 보고 그들도 양부모처럼 양봉업자라고 생각한다. 그들은 초기부터 회사를 지켜온 임원들이거나 그 후손으로 특권을 가진 사람들일 터다. 그들 중 하나가 차양이 있는 노란색 모자를 쓰고 창가에서 화분을 손질하는 머랭에게 손을 살짝 흔든다.

우리도 꿀벌을 길러 볼까?

불법으로요?

너와 머랭이 화단에 놓인 두 종류의 식물을 만지며 웃는다. 하나는 인조물이고 하나는 실제 식물인데 꽃이 막 향기를 뿜기 시작한 것을 알고 찾아온 손님 때문에 한 농담이다. 너는 그것을 경이롭게 바라본다. 짧은 시간 동안 내두르는 수천의 날갯짓이 역광을 받아 눈부시게 빛나고 있다.

아인슈타인은 꿀벌이 사라진다면 4년 후에 인류는 멸망을 맞이할 것이라고 한 적이 있었다. 식물들이 수정을 못 하면 씨나 열매를 맺지 못할 거라고. 그리하여 번식하지 못하니 곡식이 없어져서 생태계는 커다란 재난을 초래할 것이라고. 세상이 뒤집혀 꿀벌이 사라지기 시작할 때 회사 중진들은 꿀벌의 소중함을 잊지 않았다. 그 결과가 지금처럼 생명을 연장시키고 있는 것이다.

8.

나는 언제나 너를 지켜보고 있다. 나와 낯선 인물들 사이에 있는 너의 존재를 실감한다. 나 너 그들 사이에 각각 거리가 있다. 세상에서 나와 가장 가까운 이는 누구일까? 오래전 나는 가족을 잃었다. 그렇다고 반려로봇을 신청해 본 적은 없다. 가끔 로봇들이 가족에 대한 내 생각을 비집고 들어와 흔들다가 사라진다. 나는 글을 쓰고 있을 때 행복하다. 내 역할이 끝났을 때 누구에게 이 기록을 건넬 수 있을까. 연필 길이가 많이 짧아졌다. 지금 읽어보는 것은 이전에 기록한 나의 역사다.

내가 채식주의자가 된 이유는 나로 인해 훼손된 초식동물의 생명 때문이다. 숨을 놓아버린 몸의 일부를 돔으로 가져와 복제하기 전까지 그 일은 심각하게 마음의 짐이 되었다. 그러다가 몇 년 후 우리는 멋진 뿔을 지닌 초식동물 한 쌍을 만들어 남문으로 살려 보냈다.

너는 지금 바이오 밴드에 지시된 일거리를 가지고 머랭과 함께 2번 게이트로 간다. 지도에는 8개의 게이트가 있는데 미로와 비슷해서 세심하게 찾지 않으면 접근이 어렵게 설계되어 있다.

오래된 책에 의하면, 회사 대표는 스톤헨지를 상상하며 해와 특정한 별의 방향을 기준으로 삼아 거대한 벽과 기둥을 세우고 그 위에 돔이나 원형의 비행선을 올릴 구상을 한 것으로 되어 있다. 그런데 사람들은 이 신성한 계획을 이해하지 못했다. 그는 계획을 수정했다. 팔방으로 각진 건물을 600미터 정도의 높이로 올리고 위에 돔 형식으로 천장을 만들어 방사선과 악천후, 그리고 선택받지 못한 사람들을 차단하기로. 외곽과의 소통을 지원하는 여러 시스템을 만들어 외부 공기를 통해 들어오는 미세먼지, 바이러스나 곰팡이균 같은 것을 통제하기로. 돔은 재앙에서 살아남은 사람들이 수십 대의 양자컴퓨터와 인공지능 로봇, 시공 설비 전문 로봇을 계속 자기 복제를 시켜 완성하였다. 원거리에서 보면 틀림없이 거대한 해파리가 하늘을 향해 움직이는 모습이었다.

인류 공동체에서 화석연료 사용중단을 명령하기 직전, 쏘아 올린 우주선들을 서로 결합시켜 거대한 태양발전 기지를 조립했다. 에너지 위기는 사실상 끝났다. 그러나 무중력 상태의 허공에 거대한 구조물을 만드는 동안 자주 혜성이 다가왔고, 해일이 일어났으며, 뜻하지 않게 대륙판이 움직여 지구는 급격히 망가졌다. 치명적인 바이러스의 확산은 고사하고 그 후 몇 년 동안 동시다발적으로 이렇게 악재가 겹친 경우는 없었다. 나는 끔찍한 재앙에서 살아남은 기적의 생존자 중 한 사람이었다. 16세 때 해와 달과 별이 눈앞에서 떨어지는 것을 보았고 극한의 홍수를 경험했다. 화산의 불더미를 피해 눈을 떠보니 친구도 가족도 집도 나무도 모두 사라졌다.

우리가 우리의 모습을 닮은 인간을 만들자, 고 말한 성서의 기록을 나는 다시 한번 눈으로 확인한다. 정확히 너는 피조물이다. 우리는 감히 신(神)이라고 할 수 있을 만큼 막강한 힘을 가진 집단의 일원이고, 너의 생사마저도 결정할 수 있다. 하지만 우리는 피조물의 자유의지를 존중한다. 우리의 기대를 저버리지만 않는다면 너는 영원히 살리라. 삶과 죽음이라는 명제는 사실 심각하거나 거창하지 않다. 산목숨은 죽이기 쉽고, 죽은 목숨 재생 복제하는 것은 그리 어려운 일이 아니기 때문이다.

엑스트라들은 구시대로 돌아간 자들이다. 그들 대부분은 황량한 곳에서 조악하게 살고 있다. 주린 몸에 야생이 붙어 민첩하고 강해졌다. 그래서 회사는 그들을 통제할 목적으로 가끔 곡물을 출몰지역이나 거주지역 근처에 쏟아주곤 한다.

너와 머랭은 에스컬레이터로 움직이는 도로의 한복판을 지나 10m 높이의 회전 상승로 좌측을 넘어가며 웃음을 짓고 있다. 롤러 하부에 붙인 중력 감속장치나 무릎에 붙인 평형 장치가 둘의 안전을 도모해준다. 더 급한 일이나 큰일이 생기면 이동 튜브에 몸을 싣기만 하면 될 것이다. 한가한 피크닉이나 재미있는 모험은 집안에서 가상현실 장비를 머리에 쓰고 앉으면 무엇이든 가능한 일이니 실제로 둘이서 비행선을 타고 외부로 나갈 일이 없다. 너는 머랭과 북23Y4번 도로, 1,450미터 좌회전 34 미터 상승, 동21E5 도로 243미터…계속 빠르게 이동하고 있다. 거주지에서 2번 게이트까지 당도한 시간은 27분, 기록상에는 정확히 오전 11시다.

9.

나는 직원들과 함께 통제소에서 너의 일행이 장비를 점검하고 4인용 비행기를 타는 것을 확인한다. 보조원 3명이 중무장을 하고 기다리고 있다. 출구 앞 검문소에서 머랭은 다정하게 손을 흔든다. 반려로봇과 외부로 동행하는 것은 허락되어 있지 않다. 머랭은 몸을 돌려 왔던 길로 달려가고, 비행기는 서서히 출구를 빠져나가 숲을 향해 낮은 고도로 날아간다.

동력장치의 파워레벨이 상승하는 동안 너는 안내 방송을 하고 있다.

우리 시민이 당신들의 영역에서 약 4시간 동안 일을 하려 한다. 적대하여 해치는 일이 없도록 협조 바란다.

너의 목소리는 검은 숲에 침투하는 게릴라처럼 빠르게 지상으로 스며들고 있다.

일행은 모두 준비된 상태. 각자의 체중에 맞게 장비를 지니고 있다. 숲에는 거대한 가시덤불이 사방에 뻗어있고, 드문드문 자란 침엽수들도 철사처럼 단단한 잎사귀를 하늘로 세우고 있다. 그래서 진입이 어렵다. 너는 비행기를 계곡 쪽 강가의 돌밭에 착륙시키도록 지시한다.

날은 점점 습해지고 있다. 불과 한 시간도 지나지 않았는데 두터운 구름이 밀려와 어두컴컴하다. 외곽 지역은 이렇게 정밀 관측기로도 예측되지 않은 날씨다.

비행기는 조종사 없이 자동항법이 가능한가?

그렇습니다.

너는 안심한다.

일행과 너는 짧은 시간이지만 계곡 상류에서 몇 번의 포집 행위 끝에 1.5Cm 크기의 강도래 애벌레를 찾아낸다. 성충이 되면 풀잠자리처럼 날아다니지만 어릴 땐 주로 계류에서 사는

수서생물이다. 너는 숨을 죽이며 이 경이로운 생명체를 시료
에 옮긴다. 타자의 생명이 느껴진다.

간밤에 너는 머랭의 몸을 만졌다.

내일 위험한 곳에 갈 건데 괜찮겠어요?

별일 없을 거야.

머랭의 피부는 상상할 수 없을 만치 부드럽고 감미로웠다.
이 느낌이 살아있는 자와 무엇이 다를까? 살아있다…는 것. 살
아갈 이유를 가진 것들은 가장 불리한 환경에서도 포기하는
법이 없다. 그게 의지라는 것이다. 생명은 의지를 머금은 유일
한 물질이다. 만약 머랭이 사람이라면…, Y353에서 사귀었던
이성 중 하나라면…, 머랭은 너에게 안기긴 했어도 제 의지대
로 한 곳만큼은 허락하지 않았다. 그래, 때로 거절이 가장 인
간다운 것이지. 그런 행동을 나무랄 수는 없었다.

무슨 일이 생겨도 꼭 돌아올 거야.

너는 몸의 흥분을 누르며 말했다.

창조의 역정 140억 년 동안 생명의 의지가 어떤 억압으로
꺾인 적이 있던가? 있어야겠다는 것은 꼭 있었다. 하늘도 함부
로 못 했다. 의지야말로 생명의 원점인 것이다.

너는 강도래의 시료를 특수 바이탈 유리병에 담으며 복잡한
생각을 한다. 가슴이 두근거리고 먹먹하다. 갑자기 뇌성이 들
리고 비가 긋기 시작한다. 빗줄기는 금세 방역 헬멧의 시야를
가려버릴 정도로 거세진다.

빨리 높은 지대로 이동하라!

서둘렀지만 비행기를 부르기도 전에 위기는 섬광처럼 급해

진다. 죽은 나무등걸과 찢어진 나뭇가지와 폭포 같은 물줄기
가 순식간에 너를 덮친다. 헬멧을 내던지고 보조원을 찾는 목
소리까지 물에 잠겨 가라앉는다.

　모니터 두 곳에서 뉴스가 흘러나오고 있다. 하나는 최근 엑
스트라들의 동향이 우려되며 아마도 돔 내에 연관자들이 있는
것 같다는 내용이고, 다른 곳은 새로 개척된 우주 항로에 관한
정보다.

　보통 태양과 지구 사이는 1억 5천만 km입니다. 1 천문 단위
(1AU: Astronomical Unit)로 환산하죠. 태양계는 멀지 않은 한
울타리입니다. 초기 이주민들은 기지를 건설하느라 어려움이
많았죠. 목성의 유로파는 대략 5AU, 토성의 타이탄은 10AU,
좀 더 멀리 명왕성은 40AU정도 떨… 있습니다. 당신은…택…
겠습니까?'

　그곳 사람들의 생활도 잠깐 소개되고 있다. 유로파는 아름
다운 해저에 초호화 기지를 세우고 있고, 명왕성은 대기층을
얇아 아직 확보하는 상태라서 기지 건설이 지연되는 중이다.
타이탄은 만 명 정도가 살만한 유토피아를 이미 지상에 건설
했다고 선전한다. 광고가 잠깐씩 끊어지더니 치익, 낯선 신호
가 끼어든다. 누가 중앙 제어실까지 영상교란을 일으킨 것이
분명하다. 뉴스를 와이퍼로 문질러버린 듯하다. 침입 영상은
미세한 드론으로 찍고 있어 흔들림이 많다. 베란다에 올려놓
은 벌통에서 꿀을 따던 한 양봉업자가 쓰러진다. 당황스럽다.
꿀벌이 주인을 알아보는 것이 보통인데, 이것들은 집요하게

주인을 공격한다. 주인이 쓰러지자 밖으로 날아간다. 돔 밖의 상황도 마찬가지다. 그 벌은 모양만 꿀벌일 뿐 육식 말벌이다. 정박 중인 배 위에서 죽은 물고기의 살을 파내어 어딘가로 날아가는 모습도 찍혔다. 일정한 간격으로 오가는 모습 뒤에 물고기 뼈만 앙상하게 남았는데, 뒷부분에는 꿀을 따는 양봉업자가 놀라 넘어지는 화면과 벌의 얼굴이 오버랩되며 그로테스크하게 화면을 채운다. 나는 불길한 느낌을 피해 너를 추적하고 있는 작업현장 채널로 눈길을 돌려버린다.

눈앞의 숲은 젖은 채로 반짝인다. 돔의 위치는 까마득히 멀기만 하고, 중천에 떠 있는 달이 비현실적으로 빛나고 있어서 극심하던 위기감은 다소 누그러져 있다. 하지만 무엇인가가 푸른빛을 뿜으며 다가오고 있는 것은 사실이다. 우우, 짐승이 울부짖는 가운데 너는 썩은 나무와 이끼를 한 움큼 쥐고 위기를 빠져나갈 궁리를 하고 있다.

숲의 우측 너머로 완강한 팔각의 성채가 보인다. 방금 물 폭탄이 보조원 세 명을 삼켜버렸다. 비행기와 장비는 다 쓸려가버리고 혼자서 산기슭으로 기어 올라간다. 바이오 밴드의 기능이 살아나지 않는다면 돌아가는 일은 불가능하다. 아니, 회사에서 너를 찾으러 올지도 모른다. 어둠이 두렵다. 가까이서 으르렁대고 짓는 소리가 웬일인지 일시에 중단된다. 무슨 벌레 소리를 들은 것 같기도 하다. 달빛이 너의 위치를 드러낸다. 너는 암벽에 등을 기대고 다가오는 짐승들과 최대한 거리를 유지하고 있지만 이제 지척이라서 아무것도 할 수 없다. 그들이 흥분해서 날뛰고 달려들어 물어뜯지 않는 것만도 다행이다. 손을 뻗어 손바닥을 내보이며 적대감이 없다는 것을 몸짓으로 표현해본다. 아직 10m정도는 거리를 두고 있다. 부드럽게 바라보고 천천히 손을 거두며 따뜻한 목소리를 내야 한다. 오…옴…소리의 느낌을 이해했는지 모르지만, 짐승들은 잠깐 멈칫한다. 지금까지 숲을 내달으며 달려들 때와는 다른 행동이다. 너는 빠르게 사태를 인식하고 위기에서 탈출하려 한다. 잠깐 주춤하는 사이 팔목의 바이오 밴드가 활성화된 것을 느낀다. 컹, 소리를 들었을 것이다. 오른팔을 뻗어 붉은빛이 들어온 상부의 버튼을 누르기 직전에 검은 그림자가 너의 얼굴로 덮친다. 저들이 와락 몸을 날렸으나 그 공격은 거기서 끝나고 전자빔과 부딪치며 금세 허공에 슈우욱, 흡수된다. 지금까지의 영상은 실제가 아닌 가상의 기억이다.

10.

의도적으로 나는 짧게 박수를 친다. 곁에 있던 머랭도 따라한다. 소리를 들은 너는 상체를 벌떡 일으켜 세운다. 어두운 숲에서 느끼던 너의 두려움과 축축함은 온데간데없고, 짐승들을 조종하던 남자 대신 나와 함께 박수치는 머랭이 보였을 터이니 매우 당혹스러울 것이다. 눈을 뜨자마자 너는 현재 상황부터 살핀다. 자기가 커다란 인큐베이터 모양의 가상현실 체험기 안에 들어있다는 것을 이해한 것 같다. 너는 창처럼 직립으로 자란 스투키 화분 옆에서 머랭이 내미는 손을 잡는다. 너의 업무 반응 훈련은 하나만 제하면 최고였다. 위기는 아직 도래하지 않았으므로.

잘했어. 하지만 그 버튼을 눌러야 했을까?

나는 친절한 양봉업자처럼 너에게 말한다.□

사유의 행보
__연용흠 소설집 『물의 시간』을 중심으로

이 혜 림(문학박사)

연용흠의 세 번째 소설집 『물의 시간』은 한 작가의 전 생애적 사유를 시간의 순행과 맞닿은 서사적 궤도에 따라 정리된 것으로 볼 수 있다. 그는 작가의 말에서 이렇게 선언한다.

'나에게 신은 사랑이 아니고 시간이다.'

이 문장은 작가가 구축해온 문학 세계의 원점이다. 여기서 시간이라는 것은 단순한 흐름이 아니라, 순환의 신성한 원리이자 존재의 구조다. 그는 막연히 신의 피조물로 인간을 이해하지 않고 시간 속에서 끊임없이 재구성되는 존재로 파악한다.

'시간이 곧 신'이라는 이 과감한 선언은 21세기의 문학이 맞닥뜨린 문제 즉, 기술 문명에 대응해야 하는 인간의 한계에 대한 응답이기도 하다. AI가 언어 체계의 학습으로 인간 심리를 카피하는 것은 물론 온갖 소리와 영상물을 만들어내는 이 현란한 시대에 연용흠은 엄청난 능력을 지닌 AI에 맞설 대안으로 인간의 감성을 내세운다. 과학으로 말하면 초신성 폭발과 블랙홀 사이에서 생겨난 것은 시간과 물(物)이다. 태일(太一)의 거대한 폭발로부터 출발하는 절대자의 첫걸음으로 나타난 것이 시간인 만큼, 시간에서 모든 것을 찾을 수밖에 없다. 불교에서는 만물에 불성이 깃들지 않은 것이 없다 하고, 기독교에서는 사랑이라는 말로 신의 존재를 설명하려 한다. 하지만 그것을 믿기에는 인간 역사가 너무 가혹하다. 연용흠은 시간을 사유하며, 창조자의 권능이 바로 시간에서 나온다고 믿는 것 같다. 그리하여 그의 문학에는 서사나 서정뿐만 아니라 존재론에 대한 응답과 시간에 대한 윤리적 사유가 상징적으로 배치되어 있다.

이 소설집은 「별의 주인은 누구인가」에서 「라스트 컴퍼니」에 이르는 여덟 개의 이야기로 구성된다. 각 편은 자연의 원소(불, 물, 나무, 흙, 별, 소금, 공기 바다 등)을 상징으로 삼아 인간의 감정과 그 관계의 변화를 탐구한다. 여덟 편은 각각 독립된 이야기이지만, 함께 읽을 때 하나의 거대한 순환구조를 형성한다. 즉, 팔상(八相)으로 나타난 인간 존재의 구현이다.

*

생각해보면 시간은 절대의 능력자다. 생로병사가 시간 속에서 이루어지고 사랑과 증오, 용서와 배신이 시간이라는 울타리 안에서 진행된다. 멀쩡히 초원을 누비던 누우떼가 백골이 되어 흩어지게 하는 일도 시간 때문이다. 시간은 심판하려 하지 않지만, 모든 것을 드러내고 물러서게 한다. 이 소설에서 표현되고 있는 시간에 대한 사유는 장자(莊子)의 순환론과 기독교의 구원론을 동시에 품고 있다.

그때 겨우 젖 떨어진, 어미의 얼굴조차 본 적 없는 어린 누이가 이제 마흔을 넘긴 수녀의 모습으로, 제 어미를 닮은 모습으로 오빠들 앞에 서 있는 것이다. 시신을 두고 철없어 울지도 못하던 동생들은 의연히 자라 저 산 소나무처럼 든든하기만 하고… 우리는 두고두고 기억할 것이다, 벚꽃이 필 때마다 사랑했던 엄마를, 위대한 어머니를. 어머니… 그 소리에 묻혀 지금 수만 겹 꽃잎이 날아간다.

__「흙의 시간」 끝부분

40년 전에 흙에 묻은 어머니의 골반뼈와 해골을 바라보는 가족 이야기다. 돌아가신 어머니의 잔흔이 황토빛으로 살아나는 광경에서 적지 않은 울림이 느껴진다. 가족의 가슴에 쌓인 한 같은 것은 이날 흐드러지게 핀 벚꽃이 평화로이 다 씻어주고 있다. 「흙의 시간」에서 꽃은 생명과 죽음의 경계에 있다. 꽃의 피고 짐은 인간의 삶과 같다. 이 작품은 자연적 시간과 영원의 시간 사이의 틈을 다룬다. 세상살이에서 사랑은 순간이지만, 그 순간은 영원만큼이나 길다. 어머니의 황금빛 해골과 골반뼈를 바라보는 주인공의 눈빛이 사랑에 가득하다.

「물의 시간」은 퇴직한 뒤 집을 나와 혼자 글을 쓰는 사람의 일상을 다룬 이야기다. 늙어가는 이에게 무엇보다 필요한 것은 생명력일 것이다. 그는 젊어서 못한 글을 쓰고 싶어 하고, 주변 사람들과 따뜻하게 마음을 나눌 줄 알고 있다. 그는 친구 아들에게 큰돈을 빌려주고 떼였지만, 굳이 찾으러 가진 않는다. 건강히 잘 있으면 되었지, 하고 웃어넘긴다. 만약 돈을 찾으러 외국에 갔다면 어떤 일이 생겼을까를 가정하여 글을 쓴 내용이 이 소설의 중요한 서사이고, 그가 상상 속에서 경험한 물의 시간이 거기에 들어있다. 여행지에 가서 낯선 사람을 만나면 어떤 일이 생길까? 어디든 사람 사는 곳은 거의 비슷하지 않을까?

나는 그녀의 젖가슴 위에 올라온 비늘과 지느러미를 보며 이미 풍화되어 널브러진, 고대 그리스에서 만든 신들의 입상(立像)을 생각하기 시작했다. 그리기를 마친 나는 신전의 기둥을 잡고 제단으로 천천히 걸어 들어갔다. 어딘가에서 물소리가 났다. 물의 시간이었다. 물에 몸이 잠겼다, 완전히. 이러다가 숨이 부족해서 커다란 잠수종이 필요할지 모를 일이었다.

__「물의 시간」 일부

물의 시간」에서 주인공의 잊지 못할 기억은 실체가 아니다. 욕망의 한 조각이지만 마음껏 가상으로 생각해 본 일이며 물처럼 생명력이 있다. 물은 모든 것을 품는 존재다. 이 작품에서는 그런 인간의 순수한 욕구마저 종교의 정화의식처럼 다룬다. 우리 몸은 거의 물이다. 화자는 몸이라는 성전 속에 자의

식을 가두고 있는지도 모르겠다.

물의 시간은 진지하게 타자와 만나는, 심장이 두근거리는 시간을 그려내고 있다. 그가 숨이 막힐 듯한 여자와의 접신 행위는 유희라기보다 신성한 제례와 똑같다. 이런 장면 속에서 화자가 물의 시간을 떠올린 이유는 무엇일까? 물은 음의 대표적인 물건이고 몸의 딴말이 되기도 한다. 물은 사랑의 원천이며 모든 것을 받아들이는 바다와도 같다. 여기서 화자가 물을 이해하는 방식은 이렇듯 상징적이다.

「불의 시간」은 조선 후기, 천주교인을 박해하던 때를 배경으로 하는 이야기다. 반상의 기반이 흔들리고 농민봉기가 일어나던 시기에 세상을 바르게 세우고 싶은 노인과 그를 따르는 천주교 신앙인들의 삶을 그려내었다.

팔배는 문짝을 열자마자 혼수로 받은 광목을 마당에 팽개쳐버리고 데리고 간 염소의 목을 낫으로 싹둑 베어버렸다. 염소가 쓰러지며 파득거려 피가 사방으로 튀어 주변을 더럽혔다. 그 집 머슴들이 놀라 그만 얼음이 되었다.

사람을 사람으로 볼 줄 모르는 모양인디, 다시는 내 눈에 띌 생각 마시우. 사람 탈 쓴 짐승들은 보이는 대로 싹으리 다 목을 따버릴랑께.

시퍼런 눈빛을 한 팔배는 낫에 묻은 피를 손바닥으로 훑은 뒤 대문에다가 쓰윽, 문지르고는 그곳을 나와 버렸다.

_「불의 시간」 일부

「불의 시간」에서 불은 모든 위선을 태운다. 하지만 그 불은 동시에 인간의 내면을 비추는 빛이다. 어둠의 시간에는 반드시 불이 필요하다. 작가는 변 노인과 계환의 대화를 통해 신념의 순수성을 드러내며 아울러 폭력의 경체를 탐색한다. 이 작품의 언어는 구약의 예언서처럼 건조하고 단호하다. 여기서 연용흠은 "믿음은 고통 위에서만 증명된다."고 역설하였다.

양반집으로 들어가 그들의 횡포에 분노하는 인물의 행동을 보고 있으면 이 시대가 얼마나 암담했는지를 알 수가 있다. 이 일로 더 큰 화를 당할 것을 걱정하는 주인공 은효와 계환은 아버지같이 따르던 노인이 죽던 날, 교인들이 공동체를 이루며 살고 있다는 마을 빼제라는 곳을 찾아가기 위해 한밤중에 길을 나선다.

「어둠 그 별빛」에서의 시간은 시련의 통로로 나타난다. 남자라면 누구나 통과의례로 겪는 군시절의 이야기이기도 하다. 이러한 시간에 겪어야 하는 젊은 날의 감정은 자유로운 일상에서 겪는 것과는 전혀 다르다. 그것은 어쩌면 쇠(金)의 시간과 통할지도 모르겠다. 여기서는 젊음의 혼탁을 정화하고 성장하려는 기운이 왕성하다. 어둠 속에서 별빛을 보고 자신의 앞길을 살피는, 이 과정은 더 높은 단계의 성장을 위한 것이라고 불 수 있다. 그렇기에 작품 속 인물들은 특정한 사건에 놓여있기보다 감정이 넘실거리는, 파도를 맞닥뜨리는 절벽과도 같은 곳에 놓여있다. 나이 어린 주인공은 이들이 사는 곳에서 타인의 고통과 공명할 수 있는 능력이 구체화한다.

연용홈은 인간의 실체를 소리굽쇠에 비유한다. 그 말은, 너를 때렸는데 내 가슴이 아픈 것과 같다. 세상 만물이 나와 또 다른 타자와의 복합체지만, 소리굽쇠처럼 하나로 반응하는 영적 존재이기에 그렇다고 한다. 그의 사유 속에서 공명(共鳴)은 물리적 현상이자 윤리적 개념이다. 한 존재의 고통이 다른 존재의 심장을 울릴 때, 그것이 감수성의 결과라고 믿는다. 그는 감정을 말로 표현하지 않고 행동으로 전하는 방식을 선호한다. 이때 언어는 단지 기호가 아니라, 감정의 파동을 옮기는 매체다. 이러한 공명의 미학은 「불의 시간」에 보이는 주인공의 신념이나 「물의 시간」에 나오는 주인공의 기술과 통한다. 「소금꽃」의 따스한 가족 윤리에서부터 「라스트컴퍼니」에서 보이는 반려로봇 머랭과의 대화까지, 모든 작품이 비슷하게 따뜻한 파장을 갖고 있다.

그에게 있어, 상생과 공명은 곧 문학의 존재 이유다. Ai가 아무리 정교해져도 사람 사이에 일어나는 감정의 공명은 아직 체득하지 못한다. 왜냐하면, 그것은 학습이나 계산된 논리가 아니니까.

＊

연용홈의 서사는 전통적인 플롯을 따르지 않는다. 그의 소설은 애써 복잡한 사건에 매달리는 법이 없다. 서사를 움직여가는 방식이 외부 사건에 의존하지 않고 내면의 변화로 미세하게 추동하는 식이어서 매우 정적이다. 그 느낌으로 삶을 지탱하는 사유의 질을 바꾸려 한다. 그는 이야기보다 분위기,

사건보다 감성의 질감에 집중한다. 이것은 한국 현대소설에서 한강, 백수린, 조해진 등으로 이어지는 서정적 리얼리즘 계보의 특징이기도 하다. 특히 서사를 다루는 방식에서 연용흠은 그들과 약간 거리를 두면서 형이상학적인 필드를 형성하고 있다.

그의 문장은 독자에게 절대로 편하게 다가오지 않는다. 몇 번이고 전후와 좌우를 살펴야 제대로 느껴진다. 군더더기를 뺀 그의 문장은 어느 정도 접근을 위한 시간이 필요하다. 진정한 통찰의 느낌을 위해 필요한 시간이다. 그의 인물들은 언제나 신중하고 말을 아끼는 대신 사물로 대치된 이미지나 자연을 응시하게 만든다. 이때 자연은 단순한 배경이 아니라 인물의 내면을 비추는 상징으로 나타난다. 「나무의 시간」은 주인공의 얼굴에 매화꽃의 상처가 왜 생겼는지 따라가는 이야기인데, 나무는 빛을 향해 자라난다는 점을 의미 있게 바라보고 있다.

밤에는 지팡이를 옆에 놓고 잔다. 나무로 만든 것이다. 나무는 말없이 수백 년 세상을 바라보며 산다. 죽어서도 이렇게 누군가를 지켜줄 수 있다. 나무는 하늘과 빛을 향해 움직이는 존재다. 욕심 사납게 돌아다니며 누군가를 해치지도 않는다. 내가 아직 무릎이 성해서 필요 없는 물건이지만, 용도는 다른 곳에 있다. 내게는 나무의 시간이 소중하기 때문이다. 하늘을 향해 꿈꾼 그들의 시간. 비바람을 견딘 그 시간을 마음에 담고 싶어서다. 지팡이 끝에 뭔가를 달았다. 나는 그곳에 여러 가지 색깔의 끈과

함께 동물 문양이 있는 메달 혹은 미니어처 같은 것을 묶어 두었
다. 뱀, 새, 물고기, 뿔이 달린 초식동물의 모형 같은 것, 나무와
친했을 것들에 흥미를 느껴 인터넷에서 많이 샀다. 어떤 문양은
기괴하고 어떤 문양은 재미있고 어떤 문양은 아름답다. 그런데
어떤 문양을 보고 있으면 왠지 슬프다.

— 「나무의 시간」 일부

「나무의 시간」에서는 삶의 무게에 짓눌린 자를 향한 사랑과
믿음을 다룬다. 나이테처럼 인간의 관계는 시간의 결로 남게
되는데, 이 작품은 변화와 발전보다 포용의 미학으로 말한다.
연용흠은 자연의 생명 주기를 빌려 윤리의 가능성을 탐색하는
작가다. 그는 서사를 풀어가는 과정에서 소도구를 능숙하게
이용한다. 인물의 내면 구조와 심리를 드러낼 때 소도구를 이
용하여 상징적으로 그 주제적인 내용을 심화할 줄 안다.

「소금꽃」의 염전은 인간관계의 결정 과정을 시각화한다. 시
인이기도 한 그는 자신의 시 「소금밭에서 배꽃 보다」에 응축
되어 있는 이미지를 이곳에 가져와 서사적 배경으로 차용하
고 있다. 그의 시작 노트를 살피지 않아도 거기에 얹힌 배꽃
은 파토스요 소금은 로고스를 상징한다. 그런 연유로 불후의
재료인 소금과 꽃이 그의 작품에 자주 은유되어 나타나는 것
은 어쩌면 당연한 일인지 모르겠다. 아래는 고모가 쓴 글의 부
분이다.

낡은 부엌문 틈 사이 아직 밝지 않은 하늘에 새 한 마리가 지나간다. 실루엣만으로는 백로인지 까마귀인지 구별할 수 있을 만큼 나는 낯선 이 동네의 새들에 대해 익숙하지 않다. 새의 영상은 길고 얇다. 날개 끝이 물기에 젖은 듯 살짝 무겁다고 해야 할까. 새가 날아간 자리에, 공기는 잠깐 명료해진다. 사람의 말도 그랬던 것 같다. 좋은 말은 떠난 자리를 맑게 만든다. 반대로 나쁜 말은 남아 있는 사람의 마음을 흐리게 한다. 겐지 씨는 그 맑음 때문에 암을 이겨내고 살아있다. 나는 맨발에 끼어 있는 운동화를 물끄러미 바라본다. 그리고 한 걸음 내딛다가 잠시 멈춘다.

＿「소금꽃」 일부

「소금꽃」은 감수성의 결정체로 빚어낸 시 같은 소설이다. 고모와 조카 서희의 관계가 이 소설집 전체를 감싸는, 바닷물에서 탄생하는 소금 같은 모습으로 윤리적 결정체를 만들고 있다. 소금꽃은 고통이 아름다움으로 변하는 현상을 상징한다. 이 작품을 통해 작가는 감수성의 윤리적 본질이야말로 타인의 슬픔을 자기의 것으로 끌어안는 힘이라는 증명한다.

살아있는 사람은 걷는다. 좋은 말을 하고 맑게 산 덕분에 암에 걸려 죽을 사람이 아직 소금밭을 거닐며 살아있다. 사람은 걷고 새는 난다. 소금밭을 지나가는 새의 영상은 생명의 거울처럼 맑아 보인다.

「어둠 그 별빛」에서 별은 신의 눈이자 인간의 마음으로 나타나 있다. 이처럼 연용흠의 서사는 상징적 공간에서 빛이 난다. 그는 구체적 사건보다 상징적 공간과 배경을 통해 인간의 도덕적 조건을 탐구하려는 것이다. 그 속에는 반드시 시간이라는 절대자가 들어 있다. 가혹한 시간을 흘려보내는 동안 서사에 등장하는 인물들은 단련되고 성숙한다.

밝은 방범등 불빛을 약간 비켜 여자가 철조망으로 선뜻 다가왔다. 그리고는 가슴을 헤쳐놓고 무슨 짓을 하려는 것 같았다. 나는 수하를 하다 말고 손전등을 쏘아 그녀의 얼굴을 비쳤다. 그건 근무 수칙에 어긋나는 짓이었다.

좀 잡아 줘.

여자는 거의 필사적이었다. 안아달라는 듯 콧소리를 내며 철조망에 가슴을 붙였다. 더 놀라운 일은 철조망에 찔리면서도 맨 젖을 안쪽으로 밀어 넣으려 하고 있다는 사실이었다. 여자의 얼굴을 자세히 보았다. 어린 태가 났다.

손을 뻗으면 여자의 가슴을 만져볼 수도 있었다. 그러나 나는 총신으로 그녀의 가슴을 밀었다. 저리 가.

젖 줄게. 더 밀어 넣어줘?

_「어둠 그 별빛」 일부

이런 섬뜩하고 아픈 시간을 넘어가야 물러터진 청춘이 더 단단해질 수가 있다. 군대라는 엄격한 제도의 폭압 속에서도 인간의 눈빛을 잃지 않는 자의 존엄이 이 작품에 들어있다. 주인공 윤기태의 침묵과 응시는 윤리적 저항이다. 여기서 그릇된 풍습과 제도 안에서 개인이 어떻게 인간으로 남는가를 묻는다. 별빛은 그 질문에 대한 상징적 응답이 아닐까.

「별의 주인은 누구인가」에서는 유년의 가족 신화와 성인 이후의 생각이 뒤섞인다. 이 작품은 기억과 상실의 서사를 다뤘다. 삼촌의 실종은 단순한 사건이 아니라, 한 가족이 가진 희망의 메타포이기도 하고 그 허상의 원형이기도 하다. 여기서 별은 생명과 존재의 원형으로 구현되고 있다. 별의 주인은 시간을 창조한 자이며 당연히 신이다.

피어오르는 온갖 생각을 누르고 하루 지내기가 석 달 열흘만큼이나 길게 느껴졌다. 물을 뜨러 근처 계곡으로 나가 지나가는 사람을 넋 놓고 보기도 했다. 허기가 져서 허리는 곧게 펴지지 않았다. 바른 자세로 앉는 것이 힘들어졌다. 열흘이 지나기도 전에 매사가 온전하지 못한 것을 보고, 늙은이는 그런 몸으로 도를 찾아 어디에 쓰겠냐고 물었다. 나는 바짝 마른 입술을 조금 움직여 웃기만 하고 말았다. 그 날 오후에 늙은이는 지팡이 하나를 주고 그만 내려가라고 했다.

__「별의 주인은 누구인가」 일부

삼촌을 찾으러 갔다가 토굴에서 도를 닦아보려는 주인공의 생각이 엉뚱하긴 하다. 의지가 강한 사람도 전력을 다해 애써 구하려 하는 것이 아니면 세상에서는 얻기가 어렵다.

「라스트 컴퍼니」는 AI와 소통하며 공존하는 미래세계를 다뤘다. 인간은 감정을 느끼지만 설명하지 못하고, 그것은 감정을 느끼지 못하지만 설명할 수 있다. 이 아이러니 속에서 작가는 인간의 유한성을 변호한다. 감정의 이해는 가능하지만,

공명의 체험은 불가능한 AI세계. 반려 로봇 머랭이 주인공을 얼마나 사랑할지 궁금하게 만든다. 그것이 곧 우리가 직면하게 현실이고 세심하게 탐색해야 할 문학의 마지막 영역일 것이다.

우린 언제까지 이 돔에서 살 수 있을까요?

여자의 음성이 또렷하게 들렸다. 목소리는 부드럽고 따뜻했으며 차림새나 머리카락의 색도 마음에 들었다. 너는 그녀가 누구인지 확인하기 위해 롤러를 움직여 그녀의 손에 닿을 듯 말 듯 가까이 갔다. 그러자 여자가 손을 내밀었다. 가까이서 보니 그녀는 분명 옛날 영화에서 본 배우와 비슷한 모습이었다.

회사가 허락하는 날까지겠죠.

너는 그 말을 하면서도 회사가 주문에 응답해준 사실을 눈치채지 못했다. 그러다가 그녀의 손바닥 위에서 같은 모양의 링 두 개가 반짝이고 있는 것을 보고 가슴이 쿵, 내려앉았다. 회사가 보낸 반려 로봇. 회사는 원하는 사양을 최대한 반영해 준 것 같았다. 이런 로봇은 섬세한 이성과 다르지 않게 배우자로서 동등한 능력과 자질을 가졌다는 사실을 너는 다시 한번 기억했다.

__「라스트 컴퍼니」 일부

연용흠의 문장은 사건으로 빠르게 움직여가지 않는, 정교하게 가슴을 울리는 느림의 언어를 사용한다. 그의 문장은 시의 서정성과 산문의 명징성이 수시로 교차한다. 빛, 소리, 냄새, 촉감이 문장 속에서 미세한 신경처럼 엮여 있다.

그의 문장은 종종 그림이나 음악처럼 읽힌다. 실제로 그림을 그리고 여러 악기를 다루는 음악인으로 자신의 시를 넣어 노랫말을 붙이거나 음악을 만드는 일에 익숙한 사람이기도 하다. 수노를 사용하여 만든 수많은 음악이 인터넷에 링크되어 있어 여러 장르에 걸친 그의 열정을 살펴볼 수도 있다. 그런 관심 때문에 종종 분위기에 어울리는 노래 가사가 문장 속에 끼어드는 모양새다. 그에게는 문학이 곧 음악이며 영화이고 시이며 미술인지도 모른다. 그는 무라카미 하루키처럼 소설 자체를 음악으로 승화시키려고 노력한다.

그의 문체는 빈틈없이 엄격히 절제되어 있으나 결코 건조하지 않다. 그 속에 감정을 흔드는 미세한 진동이 들어있다. 그는 설명을 줄이고 독자를 사건 현장으로 끌고 가 그 상황의 감정을 느끼게 한다. 자주 현재형으로 구현되는 그의 문장은 독자에게 미학적인 쾌감과 아울러 현장의 시간을 체험하게 하는 긴장감을 준다.

*

한국문학의 2000년대 이후 흐름을 보면, 한강, 조해진, 백수린 등은 내면의 윤리를 탐색해왔다. 연용흠은 이 계보의 외연을 확장한다. 그는 개인적 윤리를 시간의 차원으로 끌어올리고, 서정의 감수성을 사유로 전환한 작가다. 그의 문학은 감정의 기록이 아니라 사유의 행보로 나타난다. 이 점에서 그는 '윤리적 리얼리즘'의 후예이자, '형이상학적 리얼리즘'의 창시자라 할 수 있다. 그의 문학은 현실을 다루고 있으면서도 영적 필드의 언어를 사용하여 독자를 각성시키는 데에 익숙하다.

이 소설집 『물의 시간』은 시간의 순행과 변화를 사유하며 인간 삶의 본질을 탐색하려는 연용흠의 세 번째 작품집이다. 그는 사랑의 구현으로 신을 바라보지 않고 시간의 궤적을 따라가 신을 찾는다. 그는 타자와 공명할 줄 아는 인간의 감정을 경배한다. 이 작품집은 종교의 맥락을 넘어선 감성의 인류학이다. 신은 사랑이 아니고 시간이라는 그의 선언은 서양의 과학이나 분석철학과 무관하다.

동아시아의 사상인 오행의 변화에 시간을 덧붙여 세상에서 설명하지 못할 말은 없다. 여기서 처음이 끝과 같고, 거대가 미시와 같아진다. 그리고 또한 영원히 타자인 너와 내가 하나이고 같은 몸이다. 그런 의미로 이 소설들은 21세기에 이르러 인간이 잃어버린 심상의 원형을 복원하는 기록이며, AI 시대의 문학적 예언이라 할 수 있을 것 같다.□

물의 시간

지은이 | 연용흠
펴낸이 | 이미화
펴낸곳 | 어은당

출판등록 | 2024년 7월 25일 제2024-000035호
주   소 | 세종특별자치시 보듬2로 42 1403-2203
문의전화 | 042) 582-1996 팩스 042) 585-1996
이 메 일 | ella2949@hanmail.net
초판인쇄 | 2025년 11월 26일

ⓒ연용흠, 2025
ISBN 979-11-995497-1-5

대전문화재단